MOEWIG

Zum Buch

Blodersche, ein kleines Dorf im Elsaß, wird zum Schauplatz weltpolitischer Ereignisse. Ein Gruppe elsässischer Autonomisten entführt mit Hilfe der bezaubernden, mit magischen Kräften ausgestatteten Odile den französischen Staatspräsidenten, um ihn dazu zu bewegen, sich für die elsässischen Belange einzusetzen. Doch der Präsident erweist sich als resistent und vermag Odile und die Dorfbewohner für sich einzunehmen. Die Entführung endet mit dem Traum vom Dialog, vom gegenseitigen Verständnis unterschiedlicher Kulturen. Aus wechselnden Perspektiven beleuchtet der Autor die Geschichte des Elsaß, die Probleme, die sich für die Menschen aus ihrer deutsch-französischen Vergangenheit ergeben, und das Beharren der Elsässer auf ihrer eigenständigen Kultur.
Scharfe Ironie paart sich mit Zärtlichkeit, Spritziges mit Surrealem, Hokuspokus mit tiefem Ernst, Wirklichkeit mit Polit-fiction. Ein origineller, überraschender Weckmann.

Zum Autor

André Weckmann, 1924 in Steinsburg bei Zabern im Unterselsaß geboren, studierte Germanistik an der Universität Strasbourg und arbeitete zunächst als Lehrer und als Schulbuchautor. Er hat Essays, Erzählungen, Romane und Hörspiele in deutscher und französischer Sprache sowie Lyrikbände im elsässischen Dialekt verfaßt. In seinen Werken hat sich der in der alternativen elsässischen Kulturpolitik engagierte Autor wiederholt mit der Grenzlandproblematik auseinandergesetzt. Weckmann erhielt zahlreiche literarische Auszeichnungen, u. a. 1976 den Johann-Peter-Hebel-Preis, 1978 den Grand Prix Georges Holderith de l'Institut des Arts et Traditions Populaires de'Alsace, 1979 den Mölle-Literaturpreis (Schweden) und 1986 den Jacob-Burckhardt-Preis.

ANDRÉ WECKMANN

ODILE

ODER DAS MAGISCHE DREIECK

LiterArt
MOEWIG

MOEWIG Band Nr. 2528
Verlag Arthur Moewig GmbH, Rastatt

Umschlagentwurf und -gestaltung:
Connection/Werner Rüb, Stuttgart
Umschlagmotiv: Camille Pissarro, Landschaft bei Eragny
Verkaufspreis inkl. gesetzl. Mehrwertsteuer
Auslieferung in Österreich:
Pressegroßvertrieb Salzburg, Niederalm 300, A-5081 Anif
Printed in Germany 1988
Druck und Bindung: Ebner Ulm
ISBN 3-8118-2528-3

Dieser Roman ist reine Fiktion.
Die Personen und Situationen sind frei erfunden.
So ist mit dem Präsidenten weder der alte noch der neue Staatschef gemeint. Obwohl einiges dafür spräche.
So sind Ittels Autonomisten keineswegs mit den elsässischen Autonomisten identisch. Obwohl sie in die elsässische oppositionelle Konstellation hineinpassen würden.
Was nun die elsässischen Hexen anbelangt — die eigentlich gar keine Hexen im herkömmlichen Sinne sind —, läßt der Autor die Frage offen, ob es sie wirklich gegeben hat und vielleicht noch gibt.
Das hier beschriebene Elsaß hingegen entspricht der erlebten Wirklichkeit.
Leider Gottes und Gott sei Dank.

ODILE

Dieser Himmel, pastellblau mit milchigen Schlieren. An der Ostseite des romanischen Kirchturms klebt die Sonne. Hinter ihr weht der Lichtschleier schon über dem Dorf. Hierseitig liegt noch der Dämmer. Aber bald wird die Lichtschnecke den Schwedenhelm erreichen, über die Turmspitze gleiten und gleißende Helle in unsere Gasse schütten.
Laßt mich schwärmen wie jeden Morgen dieses herrlichen Herbstes. Licht einatmen mit allen Poren meines Körpers. Denn ich bin nackt. Ich mag es: nach der Dusche so in aller Freiheit durch meine Gerechtsame tänzeln, mich von einer Brise streicheln lassen, einen Schatten abwerfen und die konzentrischen Wellen, die vom Glockenturm bis in mein Haus dringen, auffangen und sie wie tönende Ringe um meine Taille legen.
Die Glocke hat eben sieben geschlagen. Ein verhallendes Echo verläuft sich ins Dorf. Vom Südwestfunk kommt die Wetteransage: Das Hoch verlagert sich nur sehr langsam gegen Osten. Beständiges Wetter also, wie schon seit Wochen.
Und was gibt's Neues auf France-Inter? Das übliche Neue. Ein Postlerstreik, ein Banküberfall in Marseille, Fünflinge in einem Provinznest. Dann Afghanistan, wie gehabt, Libanon, wie gehabt: Bomben

und Tote. Und die Drahtzieher sitzen am Frühstückstisch, lesen mit der rechten Hand ihre Erfolgsmeldungen aus der Presse, mit der linken schieben sie ihre Läufer vor. Zwischendurch einen Schluck Kaffee und ein Croissant. Bei mir gibt's Kugelhopf heute. Wird er ihm schmecken? Von ihm, übrigens, kein Wort in den Nachrichten. Oder habe ich absichtlich nicht hingehört?

Es wird jetzt Zeit, daß ich ihn wecke. Ich stehe vor seiner Tür. Ob er noch schläft? Und wie schläft er? Zusammengekrümmt wie ein Embryo? Oder ausgestreckt wie ein Held auf der Bahre? Oder einfach so hingegossen wie ein gewöhnlicher Sterblicher? Lutscht er am Daumen? Nuckelt er am Kissenzipfel? Hat er die Hände auf der Brust gefaltet, oder wo hat er sie sonst? Hat er sich auch im Schlaf unter Kontrolle, wie er es mir tagsüber auf souveräne Art vorspielt?

Ich klopfe an: Monsieur, es ist Zeit zum Aufstehen! Gibt er Antwort? Nein, er gibt keine. Er gibt nie Antwort. Aber ich weiß, daß er sofort aus dem Bett gleitet, sich dehnt und reckt und zum Fenster tritt.

Da, ein leises Knarren des Dielenbodens, ein kaum wahrnehmbares Geräusch, das sich wie ein Trippeln anhört. Jetzt macht er seine Übungen vor dem offenen Fenster. Und ich weiß, Ittel liegt irgendwo auf der Lauer und beobachtet ihn. Ittel nimmt sich in seiner Rolle furchtbar ernst.

Eines Morgens, als ich so zu seiner Tür kam, ging sie unversehens auf, und wir standen uns nackt gegenüber. Seine Augen blitzten auf, aber schnell

hatte er sich wieder gefangen, sagte „pardon" und schloß die Tür.
Was ziehe ich nun heute an? Ich wühle im Kleiderschrank herum. Ich bin das ewige Jeanstragen satt. Wie wär's mit einem Kleid? Da ist das rosenholzfarbene Popeline mit den Paspeln, da der luftige blaue Ziegenvelours, da der knöchellange Zigeunerrock und die weiße Batistbluse.
Nein, ich kann mich nicht dazu entschließen. Er darf nicht merken, daß ich ihm gefallen will. Will ich ihm eigentlich gefallen?
Ich ziehe eine Hose an. Die olivgrüne. Und dazu das gleichfarbene T-Shirt. Ich trete heute ganz in Olivgrün auf. Ittel mag mich so. Er behauptet, Olivgrün stehe mir besonders gut.
Und er? Sein komischer englischer Jagdanzug paßt eigentlich nicht zu seinem Habitus. Aber wo das Geld hernehmen für einen Zweireiher mit Nadelstreifen. Ich habe ihm gestern einen Sportdreß gekauft, cremefarben mit trikolorem Saum. Zieht er ihn an, so weiß ich, daß er mein Angebot angenommen hat. Denn zum erstenmal haben wir heute Frühsport auf dem Programm. Heute darf er zum erstenmal das Haus verlassen. Wird es ihm Spaß machen, mit mir Federball zu spielen?
Ich muß ihm nun sein Bad bereiten. Denn schon höre ich ihn, wie er sich ungeduldig räuspert. Lasse ich ihn heute in Sandelholz- oder in Rosmarinschaum baden? Ist auch egal, beide Badeöle sind nur billige Produkte, in einem Kehler Discount gekauft. Sie müssen schon entschuldigen, Monsieur, unser Budget reicht nicht für „appointed-by"-Läden aus.

So, Sie dürfen kommen, Monsieur! Er kommt. Er trägt den königsblauen Morgenmantel, und er trägt ihn wahrlich königlich. Hatten Sie eine gute Nacht? Er nickt bejahend. Ich eile zum Plattenspieler und schicke ihm einen leisen Vivaldi ins Badezimmer. Ittel fand es stupide, im Bad einen Lautsprecher einzubauen. Ich hielt aber daran, schließlich gehört das zum intellektuellen Komfort.
Es ist wirklich an der Zeit, daß der Mann an die Luft kommt. Wie blaß er aussieht! Es scheint mir aber, daß die beiden Falten, die seinen Mund einklammern, ein wenig an Härte verloren haben. Wird es mir gelingen, sie ganz wegzubügeln? Und wird es mir gelingen, ein Gänseblümchen zwischen seine Lippen zu stecken?
Wie oft hatte ich diesen Mund beobachtet, in den Jahren zuvor bei seinen Auftritten im Fernsehen, diesen äußerst mobilen Mund, dessen Spiel mich fesselte: mal geschürzt, mal gerundet, mal eckig, mal flötend, mal trompetend, mal predigend, mal grollend, mal aufweckend, mal einlullend . . . Ahnte ich voraus, daß ich ihn einmal aus nächster Nähe beobachten würde und daß er hier bei mir zu einem gepreßten, schmalen Strich würde, aus dem nur Einsilbiges dringt? Gänseblümchen, liebes Gänseblümchen, mußt halt noch warten . . .
Jetzt steigt er in die Wanne. Jetzt setzt er sich ins Wasser. Jetzt streckt er sich wohlig aus. Jetzt hebt er ein Bein hoch, jetzt zieht er es an, jetzt teilt er mit dem Fuß den Schaumberg. Jetzt greift er mit beiden Händen hinein. Krönt er sich mit dem Schaum? Steht er nun auf und hüllt seinen hageren Körper

ganz in Schaum ein? Schaum, der sich verflüchtigt, nur noch in den Kopf-, Brust- und Schamhaaren hängen bleibt? Spielst du Schneekönig, mein Monsieur, oder schaumiger Nix oder wollüstiger Faun? Guckt an sich runter, gluckst und läßt sich wieder ins Wasser gleiten, paddelt mit den Füßen, stützt sich auf die Hände und hebt den Bauch hoch, läßt da etwas an der Oberfläche schwimmen, fängt eine Schaumflocke damit ein. Verwandeln sich Monsieurs deines Ranges auch in pubertäre Jungen, wenn sie im Bad sind? Und dann schämst du dich, stehst auf, trocknest dich ab, steigst aus dem Bad, und die Contenance ist wieder da. Und Odile schämt sich ihrerseits ihrer Phantasmen.
Jetzt rasiert er sich. Wie er die Backe aufbläht! Wie er den Mund schräg verzieht! Unterm Kinn sind Sie immer ungenau rasiert, Monsieur. Hat Madame Sie nie darauf aufmerksam gemacht? Jetzt striegelt er sich mit der Rückenbürste. Blut kommt in Fluß. Und zum Schluß einen Schuß Parfum. Es ist ein eigentümliches Parfum, diskret zwar, aber mit einem Hauch von Moschus drin. Oder ist das der Duft seiner persönlichen Ausdünstung? Nachher wird Ittel heraufkommen, das Fenster aufreißen und sagen: „Hier stinkt's nach Brunft."
Jetzt geht die Badetür auf. So, hatte er nicht abgesperrt? Da ist er. Ist er nicht zum Anbeißen, so frisch, so duftend, hielte ich mich nicht zurück, ich küßte ihn auf beide Wangen. Und dann sein königsblauer Mantel: wie ein Märchenprinz sieht er aus, es fehlt ihm nur die Krone oder der Lorbeerkranz auf dem Kopf . . . nein, in der Hand würde er ihn tra-

gen den Kranz, lässig und würdevoll zugleich. Gell, dir ist nicht gut, Odile?
Wir gehen zu Tisch. Wir sitzen einander gegenüber. Musik im Hintergrund, ein zärtlicher Mozart nun. Mein Gast hebt die Tasse an die Nase und schnuppert behaglich, wie mir scheint. Guten Appetit, Monsieur. Er nickt mir höflich zu.
Ich habe Lust zu plaudern. Und so schwatze ich munter drauflos. Das Wetter: Der Sommer, der sich in den Herbst hineingeschmuggelt hat, wäre es nicht gut, mal ein bißchen Nebel zu erleben? Ein bißchen Erlkönigstimmung? Monsieur hat bestimmt Deutsch gelernt in der Schule, nicht? Und natürlich die Ballade vom Erlkönig aufgesagt? Das ist meistens alles, was einem Franzosen vom Deutschunterricht übrigbleibt.
Dann mein Kugelhopf: Kennt Monsieur dieses Gebäck? Wohl, bekam er es nicht immer wieder serviert mit dem obligaten Gewürztraminer, wenn er bei uns zu Besuch war? Odile hat lange gebraucht, bis sie die Kunst des Kugelhopfbackens verstand. Übrigens ist nicht das Backen selbst das Schwierigste, sondern die Zubereitung und ganz besonders das Kneten des Teigs. Odile wird es Ihnen zeigen, damit Sie es Madame beibringen können. Na, wie schmeckt er Ihnen?
Und wie die Glocke acht schlägt: Wir sind hier im Land der romanischen Kirchtürme, dieser massiven Wächter inmitten eines bäuerlichen Biwaks. Aber Monsieur weiß das alles. Monsieur kennt diese Gegend und kennt dieses Dorf. Haben wir ihn nicht ein paarmal hier begrüßen dürfen? Wie dann Monsieur

sein erhabenes Haupt neigte und ergriffen — oder gelangweilt? — der Laudatio der Notabeln und dem Singsang der zur Begrüßung aufgebotenen kleinen Trachtenmädchen zuhörte. Wie Monsieur dann mit ausgestreckten Armen in die Menge griff, ein huldvolles Lächeln auf den Lippen, und aus seinen Taschen glitten Bündel von Subventionen. Während die anwesende Presse begierig jedes historische Bonmot aufschnappte.

Monsieur weiß, daß er hier sehr beliebt ist. Denn dies ist ein braves, gläubiges, naives Völkchen. Ihre Kinder, Hoheit. So schlitzohrig sie sonst auch sein mögen, vertraut im Umgang mit Roßtäuschern jeder Art und wissend, wie man sie im Gegenzug übers Ohr haut, so aufsässig sie sonst auch sein können, bockbeinig und undiszipliniert, wenn man sie ein bißchen grob anfaßt, an Ihnen, Monsieur, haben sie einen Narren gefressen, Gott weiß warum.

Gott weiß, warum wir alle an Ihnen einen solchen Narren gefressen haben, daß wir uns nun von Ihnen immer wieder austricksen lassen, daß wir begierig den Honig lecken, den Sie uns um den Mund streichen. Und wir wissen doch, daß Ihr Honig ein starkes Quantum Brom enthält. Und wir wissen doch, das bei Ihnen das, was gesagt wird, und das, was getan wird, auf zwei grundverschiedenen Ebenen liegen. Daß das gegebene Wort für Sie nicht bindend ist. Das Wort steht für sich allein. Es ist eine Stilübung, die bei Ihnen zum Meisterwerk wird, vor dem wir glaubensselig auf die Knie fallen, um es anzubeten. Das Wort ist ein Ritus, durch den Sie Ihre Selbstherrlichkeit immer wieder festigen, o dive!

Wir wissen zwar, daß Sie unsere Sprache und unsere Kultur nicht mögen. Na ja, sagen wir uns, Geschmackssache. Und ein Vater braucht nicht unbedingt mit dem einverstanden zu sein, was seine Kinder tun. Hauptsache ist, er hält den Laden zusammen, was bei diesem zur Anarchie neigenden Staatsvolk nicht gerade einfach ist. Ja, so denken sie, die sonst Schlitzohrigen und Aufsässigen, und merken nicht, daß die Weichen schon längst gestellt sind, daß wir unwiderruflich auf Ihren Sackbahnhof zusteuern.
Habe ich Ihnen das gesagt, oder habe ich Ihnen das telepathisch zugeflüstert, oder habe ich es nur so gedacht und Sie dabei so eindringlich angeschaut, daß Sie erschraken und Ihre Hand auf halbem Weg zwischen Tisch und Mund innehielt? Essen Sie, Monsieur. Möchten Sie noch ein wenig Kaffee? Nein? Bon. Wir stehen auf. Ich erinnere ihn an mein Angebot: „Sie kommen doch mit in den Hof? Die frische Luft wird Ihnen guttun. Ich erwarte Sie in zehn Minuten.“ Wird er kommen?
Da kommt er, mein Jogger. Schick steht ihm der Dreß. Auf der Schwelle zum Hof stockt sein Schritt. Ittel hockt auf der Schubkarre und fummelt an seiner Maschinenpistole herum. Ich räuspere mich, da läßt er die MP unter seinem Gesäß verschwinden. „Loss uns“, sage ich ihm. Er reißt eine seiner üblichen Grimassen und trollt sich weg mit seiner Karre. Ich weiß: Jetzt legt er sich hinter dem Stallfenster auf die Lauer. Wem gilt’s, dem Gast oder mir?
Der Herr spielt ausgezeichnet Federball. Aber als er bemerkt, daß ich in einer unteren Spielklasse zu

Hause bin und er mich durch seine Revers zu arg laufen macht, geht er artig auf mein Niveau herunter. Da passiert es, daß wir uns beide auf den zu Boden gefallenen Ball stürzen, und fast wären unsere Köpfe zusammengeprallt. Einen Augenblick lang sind unsere Gesichter so nahe beieinander, daß ich seinen vom Kaffee gewürzten Atem verspüre. Wir müssen beide lachen, bevor ich aber zum Reflex komme, mein Gänseblümchen zwischen seine Lippen zu stecken, ist der Mund wieder zugepreßt. „Merci, Madame", sagt er dann, „ich möchte nun auf mein Zimmer zurück."
Jetzt steht er oben am Fenster und liest Proust. Ich räume den Tisch ab. Und Ittel hockt wieder in der Schubkarre und fummelt an seinem Schießeisen herum . . .
Was koche ich ihm heute? Der Herr kommt mich teuer zu stehen. Acht Tage lang haben wir uns bei einem Straßburger Traiteur versorgt, Nouvelle Cuisine mit allen Schikanen. Die Poularde de Bresse mit Sherrydressing wird mir ewig in Erinnerung bleiben. Der Preis allerdings auch. Ihn hat's nicht sonderlich beeindruckt.
Wir gingen dann zu Selbstgemachtem über. Wir, das heißt ich, Ittel hat einfach kein Geschick dazu. Der kann nur Kartoffeln schälen, Speck in Würfel schneiden und eventuell Knoblauchzehen feinhacken. Zuerst gab's eine Geflügelleberterrine, dann Lammbraten, dann Schweinebraten mit Auberginen, dann geschmorten Ochsenschwanz, zwischendurch eine Piperade, und als er immer noch nicht aus seiner Teilnahmslosigkeit heraus

wollte, servierte ich ihm eine Paprikamousse. Umsonst, der Herr trutzt weiter.
Ich bin nun diese aufwendigen Menüs satt; und wie gesagt, unser Budget schmilzt wie Schnee an der Sonne. Ittel lacht hämisch und meint, wenn ich den Herrn weiter so verwöhnen wolle, müsse etwas unternommen werden, um die Kasse wieder flott zu machen. Wie wär's mit einem Einbruch in die Darlehenskasse? Oder mit einem Überfall auf den Geldtransporter, wenn er durch den Niederwald fährt? Mir, Odile, stünden doch gewisse Zauberkräfte zur Verfügung, es wäre ein Einfaches, wenn . . .
Wir stritten uns hin und her, vorgestern abend, bis ich auf seinen Vorschlag einging, dem Gast eine derbe elsässische Bauernkost zu servieren, die Zubereitung sei zwar arbeitsintensiv, die Kosten könnten aber erheblich gesenkt werden, und, wer weiß, vielleicht schafften es diese elsässischen Gerichte, den Monsieur Ittels militanter Argumentation zugänglicher zu machen?
Ich hatte alle Mühe, Ittel aus meinem Bett zu bugsieren, in das er sich in aller Selbstverständlichkeit eingeschlichen hatte, wie ein langjähriger Ehegatte. Auf seinen Vorschlag aber ging ich, wie gesagt, ein. Ich hatte eben keine andere Lösung zur Hand.
Und so ging ich gestern zur Emeli, zur Schossefin, zum Marikl, zur Lüwiss: „Wie macht Sie dess, Mam Keller? Weisst Sie, ich schrib an me elsässische Kochbuech . . .“ Ich habe nämlich keinerlei Erfahrung in der elsässischen Kochkunst, zu dumm, gelle, ist sie doch faktisch das einzige, was von unserer alten Kultur noch lebendig bleibt. Und so werde ich

jetzt jeden Nachmittag mir mein Kochwissen für den nächsten Tag aneignen müssen. „Genau wie die elsässischen Lehrer, nach 1918“, lacht Ittel, „die jeden abend ihre Französischlektion für den anderen Tag auswendig lernen mußten.“

Wie werden wir ihn jetzt mästen, den feinen Herrn, mit all diesen kräftigen, stopfenden, für einen französischen Drei-Sterne-Gaumen recht sonderbar, wenn nicht gar exotisch schmeckenden, abnormen Kompositionen, die den Intellekt verdicken, aber gleichzeitig dem elsässischen Witz zu seiner deftigen Apartheit verhelfen!

Die goldgelben, satten Dampfnudeln mit Heidelbeeren, die Rappküechle mit Cornichons, die Mehlknöpfle mit Mirabellen, die Grießpfludden mit Apfelmus, abends die Roigebradeldi mit Bibbeleskas und was es sonst noch alles an solchen überraschenden Kombinationen gibt. Wird Monsieur daran seine kulinarische Freude haben, oder wird er diese Disharmonie hassen?

Normalerweise müßte er sich daran gewöhnen, hat er nicht so viele andere Exotika in sein gastronomisches Paradies aufgenommen, aus Algerien, aus Schwarzafrika, aus Vietnam? Da wir seine letzte Kronkolonie sind, wird er unserer Kochkunst diese Heiligsprechung nicht versagen wollen.

Aber womit werde ich heute anfangen? Wie wär's mit den Buewespätzle? Nein, die haben nichts mit den schwäbischen Spätzle zu tun. Das ist der elsässische Beitrag zur internationalen Kocherotik. Das Zubereiten der Buewespätzle habe ich von meiner Tante Hilda gelernt. Die rollte den Kartoffelteig auf

ihrem bloßen Schenkel zu länglichen Dingern . . . und die Länge variierte je nach Einschätzung des männlichen Tafelgastes.
Fangen wir also damit an. Ich freue mich schon auf das wollüstige Aufleuchten seiner Augen, das ich mit einem spöttischen Lächeln quittieren werde. Und ich freue mich auf die kannibalische Grimasse meines Ittel.
„Ittel, Erdäpfel schälen!"

ITTEL

Erdäpfelwäsche im Brunnentrog. Das Pläsier, Eigengewächs in den Händen zu halten, der sinnliche Genuß, es zu betasten, bestreichen, reiben, glätten, als wär's aus mir herausgewachsen. Und wie sie jetzt so lustig neben- und aufeinanderliegen, dünnhäutig und mattglänzend, die eiförmigen, die kugeligen, die apfelförmigen, die nierenförmigen, die glatten und die buckligen.

Vor fünf Monaten habe ich sie gelegt — haben wir sie gelegt, war nicht Odile dabei? Sie heißen Ostara, und woher kommen sie, diese indianischen Knollen mit dem Asennamen? Aus der Tschechei, sagte mir jemand. Und der Boden aus dem sie gewachsen? Aus den Steppen Asiens, wissen die Geologen. Was stelle ich hier für Betrachtungen an, was für Fäden ziehe ich hier im elsässischen Bauernhof zusammen, knüpfe sie und zurre sie am Brunnenschwengel fest? Und fünf Monate lang gehegt und gepflegt, eine jede Staude individuell betreut, und da war der unaufhörliche Kampf gegen die Schißmelde, den Katzenwaddel, die Dudistel, die Schermaus und den ekligen Kartoffelkäfer.

Gestern habe ich sie nun herausgehackt, jede Familie für sich in der Sonne ausgelegt, die Riesen, die Normalen, die Winzlinge ein letztes Mal einträchtig beisammen, wo sie trockneten und der Lößstaub zu einer Kruste wurde, die ich jetzt im Trog abreibe. Nachher entleere ich den Trog, kratze den Lößsatz zusammen und trage ihn wieder hinaus in den Garten.

Und er guckt mir zu, der da oben hinter dem Fenster. Was versteht der schon von der Kartoffelkultur, vom Rühren, Häufeln und Jäten, von den erdigen Händen, dem verschwitzten Gesicht, dem schmerzenden Rücken und von der kindlichen Freude, wenn der Karst so ein Nest voll aus dem Boden zieht. Ja, was weiß er von den Erdäpfeln und von uns, der feine Herr da oben, der hinter seinem Fenster hin- und herfährt wie eine Schießbudenfigur. Ich nehme eine Knolle in die Hand, eine große kugelige, die die Hand füllt, ziele auf das Fenster zwischen die Gitterstäbe, rechne den balistischen Flug aus, rechne die Flugdauer aus sowie die Ablaufzeit seines Automatismus, kombiniere die Zeiten mit den Zentimetern, jetzt habe ich die ausgestreckte Hand mit dem Buch im Fadenkreuz: ratsch bumm! Die Ostara zerklatscht an der Mauer; im oberen Feld des Andreaskreuzes, zwei Meter neben dem Fenster ein breiiger Fleck. Was wird Odile dazu sagen . . . Der Pappkamerad zieht unbeirrt seine Bahn weiter von rechts nach links, von links nach rechts. Du hälst den Lauf des Schicksals nicht auf, Don Quichotte.

Wissen möchte man nun, wie er hierher kam? Wie er hierher kam nach Blodersche (Blattersheim auf deutsch, Blattärschem auf französisch), in dieses Elsaß-Kaff, das wie eine Glucke inmitten seiner

Krautköpfe hockt? Kurzbeschreibung von Blodersche: ein Storchennest (letztes durch spezielle Intervention seitens Odiles beim ökologischen Kollektiv der elsässischen Mythologie bewohntes Nest), germanisches Fachwerk (dessen Geometrie keltifiziert wurde, um den illustren Gast, der er oftmals war, nicht zu verstimmen), viereckiger romanischer Kirchturm (Zeuge des lateinischen Substrats, auf dem es von alemannischen Bakterien nur so wimmelt), gehorsame und patriotisch-konservative Einwohnerschaft (keine rosa-rote oder tiefrote Flut wird je diesen traditionell und institutionell christlich-demokratischen Stützpunkt überrennen).

Man wird hier aber auch und leider Gottes ein kloßiges deutsches Patois finden, das wie ein ausgelaufener Münsterkäse stinkt, ein von teutonischen Stimmorganen arg strapaziertes Französisch, barbarische Familiennamen, die lauter Zungenbrecher sind (Schmauchmann, Umbdenstock, Tuchscherer), und das alles zeitweise in kalte, klebrige Nebel getaucht, zeitweise in Schwitzstubenhitze. Kurzum, dies ist ein ganz und gar unfranzösisches, disharmonisches, unmögliches Land.

Ja, wie kam er hierher? Jedenfalls war seine Ankunft nicht vergleichbar mit seinen früheren Einritten, Einfahrten, Einflügen vor einem Jahr, vor zehn Jahren, vor sechzig Jahren, vor hundertfünfzig Jahren, vor drei Jahrhunderten.

Also diesmal waren keine Triumphbögen aufgestellt, flatterten keine Fahnen an den Masten und von den Fenstern, winkten keine Schulkinder mit trikoloren Sträußchen, hielten ihm keine beschlupfkappten Jungfrauen ihre rosigen Backen zum Kuß hin. Diesmal gab es kein Protokoll, keine Vivatrufe, keine Begrüßungsreden, keinen Kugelhopf und keinen Riesling, kein Bankett und kein Te Deum. Und es waren keine Maires erschienen, keine Députés, keine Geheimpolizisten, keine Leibwächter, keine Gendarmen, keine Ehrenkompanie, keine Pompiers mit geschulterten Brandäxten, keine ehemaligen Frontkämpfer mit in den Nabel gerammten Fahnenstangen. Es gab keine Marseillaise, keine Kranzniederlegung, keine Ordensverleihung mit obligater Umarmung des Ordensempfängers.

Nix eso. Totale Anonymität. Nacht. Der Mond hatte einen Hof. Leere Gassen. Geschlossene Läden. Blinde Mairie- und Kirchenfenster. Die Hunde stumm. Kein einziges Lüftchen. Kein fallendes Blatt. Kein knarrendes Gebälk. Kein tickender Holzwurm. Totale Stille.

Zwei Schatten, eine Frau und ein Mann. Lautlos kamen sie herangeschwebt wie auf einem Luftkissen. Nein, Odile bediente sich diesmal nicht ihres Besens. Ihr Besen ist sowieso nur ein Einsitzer. Ittel hat sie kommen gespürt. Ittel hat sie durch das Guckloch erspäht. Ittel hört sie jetzt anklopfen. Ittel öffnet. Sie schweben in den Hof hinein. Ittel schließt die Pforte, zieht den Riegel vor und tritt auf sie zu, bleibt vor dem Monsieur stehen. Ein eigentümliches Gefühl, ihn da vor sich zu haben, daß du ihn quasi am Frackaufschlag fassen kannst, ihn schütteln und sagen: „Na und, Mann, immer noch so forsch und so selbstsicher wie vor den Kameras?"

In Kürze wird er wohl zu bibbern anfangen, auf den

Moment freu' ich mich! Nein, Ittel sagt nichts. Odile spricht: ,,Loss uns, Ittel, geh jetz schlofe." Was irgendwie klingt wie ,,Kusch, Bello!"
Stellen Sie sich einen schönen, behäbigen elsässischen Bauernhof vor, Baujahr 1770, renoviert 1830. Wohnhaus, Scheuer, Stallungen und das breite Hoftor bilden ein längliches Rechteck. Es schaut uns niemand herein. Odile hat den Hof vor genau einem Jahr gekauft. Für uns zwei. Wir richteten ein Töpfer- und Keramikatelier ein. Wir verfertigten Krüge und Kugelhopfformen sowie Keramikfiguren im elsässischen new-wave-Stil. Das Geschäft lief gut und brachte uns einen netten Batzen Geld ein, Geld, das Odile jetzt auf unsinnige Weise an den Pinkel da oben vergeudet. Seit einem Monat ist das Atelier geschlossen wegen künstlerischer Neuorientierung, wie es auf dem Schild an der Tür steht.
Seit wann ich mit Odile zusammen bin? Seit genau einem Jahr. Wir lernten uns auf einem Treffen der elsässischen Kulturmilitanz kennen, wo ich eine zwar zündende, aber in diesem laschen Milieu nur Kopfnicken und Achselzucken hervorrufende Rede schwang. Sie stand in der vordersten Reihe, mit unverhohlener Neugierde alles aufschnappend, was da an Parolen und Bekenntnissen herumgereicht wurde; offensichtlich war es das erste Mal, daß sie so einem Minoritäten-Happening beiwohnte.
Nach meiner Intervention kam sie auf mich zu, gab mir die Hand und sagte: ,,Du gefällst mir, kommst du mit?" Sie ließ meine Hand nicht mehr los. Ich folgte ihr willig. Ihr erster Blick hatte mich ganz in ihren Bann gebracht. Wir bahnten uns eine Gasse

durch die haarige Menge, wir traten durch den Ring der Bio-Stände, die den Platz umsäumten, wir gingen durch die Hopfenzeile, durch die Welschkorndschungeln, wir sagten kein Wort, nur unsere Hände tauschten intensiv und unaufhörlich Signale aus.
Es kam die Nacht, es kam der Vollmond. Es kamen die Krautäcker, die schier endlosen Reihen der grünglänzenden Köpfe, die auf die aus dem Mondlicht gestochene Silhouette des Bloderschemer Kirchturms zuzulaufen schienen.
Plötzlich standen wir uns nackt gegenüber. Sie legte sich hin. ,,Komm", sagte sie. Der herrliche Leib, in Jade gegossenes Elfenbein. Ich sagte: ,,Odile, du kannst dich doch nicht so in die Furche legen, laß mich zuerst meinen Parka ausbreiten." Sie antwortete: ,,Sorg dich nicht, Ittel, schau, ich schwebe ja." Und in der Tat, sie schwebte ein paar Zentimeter über dem Boden. Ich blieb wie gebannt stehen. ,,Komm!" wiederholte sie. Ich schüttelte den Kopf. ,,Bist du eine Hexe oder eine Fee? Das darf doch nicht wahr sein!" brachte ich stotternd heraus. Sie lächelte, ihr Blick glitt an mir hinab, blieb einen Augenblick an meiner Armseligkeit haften, und sie sagte: ,,Ich verstehe . . . mach dir nichts draus, Liebster. Du wirst dich schon daran gewöhnen." Sie stand auf, legte mir ihre Arme um den Hals, drückte mich fest an sich und bat: ,,Verlaß mich nicht, Ittel. Ich liebe dich. Weißt du, es wäre vielleicht verfrüht gewesen jetzt. Und ich habe wie eine Ahnung, daß sich zuerst etwas erfüllen muß . . ."
Hat sie mich auf die Probe stellen wollen? Hat sie meinen sexuellen Drang abblocken wollen? Für was

spart sie sich auf? Ich möchte die Frage nicht stellen: für wen? Hat sich das Etwas nun ergeben? Haben wir endlich die richtige Konstellation? Was sagt mein Horoskop? Meine Waage schwankt zwischen Masochismus und Mythomanie. Mumpitz. Ich schließe die Augen und greife in die Kartoffelseie. Die Knolle ist birnenförmig wie dem da oben sein Kopf. Ich zähle die Augen: Liebst du mich, liebst du mich nicht. Ich liebe dich. Quatsch.

Denk an die zwölf Monate zurück. Wovon haben wir gelebt? Von verhaltenem Beben, von flüchtigen Küßchen, von innigem Einanderzulächeln. Und gelebt auch von gemeinsamer Kreativität: wie die Odilien aus unseren Händen wuchsen, mal kubistisch, mal kitschig, mal byzantinisch, mal romanisch, die wir dann auf dem Odilienberg den Pilgern und Touristen verhökerten. Und jede Heilige trug Odiles florentinische Züge. Wir versuchten wohl die Züge zu variieren, aber jedesmal wenn dann die Figur aus dem Ofen kam, war es nicht mehr die Odilia vom Berg, sondern Ittels Odile. Ihr schauderte schließlich vor dem Sakrileg, und wir gingen zu anderen Kompositionen über, und Ittel entdeckte sich eines Tages als Don Quichotte im elsässischen Bauerngilet.

Was in uns dann die verrücktesten Träume wachrief, wie wir dann die Geschichte auseinandernahmen und andersherum wieder zusammenflickten. Wie wir das Elsaß aus seinem territorialen Kontext herausschnitten, es an einen Rheinschlepper ankuppelten, der es dann in die Nordsee hinauszog, in den Atlantik, durchs Sargassenmeer pflügte, den Anhänger dort fast verlor, das Kap Horn umschiffte, wo das Elsaß ein Leck bekam, und schließlich kamen wir doch bis zur Osterinsel, wo wir vor Anker gingen. Auf der Osterinsel entledigten wir uns sämtlicher Sprachen, der Machtsprache und der Ohnmachtsprache, die unsere Existenz vergiften, und lernten Sanskrit und Suaheli, in denen wir glücklich lebten und viele Kinder bekamen . . . Bis dieses verfluchte Land sich dann vom Anker losriß, den Weg um das Kap wiederfand, obwohl wir die Bojen versetzt hatten, mit aufgeblähten Flügeln über den Atlantik schwebte, vom Golfstrom getragen, und orientierungssicher mit vorgestrecktem Schnabel wie ein Storch im März seine angestammte Kuhle wiederfand. Ein Käfig kann auch Heimat sein, gelle? Und da saßen wir nun, wir beide, illusions- und kinderlos im heimatlichen Kulturschlamassel und trauerten der verlorenen Freiheit nach.

Waren wir glücklich miteinander? Bestimmt, das leise Glück war's einer zärtlichen Freundschaft, eines künstlerischen und politischen Einklangs. Es hätte noch lange so fortdauern können. Doch nun ist dieser Andere da, unsere Beziehungen zueinander haben sich verändert, und Ittel wird in die Hundehütte gewiesen. Kusch Bello.

Er, den ich hier haben wollte, den ich hier haben mußte, der mir gehören sollte, mir und Gerber und Joss und den Kameraden. Die hoheitliche Geisel, der wir die Extremitäten abgehackt hätten: her mit den Ohrläppchen, den Finger- und Zehenkuppen, her mit den Eckzähnen, der Vorhaut, dem Schließmuskel, ein jedes Müsterchen in ein Formolfläsch-

chen verschlossen und an die Regierungen geschickt in West und Ost: Laßt uns endlich frei, unter der eigenen Fahne, in der eigenen Sprache, und wir geben euch den Monsieur zurück. Andernfalls seht ihr ihn nie wieder.
Unsinn, das hätten wir nie getan. Wir können nämlich kein Blut sehen. Wir Elsässer sind die einzigen Sensibelchen im Weltverband der Minoritäten. Nein, keine physische Gewalt, bitte, nur Angst wollten wir ihm einjagen. Der weiß aber offensichtlich nicht, was Angst ist. Sein Sendungsbewußtsein hat ihn gegen jegliche Emotion gefeit. Soll Odile also sehen, wie sie ihn kleinkriegt.
Warum ich eine Maschinenpistole mit mir herumtrage? Erstens ist es ein Geschenk der Kameraden, zweitens könnten Odiles Zauberkräfte durch eine Panne ausgeschaltet werden, und da müßte *ich* natürlich den Gefangenen in Schach halten, und drittens kann man nicht den ganzen Tag mit leeren Händen da im Hof herumhängen. Die Kameraden wollten mir auch noch eine Uniform verpassen, aber da habe ich abgewinkt. Da hätte ich den Pinkel ja grüßen müssen, laut Genfer Konvention, nää, nää.
Er da oben. Er füllt das ganze Haus mit seinem Brunftgestank. Und Odile surrt und schwebt um ihn herum, flötet und schnurrt, spielt Circe und Leda zugleich. Haben sie schon miteinander? Das Theater, das sie spielen: der ernste, zwar wortkarge, aber äußerst kultivierte und höfliche Prinz und die liebliche, plappernde, hin- und herhuschende Fee. Du guckst zu und kannst und darfst nicht intervenieren.

Und solltest auch noch klatschen, wenn der Vorhang fällt, und der Zuschauer sich in sein Atelier zurückziehen muß, wo er seinen Frust und seine Rage an den Heiligen Odilien und den Don Quichotten abreagiert. Ist das nicht typisch für uns arme Seckel?
Die Attrappe hinter dem Fenster. Er hält ein Buch in der ausgestreckten Hand. Er hält die Kultur in seiner Hand wie einen Kultgegenstand. Die „culture française", die unvergleichliche, das Licht der Völker. Nur hier bei uns leuchtet es nicht: es brennt, ätzt, es trocknet aus. Schau dir die Landschaft an, die es mit seinen Laser-Strahlen versengt hat: die Böschungen abrasiert, das Unterholz abgeräumt, Herbiziden über alles Wildwachsende versprüht, die Hummeln abgeknallt, die Regenwürmer zerhäckselt, und es wird keine Blüte mehr befruchtet, und der Boden ist hart geworden wie Beton. Die erschreckende Leere von Pfirt bis Lauterburg, auf die dann ein Glanzlack gestrichen wird, aber kaum ist er trocken, bekommt er Risse und blättert. Und unsere Zungen geknotet, unser Gedächtnis ausgedörrt, unsere Verhaltensweisen auf Stereotypen ausgerichtet. Die Zombies tanzen im Automatentakt ums goldene Kalb, und keiner fragt mehr: Wo ist unsere Kultur hingekommen, in der wir uns so wohl fühlten, so daheim, in der unser geringster Schollensepp noch geistige Nahrung fand. Und die Sprache in ihren tausendfältigen Ausdrucksmöglichkeiten, die auch die Zunge des Ungebildetsten beflügelte. Wo ist der Wiegensingsang hin, wo die Weisheitssprüche, wo die alltäglichen Kniffe, die es uns erlaubten,

unsere Umwelt zu meistern? Und was bleibt uns übrig? Klischeenhaftes, leergedroschene Streu. Und wir kauen die schalen Halme wie Betel. Wir berauschen uns an den süßlichen Lauten, wir sniffen die betörenden Düfte der Fremdsprache, wir tanzen in Trance durch unsere verwüstete Kulturlandschaft und wähnen uns im Paradies.

Habe ich mich selber nicht auch von dieser Sprache becircen lassen, von der Subtilität der Melodie, von der harmonischen Mousse, die aus ihr ein Menü von Bocuse macht?

Wir haben noch einen weiten Weg vor uns bis zu dieser Perfektion. Wir sind noch im Eintopf-Stadium: französisches Ragout und elsässische Krautsuppe im geschmacklosen, ohrenbeleidigenden Mischmasch. Guten Appetit, ihr Pidgins! Er, da oben hinter seinem Fenster, krault durch sein nationales „nec-plus-ultra", kommt brustschwimmend zurück, in jeder Lage souverän. Und es ist, bei Gott, auch ein schönes, klares, leicht gewelltes Wasser, in dem er schwimmt, die Ufer sauber und schnurgerade abgestochen, da lugt kein Weidenstrunk und kein Erlenstock heraus. Und auf dem Schleusentor sitzt mit flammendem Schwert der Erzengel Vanitas. Was weiß aber der Monsieur von den anderen Wassern, den rauschenden, tosenden Wildströmen, die die Horizonte aufreißen, von den tiefen, lehmigen Wassern, in denen das Leben entsteht? Was würde er von ihnen sagen? Wasser der Barbaren. Und würde sich vor Unbehagen schütteln. Befürchten Sie nicht, Monsieur, daß diese Wasser

Ihr abgeklärtes Paradies eines Tages überfluten werden? Schon sickern sie durch die Dämme . . .
O.K., Odile, ich komme. Deine Erdäpfel sind geputzt und geschält. Jetzt reibe du sie zu Teig und modele sie auf dem bloßen Schenkel zu diesen saftigen Ködern, in die ich zu gern meinen Angelhaken schmuggeln möchte, um diesen feinen Hecht, der seit Jahrhunderten in unseren Gewässern den Sheriff spielt, endlich an Land zu ziehen.

DER AUTOR

Ein elsässischer Autor ist auf der Suche nach einem neuen Stoff. Man hat ihm angeraten, sich diesmal nach einem Problem umzusehen, das nichts mit der elsässischen Thematik zu tun habe. Auch von Kriegserlebnissen, Liebesverwirrspielen, Selbstdarstellungen und anderen ewigen Romanthemen bat man ihn abzusehen. Protokolle seien heutzutage Mode, sagte man ihm. Aufzeichnung von Banalem, die durch die hintergründige Bearbeitung entlarvend wirken solle. So sehe man heute die Literatur: Alltagsgeschwätz geschickt aufgelistet, Langeweile und Leere ineinander verschachtelt, an der Grenze der Verständnisfähigkeit des Lesers, der Kode im letzten Hinterhof unter der Mülltonne versteckt. Nur das interessiere die Insider, es sei denn, sie besännen sich nun plötzlich wieder auf Vordergründiges, der Hinterfragerei müde. Aber jähe Geschmacksänderungen seien schwer zu prognoszieren, und solange die oben beschriebene Masche laufe, solle man sich möglichst daran halten, besonders als Elsässer, dem man ohnehin immer unterstelle, er könne nur Kopien von Altem herstellen oder, was noch boshafter sei, er sei nur als Übersetzung seiner selbst zu genießen. Der Autor kann aber nicht aus seiner elsässischen Haut schlüpfen, es ist die einzige, die ihm paßt, die anderen, die er zur Verfügung hat, sind ihm zu eng, zu einengend. Er behauptet, seine Welt sei die Welt, ein vollständiges Gewebe von Lebenslust und Überlebenskunst, von Tragik und Unbewußtsein, von Eruptionen und Flautezeiten, von Beklemmung und Illusionen. Das Erschütternde dabei ist, daß die endlose elsässische Spule sich ganz ohne von der Außenwelt wahrnehmbare dramatische Höhepunkte abwickelt.

Dein Stoff interessiert keinen Filmemacher. Es fehlen uns die Dschungeln, die Land- und Stadtdschungeln. Wir haben nur touristikkonforme Vergangenheit, emotionslose Neuzeit und Reben, Weizen, Tannen und Kohlköpfe. Es fehlen uns auch die Helden, die unglücklichen. Wir haben nur fette Spießer, verschaffte Kleinbürger, zahme Außenseiter. Und diejenigen, die sich als Helden aufspielen, sind nur armselige Kopien.

Also doch Kopien. Also doch Banales. Schreiben Sie etwas über diese Kopien, das könnte interessant werden, das wäre eine Marktlücke, mein Lieber. Nehmen Sie das Protokoll der mentalen Armseligkeit auf, der totalen Verzagtheit, des schemenhaften Danebenlebens usw.

Der Autor streift durch die Vorstadtbeizen: das schale Sichbetrinken, das öde Zerreden des Lebens. Alles schon irgendwo gelesen, Herr Verleger, das reizt mich nicht. Auch das Nicht-Elsaß im Elsaß ist eines Romans nicht wert.

Dann plötzlich dieser Anruf: ,,Seien Sie heute abend im Roten Affen. Verlangen Sie Ittel.“

Dort lernte ich sie kennen. „Sie sind ein Elsaß-Autor", sagten sie mir, „Sie geben sich Mühe mit unserer Thematik, das muß man Ihnen lassen. Aber erfaßt haben Sie die Sache nicht. Denn unser Milieu haben Sie immer gemieden. Warum das? Sind wir Autonomisten Pestkranke? Haben Sie Angst, mit dem Terminus Autonomismus bei Ihren elsaß-französischen Freunden schlecht anzukommen?"

Was sollte ich antworten . . . Im Hinterzimmer der Beize stank es nach Hasch. Vorn in der Wirtsstube lärmten die Stammgäste, ein Gemisch von Portugiesen, Algeriern und Türken. Eben wurde ein Vietnamese an die Luft befördert. „So geht's uns mal", sagte Ittel, „zuerst boat-people auf dem Rhein abwärts, dann versuch's doch mal, als Heimatloser irgendwo Fuß zu fassen."

Die sind verrückt, dachte ich mir. Hättest du nicht hier nun endlich doch dein Thema gefunden? Ich schaute sie mir an: alles nette junge Leute, haben den Habitus von Referendaren, altgedienten Studenten, angehenden Ingenieuren und saloppen Handelsreisenden. Nichts Flackerndes in den Augen, ruhig die Gestik, normales Alltagsgeschwätz in der hier üblichen Sprache, ein Gemisch von Elsässisch und Französisch.

Ich fragte ihn nach der Ursache des Haschgestanks. Es sei wegen ihrem Image, antwortete er lachend, sonst würde ich sie nicht ernst nehmen. Nun, da ich da sei und auch gedenke, sie ernst zu nehmen, möge man doch mit diesem Unsinn aufhören, sagte ich. Sie murrten nur.

Sie waren zu sechst. Sechs echte Autonomisten, wie sie mir versicherten, keine Möchtegern-Partisanen und keine weinerlichen Deutschtümler, die mal in Wahlversammlungen ihren Frust abreagierten, ansonsten aber konzept- und ideenlos und somit elsass-gemäß ihr kleinbürgerliches Dasein fristeten. Nein, sie gingen aufs Ganze. Sechs gegen die Welt, gegen die Franzosen, die Deutschen, die Russen, die Amerikaner, die Kapitalisten, die Kollektivisten, die Imperialisten jedweder Couleur und selbst gegen die Elsässer, die unter Sankt Masochs Banner zu allen Orten hinpilgerten, wo entwurzelt, enthirnt und entelsässert wird. Und sie träumten vom großen Aufbruch aller europäischen Stämme, von ihrer Befreiung vom stato-nationalen Joch, von ihrer großen Absage an die Dominanztheorien, sie träumten vom neuen indianischen Europa, das in einer brüderlichen Anarchie zu einer „civitas amoris“ würde.
Aber nein, sie schwelgten nicht in Utopien, sie wußten wohl, daß ihr Traum ein Wahngebilde war, sie spielten ihn sich nur vor, um nicht an der Hoffnungslosigkeit zugrunde zu gehen. Denn der einzige Traum, den sie bewußt träumten und an den sie glaubten, war derjenige des Herostratos. Und ich wäre dazu berufen, ihnen die literarische „aeternitas“ zu sichern.
Verrückt, dachte ich mir, Paranoia und Mythomanie Hand in Hand am Straßburger Wirtshaustisch bei Bier, Schnaps und Hasch. Aber interessant kann's trotzdem werden.
„Was bleibt uns anderes übrig“, sagte mir Ittel, „als verrückt zu sein? Die Normalität dieses Landes

ist einfach nicht mehr auszustehen. Die dummstolze Biederkeit der Elsässer kann einen schon zum Verzweifeln bringen. Wo das Normkonforme sich wie eine Fettschicht auf das Land legt, mußt du nicht nur die Narrenkappe aufsetzen, sondern ganz zum Narren werden, damit diesem Land ein Rest von Menschenwürde erhalten bleibt."

Es waren sechs Autonomisten — oder nenne ich sie Separatisten, Irredentisten, oder handelte es sich bei ihnen einfach um die letzten konsequenten Elsässer? Sie hießen Ittel, Gerber und Joss, alles Namen von Anführern der elsässischen Bauernrevolte Anno 1525. Sie hießen weiter Vix, Lux und Lentz, das sind alte alemannische Vornamen, von denen die Überlieferung noch in entlegenen Nestern herumgeistert. Drei von ihnen sprachen eine Art Kauderwelsch, in dem Elsässisch und Französisch sich auf die skurrilste Art vermengten. Einer von ihnen, Vix Lemâtin, verstand Elsässisch wohl, sprach es aber nicht, denn er stammte aus der Franche-Comté, wo die Erinnerung an Karl den Kühnen und an die Spanier noch so lebendig war, anfangs des Jahrhunderts, daß verbohrte Nostalgiker — so behauptete er jedenfalls — darauf bestanden hätten, so begraben zu werden, daß sie den Arsch Frankreich zukehrten.

Sie waren zu sechst. Warum nun diese Vergangenheitsform? Sie sind immer noch da. Vix paukt in einem korsischen Lycée, Joss agitiert irgendwo in der Bundesrepublik, die anderen aber treffen sich noch in diesem zwielichtigen Lokal in einem verrufenen Straßburger Vorort, wo sich aus dem türkischmaghrebinisch-romanischen melting-pot die neue lokale Rasse entwickelt, die, so hoffen es die Unentwegten, der Pariser bourgeoisen Kultur einen stärkeren Widerstand entgegenstellen würde, als es das alteingesessene Philistertum tue.

,,Die können nur noch Winde von sich geben'', sagte Joss. ,,Sogar ihr eigenes Autodafé vermag keine Luftwirbel mehr zu verursachen.''

Man kennt sie von früher, die sechs. Früher, das waren die Jahre der sogenannten permanenten Revolution, der Befreiung des Wortes, die turbulenten Jahre aller möglichen Befreiungsfronten, der Sioux, der Tschechen, der Frauen, der Schwulen, der Hippies, der Studenten, der einfallsreiche, wortgewaltige Feldzug gegen Staat, Establishment und Philistertum. Das war die Rheinbrücke zwischen Straßburg und Kehl, wo Joss nach der Ächtung des deutsch-französischen Studentenanführers Cohn-Bendit aus dem Magma der verbrüderten links- und rechtsrheinischen Mai-Jugend herausragte und der Polizei ins Gesicht spuckte: ,,Wir alle sind deutsche Juden!''

Früher, das waren die schrillen Gitarren und der mal knallharte, mal samtweiche Sound, den man als engagierter Elsässer der angepaßten einheimischen Bourgeoisie sowie dem Pariser Staatsapparat und seinen regionalen Lakaien um die Ohren schlug. Früher, das war im Sog der Mai-Revolte das Hervorquellen des elsässischen Untergrunds in der aufgerauhten, fetzenhaften, provokativ groben Sprache. Früher, das war der Traum der elsässischen

kulturellen Selbstverwaltung, der Kultur des Zusammenlebens, der Traum des Traums.
Und sie zogen durch das Land Elsaß, begeistert und hoffnungsvoll. Man sah und hörte sie an allen Orten des neu-elsässischen Widerstands gegen die Totalverplaner, auf den besetzten AKW-Standorten, in besetzten Fabriken (von den Gewerkschaften als kulturelle Beigabe benutzt), auf den Happenings der alternativen Kulturbewegung.
Und sie lernten wieder die Sprache des Volks zu sprechen, sie gruben die alten Lieder und Geschichten aus der Vergessenheit heraus, sie entdeckten das Land jenseits der Grenzen, entdeckten die Alemannität, zogen nach Wyhl und Kaiseraugst, kurzum, es waren die wunderbaren Jahre des Bewußtwerdens. „Plötzlich war der Vorhang weg", sagte Joss, „und wir sahen unsere Geschichte, unsere wahre, von der Schule tabuisierte Geschichte sich stückweise aus dem Nebel herausschälen, sie nahm Konturen an und fügte sich zu einem Ganzen zusammen. Und das war für uns die Offenbarung."
Und sie glaubten, das ganze Land würde nun in diesen Sog geraten. Die Naivlinge glaubten an den Aufstand der Massen und wußten nicht, daß moderne Manipulierer jeden Elan zu bremsen fähig sind, besonders den elsässischen. Sie glaubten . . . bis sie schließlich feststellten, daß man ihren Liedern und ihrer Argumentation zwar freundlich zuhörte, daß man ihnen zwar recht gab, daß man sie zwar ermunterte, so weiterzuschaffen, daß ihnen aber niemand folgte. Alle gaben vor, Wichtigeres zu tun zu haben, daß heißt, sich weiter anzupassen, der Karriere we-

gen ihre Sprache und ihre Kultur weiterzuverhökern, dies mit gutem Gewissen nun, denn diese jungen Leute seien ja jetzt da, die schon aufpassen würden, daß nichts endgültig verlorengehe . . .
Dann legten die Apostel ihr Evangelium in die Schublade, hörten mit Predigen auf und zogen sich in die Wüste zurück. Dort erlagen sie allerhand Halluzinationen, die sie zum wöchentlichen Treff im Roten Affen mitbrachten, sie auf dem Tisch ausbreiteten, sie begutachteten, auf Resistenz und Schlagkraft prüften, sie dann untereinander austauschten, damit jeder sich an der Erfahrung des anderen bereichern und stärken könne.
Es war für den Autor gewiß nicht leicht, davon ein wahrheitsgetreues und einigermaßen kohärentes Protokoll aufzuzeichnen. Politmystiker ihres Schlags sind denkbar schlechte Interviewpartner. Obwohl sie, wie schon erwähnt, den Eindruck erwecken, einer objektiven Darstellung durchaus fähig zu sein, wenn es sich um ihren Beruf handelt, so wirr und verwirrend werden die Antworten, sobald man sie auf die elsässischen Probleme anspricht. Ich verzichtete also darauf, den Prozeß ihrer Radikalisierung etappenweise aufzuzeichnen, und gebe hier nur einen Auszug des Psychodramas wieder, das sie mir an jenem Abend vorspielten, an dem die wahnwitzige Idee keimte, den Präsidenten der Firma La France kurzerhand zu kidnappen.
Kulisse: das Hinterzimmer im Roten Affen. Rauch, wie gehabt, diesmal aber nur Gauloises-Dampf. Druidendunst, wie Vix sagte. In seinem Arm die irländische Harfe, auf der die Finger zupfend liefen,

mal melancholische Akkorde aus den Saiten lockend, mal mit rasender Hand Schreie und Salven um sich schleudernd. ,,Tod den Orangisten! Und Schand uns, wenn wir nicht fähig sind, den Tod zu geben und zu nehmen! Was für ein Volk, staunt ihr Briten, was für ein Volk, indeed!"

,,Viva la muerte!" schrie Lux in die Harfenklänge hinein. (Sein Großvater hatte in den Internationalen Brigaden gekämpft.) ,,Auch Euskadi weiß, mit dem Tod umzugehen!" Und wir sahen ihn die Pyrenäen beidseitig hinabstürzen, sich fragend, kauf' ich mir nun einen Guardia Civil oder einen französischen Gendarmen? Und er verfehlte sie beide.

Und da springt Lentz mit seiner Kalaschnikow dazwischen, wischt sich den Schweiß mit dem Palästinensertuch aus dem Gesicht, netzt den Finger, hält ihn in die Luft. ,,Wo geht's lang", brüllt er, ,,Kabul oder Beirut?" Doch die Wegweiser sind verstellt, er gerät in die Wirtsstube, gröhlt ,,Jeroshalaim", was einem Maghrebiner nicht gefällt, und der tunkt ihm den Kopf ins Schwenkwasser.

Und nun wird Gerber angesagt, der kommt auch schon hereingesprengt, Stirn und Gesicht mit den Kriegsfarben bemalt. Er wiehert wie ein streitlustiger Mustang, knüllt ein paar Zeitungen zusammen, häuft sie auf, zündet sie an, setzt sich ans Feuer und singt, indem er auf dem Serviertablett trommelt: ,,In a sacred manner I live. To the heavens I gazed. In a sacred manner I live. My horses are many. In a sacred manner I live . . . My horses are dead." Sein Mustanggesicht sinkt auf die Brust, die Trommel entfällt seinen Händen. Das Feuer ist abgebrannt.

Und er flüstert: „Ich hatte meine Offenbarung Anno 73 in Wounded Knee. Der Sioux Buddy LaMonte starb in meinen Armen . . . Man behauptet, wir seien die Indianer Europas. Daß ich nicht lache! Wir hatten nie einen Cochise, nie einen Crazy Horse." Dann schrie er auf: „Aber, verdammt noch mal, soll das heißen, daß wir kein Anrecht auf eine würdige Zukunft hätten?"
Sie saßen nun alle sechs um das erloschene Feuer, einer hatte das Tablett aufgehoben und trommelte leis. Sie summten das indianische Lied und wiegten die Köpfe. „Ist die Mitte der Nacht nicht auch der Anfang des Tags?" fragte Joss mit gedämpfter Stimme. „Yeah!" nickten sie.
„Und Ittel?" werden Sie mich fragen. Ittel stand auf, setzte sich zu mir an den Tisch und sagte: „Lächeln Sie nicht. Unsereiner kann nur in der Mythomanie überleben. Wir besorgen uns unsere Träume dort, wo es noch welche gibt. Im Elsaß finden Sie keine mehr. Aus. Was tust dann? Du hilfst dir eben mit den Träumen der anderen aus. Mit entliehenen Kalaschnikows aber kannst du nur Platzpatronen verschießen. Und im Elsaß ist das Pulver sowieso naß, von jeher. Wir brunzen drauf, im Versteckten. Ja, so ist es. Aber träumen darf man doch, gelle?"
Vorhang. Das Theater ist aus. Sie sitzen wieder am Tisch. Sechs Doppelschnäpse räumen mit den letzten Wahngebilden auf. „Ja, was machen wir nun? Wir sind zu gutmütig, zu tolerant, zu naiv. Wir reichen dem Gegner die Hand, und er spuckt uns hinein. Wir verlangen Gleichberechtigung für unsere Sprache, und er bezichtigt uns der Xenophobie. Al-

le Türen hat er verrammelt und Chloroform ins Haus geblasen. Und das eingeschläferte Volk wird auf heimtückische Art umprogrammiert. Die Heuchler haben die Spielregeln gefälscht. Und wenn sie dir mal was versprechen, dann paß besonders gut auf: das sind so ihre Tricks, um dich einzulullen und anschließend übers Ohr zu hauen. Und wenn sie dir mal die Hand reichen, dann zähl deine Finger nach . . . "
„Ich sag's schon lange", bellt Joss. „Man müßte sie das Fürchten lehren. Ihnen die Zähne zeigen, ihnen die Faust unter die Nase halten. Und wenn es sie auch nicht erschüttert, wenigstens halten sie uns nicht für Trottel!"
Aber wie machen sie das? Zu was sind sie fähig? Was wäre am medienwirksamsten? Die Einfälle kullern auf den Tisch, bleiben an Bierflecken kleben und werden mit dem Handrücken weggewischt. „Nein, das ist Mumpitz. Nein, das ist zu romantisch. Nein, das wäre politisch nicht verwendbar. Nein, dazu sind wir zu wenige. Nein, das würde Menschenleben gefährden."
Und was waren das für Einfälle? Ich habe mir die auffälligsten notiert: ein sit-in mit Hungerstreik im Straßburger Münster, um die objektive Allianz von Kirche und laizistischem Staat in Sachen Sprachenpolitik anzuprangern; Sprengung der Rundfunk- und Fernsehmasten, die das Land mit der Pariser Krawattenverkäuferkultur berieseln; Brandsätze in Schulen werfen, in diese allgewaltigen Entelsässerungsmaschinerien — dies während der Schulferien, versteht sich. Und was wollten sie noch alles erstür-

men, besetzen, sprengen: das Nationaltheater, den Europapalast, die Präfektur, die Uni, den Bahnhof, die Kehler Brücke . . .

,,Quatsch", meldet sich Ittel, ,,Ihr wißt genau, daß ihr dazu unfähig seid. Auch sind das alte Ladenhüter aus dem Terroristenkatalog. Machen viel Krach und bringen nichts ein. Wir müssen witziger sein, kreativer, etwas Neues erfinden, etwas, das uns wirklich weiterbringt. Der große Coup, von dem die ganze Welt sprechen wird."

Plötzliche Stille in der Stube. Man hört nur die sechs Gehirne unter der Schädeldecke quietschen. Man hört nur die Fingernägel in den Bärten herumkratzen. Ittel grinst. Ich sehe es ihm an: er hat die Idee. Und nach einer Weile fragte er: ,,Mehlsupp genug?" Sie nickten. Und er machte ihnen den Vorschlag.

Sie erblaßten, sie begannen zu zittern, sie räusperten sich, sie griffen nach der Schnapsflasche, sie guckten sich mit verstörten Gesichtern an, faßten sich schließlich und fielen über Ittel her: Ob er noch bei Sinnen sei, ob er sich das überlegt habe, sich darüber im klaren sei, daß ihnen dann ein ganzes Land, ein ganzes Fünfzig-Millionen-Volk, Elsässer einbegriffen, mit den Streitkräften und dem gesamten Polizeiapparat bis hin zu den Dorfweibeln auf den Pelz rücken würde? Und dann, gesetzt den Fall, man könnte sich seiner bemächtigen, wo ihn verstecken? Glaube er denn wirklich, daß sie suizidär veranlagt seien? Solle er den Kerl doch selber aufgreifen und ihn unter Odiles Steppdecke verstecken, haha.

Folgte ein unbeschreiblicher Lärm, Gebrüll, Gläsergeklirr, Stuhlbeingeklapper, Trommelwirbel, Trompetenstöße, Gelächter, Gefluche, es kam sogar zu einem kurzen Handgemenge. Ich profitierte von dem Durcheinander und machte mich heimlich aus dem Staub.

Am andern Tag fuhr ich ins Ausland zu einem Symposium. Als sich dann im Elsaß diese unwahrscheinliche Sache ereignete, beschloß ich, meinen Aufenthalt zu verlängern, bis sich die Lage wieder einigermaßen normalisiert haben würde. Als ich dann zurückkam, traf ich Ittel — durch Zufall? — auf dem Parkplatz eines Straßburger Supermarkts. Er lud seinen kleinen Renault mit Viktualien voll. Ich fragte ihn, so zum Jux — denn wie die meisten Leute glaubte ich nicht an eine Entführung — , wie sich der Monsieur denn in seine Lage schicke. Er antwortete: „Lachen Sie nicht. Wir haben ihn wirklich. Wir, das heißt Odile." Ich war baff. „Der erste Akt war ein voller Erfolg", fuhr er fort. „Der zweite Akt, na ja . . . vielleicht wird auch noch was draus."

Und er gab mir die Schlüssel zu dieser unglaublichen Affäre. „Machen Sie ein Buch daraus", sagte er. „Es wird Ihnen wohl niemand diese verrückte Story abnehmen, dann verkaufen Sie sie eben als Politfiction. Tun Sie es, bitte, damit ein Zeugnis übrigbleibt von unserem verzweifelten Kampf gegen die zentralistische Krake. Und damit wir wissen, daß wir existieren. Daß wir keine Phantasmen sind, die in einem elsässischen Traum umherspuken."

Und so ist der Autor, nolens volens, in diese verrückte Geschichte hineingeraten, deren Regie er nun zu übernehmen hatte.

ODILE

Unsere Beziehung begann an einem Samstagnachmittag im Illwald. Präsidentenjagd war angesagt. Ich wußte, wo ich ihn finden würde. Wieso ich das wußte? Unsereiner hat halt den sechsten Sinn. Und außerdem, die Witterung, die ich am Waldrand aufnahm, war unverkennbar die seine, anziehend und abstoßend zugleich. Wußte auch er, daß ich kommen würde? Höchstwahrscheinlich mußte er darauf gedrungen haben, daß man ihn ganz allein lasse. Die noble Jagdgesellschaft war jedenfalls weder zu sehen noch zu hören.

Und da stand er nun, an eine mächtige Eiche gelehnt. Sein Blick haftete wie traumverloren an den Lianen, die jenseits der Lichtung von Rüstern hingen. Wovon träumte er? Von seinem hoheitlichen Glanz oder von der großen Evasion? Von seiner historischen Sendung oder ganz einfach von seiner Madame? Wie mir war, als ich ihn erblickte? Ein bißchen Herzklopfen hatte ich schon, das muß ich zugeben. Erregung und Angst: Da steht er nun vor dir, der Geschichts- und Schicksalsverwalter deines Stammes, den Drilling lässig über den linken Unterarm gelegt. Und wenn er nun schießt? Du pokerst zu hoch, Odile. Aber zurück kannst du jetzt nicht mehr. Sankt Odilia, steh mir bei! Ja, da steht er

nun, dein Gebieter, ganz allein im tiefen Wald, von aller Grandezza entblößt und sieht schon ein bißchen ulkig aus in seinem englischen Jagdanzug. In solch einer Montur jagt man das Moorhuhn in den Highlands, Monsieur, nicht aber das Rotwild im elsässischen Ried; bei uns kleidet man sich lodengrün, germanischgrün. Ihr Weltbild ist noch unvollständig, Sire, das muß unbedingt korrigiert werden. Na ja, deshalb bin ich ja zu Ihnen geschickt. Warum hat er mich noch nicht erblickt? Ich stehe nun mitten in der Lichtung, kaum zwanzig Meter von ihm entfernt. Jetzt bricht die Sonne aus einem Wolkenklumpen heraus, ihr Licht umflutet mich. Wie ich wohl aussehe in meinem weißgefleckten goldbraunen Kleid?
Ach ja, ich sagte Ihnen noch nicht, daß Odile sich verwandelt hatte. Ittel brach in ein grobes Lachen aus, als ich ihm sagte, daß ich eine Vorliebe für Damwild hätte. Er steht eher auf Bussarde; der Bussard sei für das Elsaß das heutzutage geeignetste Wappentier, behauptete er, und er hätte mich am liebsten als Stoßvogel auf die Beute losgelassen. Ich hatte Französisch gesprochen, wie wir es oft miteinander tun, an jenem Tag aber versetzte dies meinen Ittel in Rage, er brüllte, ich solle mich nicht durch das gezierttuende „daine“ verführen lassen — er sprach es absichtlich breitgequetscht „däään“ aus —, typisch feminin-elsässisch sei das, man verfalle immer wieder dem Talmi-Geglitzer dieser „second-hand“-Sprache, ich solle das doch mal auf elsässisch übersetzen, damit die Wahrheit zum Vorschein komme, denn sei mein feines „daine“ in

Wirklichkeit etwas anderes als eine dumme Damkuh, oder wenn man es verniedliche, ein dümmliches Damkalb? Ob es mir denn Spaß mache, als eine solche mit dem noblen Schaufler im Farnkraut herumzualbern?
Ich verfluchte die deutsche Sprache, die ein so unfeines Wort für ein so schönes Tier hat, schlug im Lexikon nach, stieß auf das veraltete Hindin, glaubte dann im Lateinischen Zuflucht zu finden, aber „cerva dama" klang eher albern. Ittel polterte immer noch. Als er aber in meinen Augen das gewisse Flackern bemerkte, vor dem er sich fürchtete, da es ihn schon einmal in eine mißliche Lage versetzt hatte — ich werde später darauf zurückkommen —, trollte er sich grollend weg. Mir war nun auch der Terminus egal, ich hatte sowieso keine andere Wahl, denn schließlich bedeutet Prominentenjagd im Illwald Damwildjagd, und Bussarde jagen bekanntlich nicht im Wald.
Endlich sah er mich. Er erschrak. Der Drilling schnellte in die Höhe. Ich neigte den Kopf artig zur Seite und äugte ihn unentwegt an. Da senkte er das Gewehr, und ich schritt weiter auf ihn zu. Er begann zu zittern, seine Augen waren weit aufgerissen. Gleich wird er einer Halluzination verfallen, dachte ich bei mir, und ein Kreuz zwischen meinen Lauschern wachsen sehen. Gleich wird er auf die Knie fallen und zu beten anfangen. Ich lachte. „Was wollen Sie von mir?" stammelte er. „Folgen Sie mir", antwortete ich. „Ich liebe Sie."
Ich drehte mich um und schritt weg. Ich hörte, wie er den Drilling an den Baum stellte. Ich hörte dann

seine Schritte hinter mir. Wir drangen in die Lianendschungel, wir folgten den Mäandern eines klaren Brunnenwassers, wir schoben uns durch sperriges Unterholz. Hinter uns kam Geschrei auf, schrillten Trillerpfeifen, knallten Befehle, flogen knatternd Hubschrauber auf, ratterten Motorräder. Wir nahmen dies alles nicht zur Kenntnis. Dann allmählich verebbte der Lärm, und um uns herum war nur noch die summende Stille des tiefen, zeitlos gewordenen Rheinauenwalds.

Erinnern Sie sich, Monsieur? Wir tranken aus den klaren Wassern, die von unserem unterirdischen See gespeist werden, wir ästen all die schmackhaften Kräuter ab, deren Namen Ihnen sicher sehr apart vorkamen: Waldmeischter und Gundelrab, Blüetbolla und Melichkrüt, Zigori und Mattagrassa, wir knabberten an den Rubinblättern der Brombeerstauden, wir rupften den Waldklee, wir zupften die Walschkirsche, der Waldhafer kitzelte uns, der Adlerfarn fächerte uns; wir glitten auf schmierigen Pilzen aus, wir scheuerten unser Fell an Salweiden und Schwarzpappeln, und immer wieder waren es die reinen, trägen Wasser, die uns anzogen, in denen unser Spiegelbild ondulierte; einmal zog ein Wasserhuhn seine bedachtsamen Kreise um unsere Köpfe, und ich spürte das Beben, das Sie flüchtig durchzitterte.

Dann wurde es Nacht, und wir fanden ein heimeliges Lager auf dickem Moospolster im Lianen- und Efeugewirr. Wir lagen Seite an Seite, Ihr Kopf ging unruhig hin und her, fremde, exotische Witterung mißtrauisch aufnehmend, die aus den grünen Weihern stieg, die aus den Mulmkuhlen der Weiden kroch, die an den Ranken herabglitt.

Und ich erzählte Ihnen von diesem Urwald, den der Rhein mit alemannischem Sperma befruchtet. Ich erzählte Ihnen von diesem anderen Elsaß, das so wenige kennen und das doch das urtümliche ist, das vorgermanische, vorkeltische Elsaß. Ich erzählte von der prähistorischen Dualität von Wasser und Baum, von Ringelnatter und Reiher, von Natur und Mythos. Die Römer mieden diesen Wald, die Alemannen verirrten sich darin. Nur die vorkeltischen Geister kannten die Schliche und Verstecke, flogen von Liane zu Liane und pflückten Orchideen für die Rheintöchter. Sind sie nicht immer noch da? Spürten Sie nicht eben, Monsieur, ihr windhauchähnliches, kapriziöses Vorbeiwirbeln? Gestatten Sie, daß ich meinen Kopf auf Ihr Schulterblatt lege. Warum pocht Ihr Herz so schnell? Warum pocht meines so schnell, so laut? Ich rufe Ittels Bild her, doch das braucht Stunden und Stunden, bis es mich erreicht, mich beruhigt und in den Schlaf wiegt.

Wie lange waren wir unterwegs, durch diese zeitlose Geographie, unsere Fährten im schwammigen Moosboden hinterlassend, an mysteriösen Gewässern entlang, durch rotbraune Buchenhaine, durch weißblondes Gras, durch dorniges Rankengewirr? Und dann ästen wir diese Wildkräuter, die uns in Trance versetzten, und wir tanzten auf den Lichtungen, Sie gravitätisch, majestätisch, ich verspielt und schelmisch, und der Schwarzspecht hämmerte den Takt zu unserem Ritual.

Und wie viele Nächte waren es noch, die wir miteinander verbrachten, bei unruhigem Schlaf, im Geflüster der Rheintöchter, und der Mond hing gefangen und fahl im Maschenwerk der Geäste?
Dann endlich verließen wir den Wald. Es kamen die Maisfelder, die Rübenäcker, die Weißkohlflächen und schließlich die Obstgärten des Dorfs.
So, wir sind angekommen, Monsieur. Nehmen wir wieder unsere menschliche Gestalt an. Ihre Krawatte sitzt schief, darf ich Sie zurechtrücken? Darf ich die Moossporen aus Ihrem Haar zupfen? Und jetzt geben Sie mir die Hand. Sie haben eine schöne Hand, Monsieur, fast grazil und trotzdem kräftig im Druck. Vorsicht, stoßen Sie nicht an die niedrigen Äste. Da ist das Dorf. Erkennen Sie es? Und das hier ist unser Hof. Ich gebe Ittel das Klopfzeichen. Darf ich Ihnen einen Kuß geben? Sie haben ihn verdient, Sie haben mir keinerlei Schwierigkeiten gemacht.
So, wir sind zu Hause. Ich stelle Ihnen Ittel, meinen Verlobten, vor. Der Arme hat die ganze Zeit sicher kein Auge zugemacht. Ja, er ist bewaffnet. Das ist aber nur eine Vorsichtsmaßnahme. Und nun möchten Sie wissen, warum Sie hier sind? Ich habe Sie entführt, mein lieber Monsieur, und Sie werden jetzt eine Zeitlang unser Gefangener sein. Wer wir sind? Weder eine Gang noch irgendeine Befreiungsfront. Und mit internationalem Terrorismus hat es schon gar nichts zu tun. Wir? Das sind wir beide, Ittel und Odile. Ja, ich heiße Odile, wie die heilige Schutzpatronin des Elsaß. Bei mir sind sie so gut aufgehoben, wie Sie es bei ihr wären. Sie lächeln

nicht? Sie haben recht, das war ein schlechter Witz. Sie müssen hundemüde sein. Gehen wir auf Ihr Zimmer. Es liegt im ersten Stock. Na, gefällt es Ihnen? Der Alkoven stammt aus dem 18. Jahrhundert. Lorentz Allemann und Margarethe Schusterin verbrachten darin ihre elsässischen Nächte. Sie mögen nun Ihren Schlaf behüten. Da ist die Bibliothek, werfen Sie einen Blick hinein. Ich kenne Ihre Vorliebe für Mallarmé und Proust, Sie werden sich bei uns bestimmt nicht langweilen, bei so einer Nachbarschaft. Die Fenster sind vergittert, auch dies ist nur eine Vorsichtsmaßnahme. Beide Fenster liegen auf der Hofseite, hier werden Sie nicht vom Dorflärm belästigt. Ich sagte eben, Sie sind unser Gefangener, betrachten Sie sich aber eher als unser lieber Gast. Sie sind auf Urlaub hier. Sie werden viel Zeit haben zum Lesen und Meditieren. Aber ich rede und rede, und Sie fallen vor Müdigkeit um. Gute Nacht denn, Monsieur.

Ittel war an jenem Tag, als die Sache beschlossen wurde, ziemlich aufgeregt aus Straßburg zurückgekommen. Ich wußte, mit wem er sich dort regelmäßig traf. Und ich kannte die Typen auch, von den kulturellen Happenings her. Ihr wirres Geschwafel ödete mich an, und ich fragte mich, welche Befriedung seines Affekts mein Ittel auf solchen Treffs wohl holen könne. Meistens kam er mir abgeschlafft zurück, manchmal sogar als seelisches Wrack, das ich dann kalfatern mußte.

An jenem Tag aber phantasierte er geradezu: Nun sei er das Gequatsche endgültig satt, nun heiße es, den Franzosen zu zeigen, wo Bartel den Most hole.

Der große Coup müsse nun gewagt werden. Ob ich ihm dabei helfen wolle? Wie es sich aber bald herausstellte, hatte Ittel sich nur als Planer vorgesehen, die wirkliche Arbeit sollte von Odile allein ausgeführt werden. Denn mir stünden ja Zauberkräfte zur Verfügung, die es nun gelte, in den Dienst der elsässischen Belange zu stellen. Der Monsieur aus Paris müsse gekidnappt werden. Das kalte Monster Zentralismus müsse aufs Haupt geschlagen werden. Und ich sei die Person, die das mühelos schaffen könne.
Und was sagte ich dazu? Nun ja, irgendwie reizte mich das Abenteuer, die Hoheit in meine Hände zu bekommen, von allem Glanz und Gloria entblößt, mal sehen, wie so eine Durchlaucht aussieht, ohne Hofmarschall und Hofschranzen, ohne Adjutanten und Referenten, ohne Sekretäre und Leibwächter, ohne den ganzen Rattenschwanz von National- und Lokalprominenten, ohne seine Madame auch, das Männele also ohne Kron', Zepter und Purpurmantel, einfach im Pyjama, zwischen Schlafzimmer und Bad in Pantoffeln schlürfend, unrasiert, das Haar zerzaust, womöglich die Zahnprothese im Kukidentbad, sprechen Sie mal das F von La France aus, Monsieur! Mal sehen auch, was in ihm steckt, wie so etwas funktioniert, ob sich das umprogrammieren läßt . . . Und vielleicht hat Ittel recht, vielleicht kriegt man ihn dank einer intensiven Gehirnwäsche auf den elsaß-alternativen Weg. Wer weiß, es geschehen manchmal Wunder in der Weltgeschichte — lachen Sie nicht, Herr Autor! Ist es nicht schon ein Wunder, daß wir überhaupt noch da sind, wa-

rum sollte dann das Schicksal dieses Wunder nicht zu seiner Krönung führen?
Pardon, ich habe mich von Ittels Phrasenkatarrh anstecken lassen. Nein, so weit dachte ich nicht. Ich fieberte nur dem Abenteuer entgegen: Hexe contra Herrscher, Frau gegen Mann, das große Spiel. Und ich sagte zu.
Ittel wußte, daß ich Zauberkräfte besaß, er hat Ihnen bestimmt von seinem Fiasko im Krautacker erzählt. Hat er dem Autor auch gesagt, daß ich ihn eines Tages, als er mir mit seinen Eifersüchteleien auf die Nerven ging, prompt in einen Kartoffelkäfer verwandelt hatte und ihn zwang, seine geliebten Ostarastauden Blatt nach Blatt aufzufressen? Ich erschrak selbst dabei und wollte ihn schleunigst wieder zurückholen, doch er fraß sich mit solcher Gier durch die Blätter, daß er meinen Befehl einfach nicht zur Kenntnis nahm und es mir erst nach wiederholten Ansätzen gelang, ihn wieder in einen Menschen zurückzuverwandeln. Ich hatte allerdings auch keine Übung in der Sache. Nach Oma Herrads Tod unterließ meine Familie das Hexen und Zaubern, vernachlässigte das Kräuter- und Wurzelbesprechen und verlegte sich mehr auf das Studium der Parapsychologie und der übernatürlichen Physik als auf deren praktische Anwendung. Und nun sollte ich die alte Tradition wieder aufnehmen. „Zum Heile des elsässischen Volks", sagte Ittel geschwollen. Aber irgendwie schauerte ich beim Gedanken an das Sakrileg, das ich begehen würde und daß ich dabei womöglich die bestehende Weltordnung ins Wanken bringen könnte. Ittel beschwich-

tigte mich: Der Monsieur sei ja nur eine sekundäre Figur auf dem großen Schachbrett, obwohl er sich einbilde, in zentraler Position das Geschehen ausschlaggebend zu beeinflussen. Ich solle keine Angst haben, es würden keine „cruise missiles" und „ss 20" seinetwegen gestartet werden. Ja, aber wo ihn nun einfangen, den Gentleman, in seinem Palais, in seiner Dienstwohnung, auf seiner Chefetage, in seinem Lustgarten? Wo hole ich ihn aus dem Pulk heraus, der ihn ständig umschwirrt und abschirmt? Elsässische Hexlein schöpfen ihre Kraft aus den Ausstrahlungen des oberrheinischen unterirdischen Sees. Außerhalb des Elsaß versagt also Odiles Magie. Was dann?
Abwarten, bis er komme, meint Ittel. Und er werde kommen, das stehe geschrieben. Er fühle es, ob ich das als Spezialistin nicht vorahne? Habe ich ihm nicht gesagt, in jener Krautackernacht, es müßten zuerst gewisse Dinge in Erfüllung gehen? Dieser Zeitpunkt sei nun gekommen.
Und ein paar Tage später stand es fest: Er wird ins Elsaß kommen, und zwar bald und auf Damwildjagd. Ittel jubilierte. Nun aber mußten wir unverzüglich an die Arbeit, und wir hatten viel zu tun. Sein Zimmer herrichten, eine Proviantreserve anlegen, das Gelände auskundschaften: das war Ittels Sache. Was mich anbelangte, so mußte ich mich mit den Verhaltensweisen herrschaftlicher Jäger vertraut machen, die Fauna des Riedwalds studieren, und dabei kam ich zu diesem Damwildszenario, weswegen ich mich mit Ittel herumstritt, Sie erinnern sich, dieser dämlichen Terminologie wegen; in

Wirklichkeit war es Ittels Eifersucht, die ihn so heftig gegen dieses Projekt aufbrachte. Ich machte Konzentrationsübungen, trainierte Levitation und Bilokation und unternahm einen Blitzflug zum Bastberg bei Buchsweiler, wo sich seit Urzeiten unsere Energiequellen befinden.
Als ich gerade beim Auftanken war, traf unversehens Uroma Bereswinde auf einem Wolkenfetzen ein. Bereswinde war jene Circe, die Anno 1910 den Kaiser Wilhelm im Rittersaal der eben im pseudomittelalterlichen Stil wiederaufgebauten Hohkönigsburg zwischen Hellebarden und Harnischen in die Knie zwang. Der wilhelminische, sonst hochgezwirbelte Schnurrbart hing auf die erbärmlichste Weise herunter, und allen Künsten und Anstrengungen des Hoffriseurs gelang es nicht, diesem kaiserlichen Zierat die aufwärtsstrebende martialische Steifheit wiederzugeben. Wilhelm Zwo stand verzweifelt vor dem Spiegel, zwirbelte und zwirbelte, fluchte auf preußisch und gesamtdeutsch und ließ sich schließlich schluchzend auf sein Feldbett fallen. Da erschien Bereswinde, trat hinter ihn, streichelte ihm die Wangen, ergriff mit Daumen und Zeigefingern die Schnurrbartenden, hob sie in die Höhe und sprach: „Mein liebes Willichen, gib den Elsässern die Autonomie, nach der sie sich sehnen, und du wirst deine reichsdeutsche Zierde wieder erlangen.“ Willi schwor es, die Schnurrbartenden versteiften sich nach oben, Bereswinde sank aufs Feldbett und . . . Na ja, die Elsässer bekamen eine Teilautonomie, aber bald danach brach der Krieg aus, in elsaßfer-

nen Hauptstädten ausgeheckt, und Bereswinde zog sich enttäuscht von der Politik zurück.
Anno 1941 nahm dann Oma Herrad den Dienst wieder auf. Es war auf einem Abstellgleis im Bahnhof von Zabern, wo der Sonderzug des Führers Frühstückspause machte. Herrad wollte den Trick der Bereswinde wiederholen, doch diesmal mißlang er, denn des Führers Bürste widerstand jeder Manipulation, und zudem stand vor der Abteiltür unser Widersacher Satan in SS-Standartenführeruniform, und Herrad ging im KZ Struthof in Rauch auf.
„Mein liebes Kind", sagte Bereswinde zu mir, „meine besten Wünsche begleiten dich. Die Umstände sind heute wohl anders als zu meiner und Herrads Zeit. Trotzdem möchte ich dich warnen: Auch in unserem Beruf gibt es zuweilen unvorhergesehene unangenehme Überraschungen. Dagegen sind auch wir nicht gefeit. Sichere dich also nach allen Seiten ab." Ich verstand den Rat, flog zum Odilienberg und erhielt sofort Audienz bei meiner Namenspatronin Odilia. Die war zuerst schockiert, als ich ihr mein Anliegen vorbrachte. Sie lenkte schließlich ein, als ich sie daran erinnerte, daß mein Geschlecht ein profaner Ableger des ihrigen und unsere Gegensätzlichkeit im Grunde genommen Komplementarität ist, da wir ja denselben Feind haben, den großen Korruptor und Gleichmacher, daß sie übrigens als Landespatronin allein nicht fähig ist, dieses träge Volk aus seiner Verderbnis zu erretten, was sie zögernd zugab. Sie versicherte mich also ihres Beistandes, sollte ich in eine kritische Lage geraten.

Dann kam der Tag. Ittel setzte mich in der Morgendämmerung auf einem einsamen Riedsträßlein ab. Ich sprang in den Wald, versteckte mich in einem dichten Buchenaufwuchs und wartete auf den Moment, da die Brise mir die Witterung herbeitragen würde.

DER AUTOR

Der Präsident ist verschwunden! Man suche ihn unverzüglich, man finde ihn schnellstens, lebend oder tot! Denn lieber noch ein toter Präsident, dessen Nachfolge sofort angetreten werden kann, als ein in alle möglichen Hypothesen entschwundener, wodurch das System auf gefährliche Weise paralysiert würde. Denn Systeme kennen sich nur in binären Situationen aus, Nuancen und Ungewißheiten bringen sie aus dem Konzept.

Aber so schnell geben wir ihn nicht auf. Der kann sich doch nicht einfach in Luft aufgelöst haben. Seid ihr sicher, daß man ihn nicht ins falsche Revier gelotst hat, daß er nicht auf dem falschen Hochstand sitzt, unter dem falschen Eichbaum auf nicht vorgesehenes Wild paßt? Laßt die Jäger und Treiber ausschwärmen, daß mir ein jeder Busch abgeklopft wird, ein jeder Farnbestand gründlich durchstöbert, ein jeder Tümpel mit Stecken und Stangen sondiert! Guckt in jeden hohlen Stamm, reicht in jeden Fuchsbau hinein, schickt Kletterer in die Baumkronen, beordert Gymnasten an die Lianenstränge und Polizeischnüffler auf sämtliche Wildfährten! Laßt mir aber die Meute an den Leinen, der Platzhirsch soll nur ausfindig gemacht werden; das Halali werden schon andere blasen, wenn morgen die Sache publik wird.

So schwärmen sie also aus, klopfen ab, durchstöbern, schnüffeln, turnen, sondieren, senden Lockrufe aus, rufen den heiligen Antonius an, den heiligen König Ludwig, die heilige Jeanne d'Arc, und da dies nichts nützt, wechselt ihr Bitten zum Feind hinüber, zum Erlkönig, zu Rübezahl, zu Wotan, zu Freya und den Walküren. „Jaa doo", seufzt ein Awerschemer Treiber, „den hat sicher die Riedhexe zu sich geholt; die wird wieder läufig sein."

Und wie verhält sich das Wild? Es ist ganz vergelstert. Damrudel, Hasenfamilien und Wildsäue in kompakten Rotten jagen kreuz und quer durch das lärmende Revier, durchbrechen Schützenlinien, aus denen kein einziger Schuß fällt, bleiben verdutzt stehn, die Lauscher nach allen Lärm- und Windrichtungen drehend, die Daten häufen sich in den Gehirnzellen, doch ist kein Erfahrungsmaterial vorhanden, das Aufschluß geben könnte. Da wird ein alter Keiler wild, er durchbricht noch einmal die Kette, erntet nur Flüche und Steinwürfe, was ihn noch rasender macht, so daß er einen Gendarmen auf den Rüssel nimmt und in die Luft wirbelt; der fällt Zeter und Mordio schreiend ins Moos, wo ihn der Keiler gründlich beschnuppert, während die Schützenlinie weitermarschiert, nur ein Vorgesetzter schnauzt zurück, der Lückenreißer solle schleunigst machen, daß er wieder auf die Beine komme, und der Wildeber trottet gemächlich zurück, sich plötzlich alter paradiesischer Mären entsinnend.

Und wie reagiert das Kleingetier? Es hört die Dampfwalze ins Unterholz dringen, die Bärlappteppiche plattreten, den Farn mit den Flintenkolben niedermähen, hört das und verkriecht sich in Löcher oder hastet verstört zu anderen Schlupfwinkeln, sie in der Aufregung oft nicht findend, die Käferle und die Spitzmäuse, die Eidechsen und die Frösche, die Ringelnattern und die Bisamratten; während die Amsel in der Buchenkrone keift, der Turmfalke auf der Pappel vor Angst zetert, und der Häher von Ast zu Ast wippend seine Schmähkaskaden auf die Eindringlinge schüttet.
Diese ahnen nicht, was sie da anrichten, hören das Gezeter und das Gepiepse nicht, haben auch kein Auge für das schleierdünne Grün der Waldhaferplätze, für das Gold der Hexenmilch, für den kupferroten Sauerampfer, für die Urtümlichkeit der mannshohen Farnwedel, für die mit Diamanten bestickten Spinnweben; und keine Hand wühlt sinnlich in Mulm und Moos, keine Nase beschnuppert die modrige Süße und die harzig warmen Luftschübe. Werden sie nun in die Dschungel eindringen, die sich bis zum Rheinkanal ausdehnen, den Säbel aus der Scheide ziehen, den Hirschfänger, das Bajonett, das Buschmesser und sich einen Weg durch das Lianen- und Dornengewirr hauen? Ja, sie wagen es, doch da legen sich die trägen Wasseradern quer. Aber schon werden auf den Forstwegen Schlauchboote angekarrt, aus denen Froschmänner springen, die in die Brunnenwasser tauchen, auf deren Grund sie nach den Zugängen zum unterirdischen See suchen. Werden sie sie finden und den Obernix

des Tertiärs verhaften, verhören, sogar foltern? Da tauchen sie blubbernd und glucksend wieder empor, die Tauchmasken mit Kaulquappen und Wasserflöhen verklebt . . . Und der Häher krächzt sein hämisches Lied nun fortissimo.

Wie wurde nun das Verschwinden des Präsidenten entdeckt? Wer hat als erster Alarm geschlagen? Weder der Jagdherr, noch des Chefs Adjudant, noch irgendeiner der Leibwächter. Die saßen alle vor der Jagdhütte, aßen Erbsensuppe und Landjäger und tranken einen süffigen Pinot Noir; dies ohne ihren Gebieter, der schärfstens darauf gedrungen hatte, den Jagdgenuß in vollkommener Waldeinsamkeit erleben zu können. Nur Nicolas dürfe ihn zwecks Verproviantierung auf seinem Posten aufsuchen. So war es also auch Nicolas, der sich zu jener Vesperstunde aufmachte, um seinen Herrn zu verpflegen. Nicolas ist Monsieurs Kammerdiener und Konfident. Wir sehen ihn auf leisen Sohlen durch den Wald schleichen, am Arm den Korb mit den warmen Gänselebertoasts und einer Flasche Château Lafite.

Nicolas schleicht also wie ein Sioux auf die mächtige dreihundertjährige Eiche zu — eine wahrhaft in jedem Sinne königliche Eiche, denn anläßlich eines Durchritts des Sonnenkönigs gepflanzt —, am rechten Arm den Proviantkorb, über den linken die mit Monsieurs Wappen bestickte Serviette gelegt, und plötzlich stockt sein Schritt: Da ist etwas geschehen, das nicht im Programm steht. Nicolas' Nase schnuppert von links nach rechts, vor sich und hinter sich: Monsieurs eigentümliche Witterung will sich nicht einstellen. Dann bemerkt Nicolas den Drilling, der an die Eiche gelehnt ist.

Was ist nun mit Monsieur geschehen? Ist er in einen Baum geklettert, sich seiner kindlichen Spiele entsinnend, wird er in der nächsten Minute an einer Liane hängend geflogen kommen, vor ihm, Nicolas, aufplumpsen, sich mit beiden Fäusten die Brust hämmern und den Urschrei ausstoßen, hoffend, daß der Wald unter den Hufen der elsässischen Vorgeschichte erbeben und Auerochs und Mammut, Höhlenbär und Wildpferd sich auf den Weg zu ihrem neuen Gebieter machen würden?

Quatsch, sagt Nicolas auf französisch, der verliert doch seine Selbstkontrolle nie, sogar bei seinen intimsten Beschäftigungen nicht. Apropos, vielleicht hat er müssen? Hockt jetzt irgendwo im Farn oder hinter einem Gebüsch und getraut sich nicht, sich mir bemerkbar zu machen? Suche ich ihn? Nein, das wäre unschicklich. Nicolas hüstelt leise, hüstelt lauter, nichts meldet sich. Jetzt ruft er mit verhaltener Stimme, wieder rührt sich nichts. Dem Kammerdiener wird die Sache jetzt so langsam doch bedenklich. Ist ihm etwas zugestoßen? Hatte er einen Schwächeanfall, einen Kreislaufkollaps, während er sich in der Hocke befand?

Nicolas sucht die Farne ab, Nicolas kriecht in die Büsche, Nicolas zieht immer größere Kreise um die Eiche, das Herz pocht ihm dabei, die unheimliche Stille bedrückt ihn. Es übermannt ihn der Schmerz, er setzt sich auf einen Baumstumpf und bricht in ein zuerst leises, dann immer lauter werdendes Schluchzen aus, das sich anhört wie das Geheul eines mondsüchtigen Hundes.

Da reißt ein Häher plötzlich die Stille auf. Nicolas fährt zusammen, springt auf, schreit: „Alarm! Alarm!“, bereut es sogleich, so laut geschluchzt und geschrien zu haben, wirft dem Häher einen Stein nach, stellt den Proviantkorb neben den Drilling, falls Monsieur doch noch hier auftauchen sollte, und läuft keuchend dem Waldrand zu, wo er den mobilen Sicherheitsstab vermutet, der auch effektiv dort unter einem Birnbaum herumfaulenzt.

Im Funkwagen aber sitzt Lefuret, dessen scharfe Ohren den Heulton vernommen haben. Lefuret, zu deutsch das Frettchen, ist der Oberbefehlshaber der Sicherheitskräfte und als solcher für Monsieurs Sicherheit persönlich haftbar. Lefuret erfährt nun aus Nicolas' Mund die erschreckende Kunde und weiß sofort, wem jetzt die Sternstunde geschlagen hat. Lefuret setzt also sich und sein ganzes Heer prompt in Bewegung. Sein Heer, das sind alle in der näheren und entfernteren Umgebung stationierten Gendarmen, Polizisten in Zivil, Polizisten in Uniform sowie die Jagd- und Fischereihüter, die Bannwarte, die Dorfweibel, die Feuerwehren, die Pfadfinder und nicht zuallerletzt die Förster mit den Holzhauertrupps.

Dann zieht er das Militär heran, Fallschirmjäger und Infanteristen, Geniezüge und Hubschraubergeschwader, und in Paris läßt er eine berittene Gardeschwadron einladen, denn eignen sich Pferde in diesem sumpfigen Gelände nicht besser als Kraftfahrzeuge? Lefuret denkt an alle Eventualitäten: Am

Rheinkanal liegen schon die Pontons in Bereitschaftsalarm, auf dem Kanal patrouillieren die Boote der Kriegsmarine und des Zolls, denn eine ausländische Einmischung ist nicht auszuschließen. Und sämtlicher Verkehr wird auf seinen Befehl lahmgelegt: Die Sport- und Linienflugzeuge werden zum Landen gezwungen, der Calais-Mailand und der Orientexpreß auf freiem Felde gestoppt; und Straßensperren überall: auf den Autobahnen, den Nationalstraßen, den Departementalstraßen, den Feldwegen, den Vogesenclub- und Trimm-dich-Pfaden. Es entwickeln sich in Stundenschnelle internationale Komplikationen deswegen, die man auf diplomatischer Ebene vorerst geheimzuhalten versucht. Auch werden schon Versorgungsschwierigkeiten gemeldet. Doch was schert das Lefuret, der in die Breite und in die Höhe wächst, und seine Befehlsgewalt mit sichtlichem Genuß auskostet.
Gendarmenstiefel also durch Schneisen und Lichtungen, durch Stangenholz und Dickicht, unentwegt im langsamen, schweren Marsch, die Käferle zertretend und die guten Waldgeister aufscheuchend, die über den Baumkronen von den Rotorblättern angesaugt und zerhäckselt werden. Während die bösen Waldgeister Irrlichterchen anzünden und damit Odiles Fährte abstecken. Denn schon wird es dunkel. Doch kennen sich die Gendarmenstiefel Gott sei Dank nicht im Dekodieren der mythologischen Zeichensprache aus. Nun ist die Nacht vollends da. Scheinwerfer her! Aber die schaffen es nicht, in die Dschungel hineinzuleuchten. Geben Sie also durch: Suchaktion stoppen! Nachtquartier an

Ort und Stelle aufschlagen! Essenträger nach vorn! Was machen Sie nun, Herr Lefuret? Der Verwaltungsrat wird ungeduldig, der Verwaltungsrat droht mit Amtsenthebung, Lefuret läßt sich aber nicht einschüchtern, hält sich ein paar Reporter warm, die gierig darauf sind, den Medienwald gewaltig ins Rauschen zu bringen, was den Herren auf der Chefetage nicht lieb sein dürfte. Denn die Opposition würde die Gelegenheit beim Schopf ergreifen und eine Vorverlegung der Vollversammlung fordern. Und was dann passieren würde? „Gnad uns dann Gott!" seufzt der Verwaltungsrat. „Also, Lefuret, Suchaktion sofort wieder aufnehmen. Der Chef muß her, tot oder lebend — pardon, lebend oder tot. Sonst gerät uns der ganze Apparat außer Kontrolle, und die Firma macht Bankrott!"
Wo er nur stecken mag? Was denn in ihn gefahren ist? Der kann doch nicht so mir nichts dir nichts einfach weg sein, in den Erdboden verschwunden oder in den Himmel aufgefahren? Die Gehirne, die menschlichen wie die elektronischen, kombinieren fieberhaft. Alle aus kriminologischen Wälzern gezogenen Möglichkeiten werden durchgespielt. Hätte da womöglich eine verführerische feindliche Agentin ihr Netz über den Monsieur geworfen und ihn in ein kuscheliges Nest entführt? Man befrage Madame, aber taktvoll, bitte. Madame antwortet pikiert, daß ihr Gatte keinerlei Anlaß zum Fremdgehen habe.
Stand er vielleicht unter einem unerträglichen psychischen Druck, den er bis dato gekonnt der Umwelt verborgen gehalten hatte, und ist dann mit der

Konsequenz der Psychogen-Depressiven in einen grünen Weiher gestiegen? Hatte er es sich nicht ausgebeten, für ein paar Stunden ganz allein gelassen zu sein? Der Chefpsychologe seines Stabs verneint vehement: Der Präsident stecke alle möglichen Schicksalsschläge mit ehernem Gleichmut weg. Nein, solange er Macht ausübe, sei er gegen jegliche Lebensverdrossenheit gefeit.
Dann käme ein Geheimtreffen mit seinem deutschen Kollegen, irgendwo im Badischen, in Frage. Beide säßen jetzt gemütlich in einer holzgetäfelten Schwarzwaldstube bei Speckbrot und Bier. Nein, kontert das Auswärtige Amt, nichts dergleichen sei weder geplant noch inszeniert worden. Außerdem verabscheue Monsieur Speck und Bier.
Schließlich bliebe nur noch die Terroristen-Hypothese übrig. Eine Entführung also, eine Geiselnahme? Aber durch wen? Die Qual der Wahl: Palästinenser, Armenier, Schiiten, Kurden, Libyer, Prima Linea, die deutsche RAF, Neofaschisten, Carlos-Anarchisten? Oder gar Korsen, Basken, Bretonen? Warum aber haben die Entführer sich noch nicht gemeldet? Die sind doch sonst so geil auf Publicity? Und dann fragt einer, ganz leise: „Könnten es nicht auch Elsässer gewesen sein?“ Der Krisenstab schüttelt sich vor Lachen: „Das sollte wohl als ein Witz gemeint sein, Herr Kollege?“
Inzwischen ist Lefuret ein Malheur passiert: Die von ihm warm- und quasi im Arrest gehaltenen Reporter sind ihm entwischt, und sofort laufen die Telefone und die Fernschreiber heiß, in den Redaktionen wirbelt Sturmwind auf. Hunderte von journalistischen

Spürnasen werden ins Elsaß gejagt, die einen nehmen die Straßensperren im Sturm, die anderen, die kühneren, springen mit dem Fallschirm über dem Ried ab. Und um acht Uhr morgens hat die Welt ihre neueste Sensation.
Um halb neun landet Madame in Colmar, um halb zehn nimmt sie sich Nicolas vor: „Nicolas, sind Sie sicher, daß. . .?" Nicolas beruhigt sie: „Absolut sicher, Madame. Die Elsässerinnen sind nicht der Frauentyp, den Ihr Gatte affektioniert." Madame gerät in Rage und kündigt dem Kammerdiener. Dieser wendet sich unverzüglich an seine Gewerkschaft, die ihrerseits eine Klage beim Arbeitsrichter einreicht. Der Verwaltungsrat interveniert bei Madame, die Nicolas wieder einstellt, doch dieser trotzt ihr, setzt sich unter Monsieurs Eiche und erklärt, einen Hungerstreik beginnen zu wollen. Fotografenrudel eilen herbei, schießen ihre Salven ab und stürzen sich anschließend auf Monsieurs Proviantkorb. Dabei entsteht eine Keilerei; Intervention Lefurets, der die Fotografen verjagt und den Kammerdiener im Namen der Staatsräson einlocht.
Nun werden sämtliche Kanzleien aktiv. Auf dem Sitzungstisch des Verwaltungsrats häufen sich die Telexe und Telegramme: Man bitte um Aufklärung; man biete Mithilfe an; man befürchte eine schwere Erschütterung des internationalen Konzerns, dem die Firma angehört; man, man, man. Der Krisenstab gibt endlich ein Kommuniqué heraus, aus dem man erfährt, daß der Präsident an Kreislaufbeschwerden leide und sich in einer aus Sicherheitsgründen namentlich nicht erwähnten Klinik befinde.

Doch kein Mensch nimmt dies für bare Münze. Die Börse am allerwenigsten, wo die Aktien der Firma unaufhaltsam in die Talsohle gleiten. Wir stehen am Rand der totalen Pleite. Der Verwaltungsrat zersplittert in vier feindliche Fraktionen. Das freundlich gesinnte Ausland drängt uns, raschestens eine Lösung zu finden, um die Stabilität des Westens nicht weiter zu gefährden. Das weniger freundlich gesinnte Ausland verfolgt die Entwicklung dieser extravaganten Affäre mit klammheimlicher Schadenfreude. Jetzt heißt es reagieren! Der gespaltene und dennoch solidäre Verwaltungsrat sucht sein Heil in der Flucht nach vorn: Er schreibt Neuwahlen aus. Diese werden im Rückspiel von der gegnerischen Mannschaft gewonnen. Ein neuer Chef übernimmt die Regie, und ein neuer Verwaltungsrat räumt gründlich mit dem unseligen Erbe auf. Das Blatt hat sich gewendet. Die seriösen Zeitungen gehen zur Tagesordnung über, nur die Klamaukpresse schnüffelt noch in Monsieurs Papierkorb herum und hausiert mit überspannten Hypothesen.
Da klingelt bei Madame das Telefon. Eine samtige Frauenstimme meldet sich, Madame brauche sich keine Sorgen um Monsieur zu machen. Er befinde sich in guten Händen. Es gehe ihm den Umständen entsprechend gut: Appetit, Schlaf und Geistesverfassung seien normal. Man werde ihn der Madame zurückschicken, sobald seine Umschulung beendet sei.
Madame eilt zum neuen Chef. Dieser hört ihr mit einem herablassenden, leicht süffisanten Lächeln zu und komplimentiert sie zur Tür hinaus: ,,Gewiß,

Madame, wir werden das Nötigste veranlassen, damit es zu keinem weiteren Skandal kommt.“
Und bald spricht kein Mensch mehr vom Abhandengekommenen, den das naive Volk als liebestollen Ausgeflippten irgendwo auf einer Südseeinsel wähnt. Sic transit . . .
Da habe ich aber um einige Monate vorgegriffen. Kommen wir nun wieder zur Ausgangsposition zurück. Welches sind nun die Reaktionen des Elsaß, als es die Hiobsbotschaft erhält? Das Elsaß versinkt in ein Meer von Niedergeschlagenheit, es fühlt sich verwitwet, verwaist, von Gott verlassen, das offizielle Elsaß jedenfalls, und in seinem Schlepptau das gutgläubige Elsaß, das hörige Elsaß. Die anderen Spielarten des Elsaß aber, das aufmüpfige, das ungehörige und das blasierte lachen sich den Buckel voll oder nehmen von der Sache nur spärlich Notiz.
Und somit kommen wir zu unseren sechs unentwegten Aufrechten zurück. Sie jubilieren und rechnen sich die Entführung als Verdienst an, denn hat nicht die Idee dazu in ihrer Mitte gekeimt? Sie freuen sich ganz besonders darüber, daß sich die Aktion ohne jede Gewalt abgewickelt hat. Hypnose und Charme sind die besseren Waffen, weg also mit den Kalaschnikow-, TNT-, 357-Magnum- und Smith-and-Wesson-Träumen, weg mit den blutigen Souvenirs von Belfast, Beirut, Guernica und Wounded Knee! Sie ist wiedergefunden, die ursprüngliche Ideologie: die sanfte Gewalt, die einzige, derer wir fähig sind — und auch sein wollen.
„So“, sagte Gerber zwei Wochen nach der Entführung, als jede Gefahr für die Gruppe vorüber zu

sein schien, ,,jetzt wollen wir uns mal mit dem Monsieur beschäftigen. Jetzt wird der große Umpoler selber umgepolt: Intensivkurs in elsässischer Sprache und Kultur mit Diktaten, Dissertationen, Extemporalien, Kontrolltests und dem ganzen Zeugs. Und wenn er dann soweit ist, lassen wir ihn auf Paris los!"

So sind sie, die Elsässer, in einem jeden von ihnen steckt ein Schulmeister. Das war schon in der Humanistenzeit so. Es fehlen ihnen zwar die geniale Erfindungsgabe, die künstlerische Kühnheit, der revolutionäre Übermut, wie keinem anderen Volk aber wurde ihnen die Gabe der Pädagogik in die Wiege gelegt — böse Zungen korrigieren allerdings: der Pedanterie.

,,Quatsch", sagte der Skeptiker Joss, der in der Bundesrepublik Politologie studiert hat. ,,Solange der Herr nominell Hoheitsträger ist, verfügt er über psychische Abwehrstoffe, die ihn gegen jede subversive Beeinflussung immun machen. Und wenn er es nicht mehr ist und gefügig gemacht werden kann, wird er euch von keinem Nutzen mehr sein. Dann könnt ihr es höchstenfalls versuchen, ihn gegen seinen Nachfolger einzutauschen. Haha."

Ja was dann, was schlage Joss vor? Da meldete sich Odile durch eine knappe und nicht mißzudeutende Botschaft: ,,Der Mann gehört mir, mir allein. Ich bestimme, was mit ihm zu geschehen hat. Und sonst niemand. Basta."

Das schlug ein wie ein Blitz aus heiterem Himmel. Sie sahen sich zuerst verdutzt an, standen dann einer nach dem anderen auf, gingen gesenkten Kopfes hinaus und ließen den Überbringer der Botschaft allein vor seinem Seidel sitzen.

„Abwarten und Tee trinken", knurrte Ittel, trank aus und schleuderte das Glas an die Wand.

ITTEL

Odile, kannst du die Rauchzeichen entziffern, die ich in den verwaschenen Bloderschemer Himmel sende? Siehst du sie über der Scheuer sich zu einem Poem zusammenfügen, das ein leiser Brisenwirbel dann unwiderruflich zerreißt? Nein, der scharfe und tauschwere Geruch meines Herbstfeuers vermag dich nicht ans Fenster zu locken. Weißt du, mit den Erdäpfelstauden verbrenne ich unsere gute Zeit. Denn sie ist welk geworden.

Unsere gute Zeit, Odile. Es war Anfang Mai, erinnerst du dich? Wir schritten behutsam die Furchen auf und ab und legten die Ostara-Setzlinge. Manchmal stolpertest du, dein Oberkörper neigte sich auf meine Seite, ich erwischte dich unter den Armen und hielt dich einen Augenblick in der Schwebe, Zeit genug für dein Haar, mein Gesicht zu streicheln, für meine Hände, dir von meinem inneren Beben zu verraten. Dann stellte ich dich wieder auf die Beine, dein Gesicht glitt nahe an meinem vorüber, und ich erhaschte dabei dein gehauchtes, leicht benetztes Lächeln.

Einige Zeit später war das Jäten dran, dann das Häufeln, und wir hatten unsere Freude am Wachsen und Gedeihen. Und wie glücklich du schienst, denn war es nicht das erste Mal, daß du der Natur zu den drei wichtigsten Funktionen verhalfst, dem Keimen, dem Wachsen, dem Reifen? Und du bedauertest, daß ihr in eurer Familie jeden Kontakt mit den Dingen der Natur verloren hattet. „Die Parapsychologie", sagtest du, „bringt dir keine echte sinnliche Befriedigung. Ist dies hier nicht erregender als die Töpferei? Das Höchste in der Kunst ist nicht, aus der Materie ein Werk zu schaffen, sondern die Materie zu veranlassen, selbst kreativ zu sein. Das hieße, die bescheidene Materie mehr lieben als sich selbst; das hieße, die Demut über unsere manische Besessenheit stellen, unauslöschliche Spuren von uns selbst hinterlassen zu wollen."

Und du sogst alle hergewehten Frühjahrsdüfte gierig schnuppernd ein, du knietest nieder und streicheltest die Taubnessel und die Gänsedistel. „Reiß doch das Unkraut raus!" lachte ich. Doch du schütteltest den Kopf: „Es gibt kein Un-kraut, lieber Ittel. In der Natur hat alles seine Funktion, und sei es nur die, da zu sein für eine einzige Raupe, einen einzigen Schmetterling, für mich." Ich sagte dir, daß der erste Schritt der Kultur darin bestehe, die Wildwucherung einzudämmen; du beharrtest aber auf deiner grünen Offenbarung mit solch einer Vehemenz, daß ich deine Lieblinge weiterwachsen ließ, was meinen Nachbar zu unliebsamen Bemerkungen veranlaßte. Unsere gute Zeit, Odile. Wenn wir mit der Arbeit fertig waren, naßgeschwitzt, das Gesicht mit Haarsträhnen verklebt, die Hände voll Schwielen und Blasen, und wir uns gegenüberstanden, ein Leuchten in den Augen, die Lippen halb geöffnet: Wird eine Frage daraus oder ein Lachen? Wenn dann

manchmal dein Glück zu intensiv wurde, eine Träne aus dem Augenwinkel kroch, und eine leichte Röte deine Nasenflügel überzog. Wenn ein jeder von uns nur darauf wartete, daß der andere ihm seine Arme öffne, um sich an seine Brust zu werfen . . . Dann dein leiser Wonneseufzer, deine salzigen Lippen, dein maiwarmer Atem, Odile . . .
Und wir gingen Hand in Hand ins Haus zurück, mit langsamen, fast zögernden Schritten, denn wir wußten, daß dort unweigerlich der Zauber zerbröckelte. Du eiltest lustig trällernd unter die Dusche, und wenn du herauskamst, warst du eine andere geworden. Warst praktische Hausfrau. (Was kochen wir heute? Hast du das Schloß repariert? Duschst du nicht?) Oder warst unnahbare Fremde, die an mir vorbeischaute, als wäre ich gar nicht mehr da.
Und ich hatte den vagen Eindruck, ausgedient zu haben, mindestens für eine gewisse Zeit, in die Schublade gelegt zu werden, so wie man einen Liebesbrief in den Sekretär einschließt, aus dem man ihn erst wieder herausholen wird, wenn das Bedürfnis danach, je nach Stimmung und Konstellation, sich einstellt. Ist Liebe für dich also nur zeitweises Bedürfnis, wie Hunger haben und Durst?
Ich weiß, Odile braucht viele Freiräume, in denen sie sich selbst genügt. Dann spürt sie meine Nöte nicht. Spürt sie überhaupt, wann ich ihrer bedarf? Daß ich ihrer ständig bedarf? Und weiß sie, daß alles, was ich bisher tat, immer nur im Hinblick auf das geschah, was sie dazu sagen würde? Das war ein Präteritum. Wie wird das Futurum aussehen? Werde auch ich mir Freiräume schaffen müssen, um mein

Gleichgewicht zu bewahren? Dann aber fürchte ich, Odile, daß unsere Gemeinsamkeiten ganz dem Zufall ausgeliefert würden.

Um dir das alles zu sagen, habe ich dieses Feuer angezündet, schreibe ich dieses Poem in die Herbstluft, hole ich alle Erdäpfelstauden, Maisstengel und welke Krautblätter zusammen, die ich im Bloderschemer Bann finde; dauernd bin ich mit der Schubkarre unterwegs, trage sogar heimlich von dem Heu hinzu, das wir, deinem Willen zufolge, gemäht, gewendet, zusammengerecht und in die Scheuer gebracht hatten. (Was brauchen wir übrigens Heu? Wir könnten uns Kleinvieh halten über den Winter? Sonderbar.) Und wenn das Zeugs zu dapp ist, werfe ich mit Öl oder Benzin getränkte Lappen drauf. Der ätzende Rauch irritiert sicher Monsieurs Nase. Hat er nicht eben seine Fenster geschlossen? Weihrauch wäre ihm allerdings angenehmer.

Und ich sage mir: Nun muß sie die Zeichen bemerkt haben, nun muß sie die Geheimschrift, wenigstens teilweise, entziffert haben. Ich stehe vor meinem letzten Feuer, auf die Heugabel gestützt und lustere ins Haus hinüber. Ich höre sie, wie sie die Treppe hinunterspringt, ich sehe, wie sie sich unten abbremst, indem sie ihren bloßen Arm um den geschnitzten Eckpfosten wirft. Jetzt eilt sie über den Hof, bindet sich das rote Kopftuch wie einen Turban um. Vorsicht, Odile, rutsch nicht auf den glatten Pflastersteinen aus! Stoß dich nicht an der Wagendeichsel! Jetzt trittst du in die Scheuer, verschnaufst ein paar Sekunden, ziehst dein mauves T-Shirt glatt — du weißt, wie sehr ich dich in Mauve

mag. Jetzt stoß das hintere Scheuertor auf . . . Und wir stehen uns einander gegenüber. Wie deine Augen leuchten, wie deine Lippen zucken! Wer wird nun als erster die Arme öffnen? Ich natürlich, wie gewöhnlich. Und dann? Es ist ja gar nichts geschehen. Es war nicht mal eine Fata Morgana. Das Feuer ist aus. Ende.
Oben bei euch spielt Mozart sein Menuett. Immer wieder Mozart. Es langt jetzt mit diesem Mozart. Ich kann ihn nicht mehr ausstehen. Ich brauche mir aber die Ohren nicht zuzuhalten, denn 's Mathisse Jokl fährt sofort dazwischen und würgt ihn ab. Es läutet nämlich Scheidzeichen für ihn. Vor einer Viertelstunde ist er gestorben, der Nachbar hat es mir über den Zaun gerufen. Adje, Jokl . . .
Jakob Mathis war Kriegsinvalide. Sein Bein hatte er Anno 1917 vor Verdun verloren. Hören Sie es, Monsieur? Stehen Sie bitte stramm vor dem letzten Veteranen! Salutieren Sie, Chef! Obwohl Jokl östlich von Verdun gekämpft hatte, nicht westlich. Jokl war kronprinzlicher Meldegänger und geriet in eine Auseinandersetzung Krupp contra Schneider-Le Creusot. Aus welcher Fabrik die Granate kam, die ihn lädierte, konnte nicht festgestellt werden.
Merci, Alter, dafür daß du den beiden da oben den Mozartgenuß vergällt hast. Man hört nichts mehr. Beten sie jetzt ein Vater unser für deine arme Seele? Es würde mich wundern . . . Und da geht's wieder los, diesmal mit der Zauberflöte. Odile wiegt sich in Illusionen. Odile hat sich in den Kopf gesetzt, in, mit und durch Mozart ihren Monsieur zur germanischen Kultur zu bekehren. Weiß sie denn nicht, daß

die Monsieurs den Mozart de facto annektiert haben? Der sei doch schon zu Dreivierteln romanisch! Der habe doch nichts Germanisches an sich! Und wie sprechen sie seinen Namen aus? Moosaar. Und wehe, wenn sich jemand vermesse, ihn deutsch auszusprechen. Das käme einem Sakrileg gleich. Na ja.

Unsere gute Zeit, Odile. Welk ist sie geworden seit jener Nacht, als dieser Herr hier ankam. Ich habe sie aufs Feuer geworfen, mit den Taubnesseln und Disteln, der Melde und der Winde, den Stauden und den Stengeln. Doch sie wollte nicht brennen, da hob ich sie mit der Heugabel hoch und gab den Flammen Luft, diese fuhren zischend hinein, dicker weißer Rauch stieg auf und blieb wie eine Cumuluswolke über dem Hof hängen. Die Flammen fraßen weg, was ganz ausgedörrt war; der Rest liegt nun da, zerfranst und verkohlt und schwitzt in den Glutresten die letzten Tränen aus.
Es ist mir, Odile, als ruhe dein rätselhafter Blick auf mir. Wie er mich fixiert, aus der mal runden, mal elliptischen Pupille. Wer bist du, Mädchen? Nein, ich glaube nicht an Hexen und Hexereien. Auch deine Damkuhgeschichte kaufe ich dir nicht ab, obwohl ich wegen dieser Albernheit einen bösen Streit vom Zaun gebrochen habe. Wie du den Monsieur allerdings im Illwald gekidnappt und ihn dann bis hierhin gebracht hast, wie du ihn nun hier von der Außenwelt abschirmst und ihn uns ganz zahm hältst, das kann man nicht der Hypnose allein zuschreiben. . . Stell nicht so viele Fragen, Ittel. There are more things in heaven and earth, Horatio . . .

Schau mich nicht so an, Odile, bitte. Dein Blick tut weh.

Unsere gute Zeit, Odile. Lebten wir nicht quasi wie ein eingespieltes Ehepaar, mit seinen eingefahrenen Gewohnheiten und Ticks, seiner Routine in den gemeinsamen häuslichen und beruflichen Angelegenheiten, seinen Schmollstunden auch, denen die Streicheleinheiten der Versöhnungszeremonie folgten? War es Gattenliebe, war es zärtliche Komplizenschaft, war es innige Freundschaft, war es burschikose Kameradschaft, war es mal dies, mal jenes, mal dies und jenes, Kombinationen, die plötzlich zustande kamen und sich plötzlich wieder auflösten?

Unsere Schlafzimmer liegen einander gegenüber. Manchmal kamst du zu mir herüber, manchmal ging ich zu dir. Was war dann? Man setzte sich aufs Bett, lächelte sich zu, zündete eine Zigarette an, trank einen Verbenentee oder einen Schluck Cognac, sagte nichts oder redete Banales, einfach um den gemeinsamen Tag ganz leise auslaufen zu lassen. Dann ein schneller Kuß auf die Lippen. Gute Nacht, mon chéri. Weck mich nicht zu früh.

Warum erzähle ich mir das alles, in meiner Schubkarre sitzend und den letzten Rauchkringeln nachschauend, die am Boden entlang kriechen und dann kurz auftänzeln, bevor sie sich auflösen? Gehört das in unsere Geschichte? Trete ich hier Rührseliges breit, jetzt, wo es um unsere Existenz als Volk geht?

Aber was schert mich das Volk, wenn es um meine eigene Existenz geht? Denn was ist aus mir gewor-

den? Denk mal zurück, Ittel, was warst du doch für ein famoser Maidelschmecker, vor einem Jahr noch, der in den lauen Straßburger Nächten ein Abenteuer nach dem anderen abhakte! Vergangen, die unbändige Vitalität, das unbeschwerte Zugreifen. Wo ist unser Ittel hingekommen, werden sie sich fragen, die lebenshungrigen, die liebestollen Mädchen, die ich nach vollbrachter Ekstase als Zugabe mit Baudelaire und Boris Vian beglückte.
Halt den Mund, du Angeber. Seit jener Krautackernacht bringst du es nicht weiter als zu flüchtigen Küssen und sanftem Steicheln, bist du verklemmt wie ein keuscher Jüngling. Stehst von ihrem Bett auf, sagst: Gute Nacht, ma chérie, und verkrümelst dich in dein Zimmer. Läßt sie von deinem Bett aufstehen und rührst keine Hand, um sie bei dir zu behalten. Du bist wohl einmal zu ihr unters Deckbett geschlüpft, das war aber irgendwie aus Trotz, und das hat sie auch gleich bemerkt und dich hinausbefördert . . .
Ein Psychologe würde in diesem Fall von Inhibition sprechen, ein Ethnologe von einem Tabu-Syndrom, Gerber und die Kameraden von elsaß-spezifischem Unvermögen. Und du, wie erklärst du dein sonderbares Verhalten? Du schiebst mal zuerst deine katholische Erziehung vor: Liebe sollte erst in der Ehe zu ihrer Erfüllung finden. Ach nein, dieser einengenden Moral bist du schon längst entwachsen, oder? Dann wäre die hemmende Erinnerung an die Krautnacht in Betracht zu ziehen. Doch auch da wehrst du ab. Das kleine Malheur hast du längst verkraftet. Ja, was dann?

Liegt es vielleicht an ihr? Aber hat sie dir nicht schon oft Signale gesendet, die dich auf ihre Lust nach dir aufmerksam machen sollten? Dir waren sie aber nicht deutlich genug. Gib's zu: Du möchtest, daß sie dich dazu zwingt. Sie aber will nicht erobern, sondern erobert werden. Und du weißt, Ittel, daß der wahre Sieger in diesem Duell die Eroberte sein wird und nicht der Eroberer, der seiner eigenen Gier unterliegt. Und bist du sicher, ob sie sich dir nicht im letzten Augenblick entziehen wird? Sie hat ja alle Trümpfe in der Hand und dazu noch eine interessante Alternative. Welcher Apfel wird als erster vom Ast in ihren Schoß fallen, der einheimische oder der exotische? Und welchem wird sie den Vorzug geben? Verzeih, Odile. Ich habe meine sämtlichen Schlüssel verlegt. Besitze ich eigentlich Schlüssel zu dir? Kann das Rätselhafte entschlüsselt werden?

Schließlich kenne ich nur deine leibliche Geographie. Während vier Jahreszeiten hatten mir die Zufälle, die sich im Zusammenwohnen ergeben, ein Planquadrat nach dem anderen erschlossen. Nun puzzle ich die bekannten Felder zusammen, denke die noch nicht erforschten in die Lücken hinein und wandere durch die geliebte Konfiguration, die Ebenen, die Hügel und die Täler, erfreue mich am gleitenden Wechsel der Pigmentation vom Mondweiß zum Hellbronze und umgekehrt, verweile auf samtigen Rastplätzen, giere nach dem tabuisierten Brunnen. . . Doch da höre ich deine leise Frage: ,,Kennst du mich, Ittel? Ich bin nicht nur Landschaft, ich bin

auch Seele. Ich bin deine Herausforderung. Kennst du mich Ittel?“
Kennt er dich denn, Odile, dieser blasierte Snob, der seinen Kaffee mit Moosaar süßt und dich beguckt, als wärst du ein naives Kunstobjekt? Dieser mit kultureller Überheblichkeit gelackte Ölgötze, dessen intellektueller Habitus dir offensichtlich imponiert ...
Manchmal kommt mir eine unbändige Lust zum Töten.

DER AUTOR

Befragt darüber, ob sie sich zu Ittels Lamento äußern möchte, wich Odile dem Autor immer wieder aus, indem sie ihn mit Einzelheiten aus ihrem Duett-Duell mit Monsieur überschüttete. Dem hartnäckigen Autor gelang es trotzdem, durch seine penible Hinterfragerei genügend Einzelheiten einzuheimsen, die es ihm erlauben, das Gefühlsleben der jungen Frau auf einigermaßen objektive Weise auszuleuchten.

Ittel, doch, sie liebe ihn innig. (Sichtliche Irritation über das wahrscheinlich ganz unwillkürlich herausgerutschte „innig".) Sie verstehe nicht, warum er so reagiere, warum er sich auf eingebildete Hindernisse kapriziere (ruckartiges Aufstehen; weitere Antworten vom Atelierfenster aus). Nein, sie komme sich nicht als Hypotenuse in einem Dreiecksverhältnis vor (kurzes, nervöses Auflachen). Ittel sei zur Eifersüchtelei veranlagt, das wisse sie seit langem. Das müsse man in einer Liebesbeziehung eben in Kauf nehmen. Wie sie Liebe verstehe? (Nachdenkliches Glätten der Wangen.) — Daß man den Partner nie für selbstverständlich nehme. Daß man versuche, ihn zu akzeptieren, wie er ist und wie er sich verändert. Das müsse aber auf Gegenseitigkeit beruhen. Warum der Autor solche Fragen stelle, die führten

doch nur zu Gemeinplätzen. Weiter würde sie nichts dazu sagen. Das seien Empfindungen, Gefühle, die zur Intimssphäre gehörten. Nein, sie gebe ihr Intimstes nicht preis. Das gehöre nicht zur Sprache, Aussprache, das müsse der Partner intuitiv verstehen, wenn er echte Liebe empfinde (lange Stille, unterbrochen von nicht-Ittel-bezogenen Gesprächselementen). Sie sei dieser peinlichen Ausfragerei nun müde. Was habe das mit unserer Geschichte zu tun (Hin- und Herrücken von Keramiken, Odilien und Don Quichotten). Übrigens, wenn Ittel nur den Mut aufbrächte, mit ihr darüber zu sprechen. Sein Problem ließe sich ohne weiteres lösen (leise, fast unhörbar gesprochen).
Verbindet man nun Gesprächsfetzen, Gestik und Mienenspiel, kommt ein Mosaik zustande, dessen Lesbarkeit vordergründig zur Annahme verleitet, hier handele es sich ebenfalls um eine Verklemmung. Damit aber gibt sich der Autor nicht zufrieden: Er spürt die fast unvernehmbaren Schwankungen in den Stimmvibrationen auf, legt sie auf sein Mosaik, verrutscht den hauchdünnen Film nach allen Seiten, und es offenbart sich ihm eine Vielschichtigkeit, die er nicht auf Anhieb in Sprache zu fassen vermag. „Ich bin deine Herausforderung", hatte die Stimme in Ittels Tagtraum geflüstert. Ist Odile nicht auch eine Herausforderung für den Autor? Heben wir uns die Lösung dieses Rätsels also für später auf, wenn alle relevanten Zusammenhänge genügend erforscht sind. Kommen wir zu unserer Geschichte zurück. Ereignisse melden sich an, wickeln sich ab und sinken in Vergessenheit. Ein

Präsident verschwindet spurlos, ein Flugzeug wird entführt, Geiseln werden erschossen, Libanesen massakriert, afghanische Täler mit Napalm belegt, ein Erdbeben verwüstet Landschaften, in Mittelamerika wüten die Flächenbrände der Revolution und Konterrevolution, in Afrika nimmt eine Stammesfehde weltpolitische Ausmaße an: Die Medien haben ihr Fressen und erhaschen den Scoop, doch ein Scoop duldet keine Wiederholung, er lebt nur vom Überraschungsmoment, und so fällt das Ereignis von gestern schon morgen dem Vergessen anheim. Zurück bleibt nur die Erinnerung an einen Alptraum, den man einer schlechten Verdauung anlastet.
So darf es einen nicht wundernehmen, wenn sogar unsere Aufrechten, nachdem sie den sechsten Mann Ittel, mit forschen Ratschlägen und einer MP versehen, zu Odiles Schutz und Trutz und zu Monsieurs Überwachung abkommandiert hatten, den Bloderschemer Gefangenen schnell vergaßen und zu ihrer altbewährten Tagesordnung übergingen, das heißt zu den üblichen Lamentationen, Wutausbrüchen und Beschwörungen der elsässischen Gespenster.
Dann versuchten sie, aus ihrer Isoliertheit auszubrechen, biederten sich der ehemals von ihnen als zu lasch verpönten Kulturmilitanz an, doch das Bündnis hielt keine acht Tage, die utopische Logorrhöe der ehemaligen Mai-Jünger ödete sie an. Sie schlossen sich also den, wie sie glaubten, eher realitätsbezogenen Grünen an, die ihnen aber schnell zu verstehen gaben, daß die sprachliche Gleichschaltung das kleinere Übel sei, an der Zerstörung unseres Le-

bensraumes durch die allgewaltige Chemokratie gemessen, man bitte deshalb, diese Priorität respektieren zu wollen. Sie wanderten dann zu den Pazifisten hinüber, wo man sie aber nur so lange tolerierte, wie man sie als Dolmetscher mit deutschen Bundesgenossen brauchte.
Sie flippten schließlich ganz aus, klopften die alternative Szene ab, versuchten sich im Körnerpicken, übten auf der Indio-Flöte, frisierten sich punkirokesisch, wandelten in safrangelben Gewändern durch die Straßen, ,,hare Krishna" psalmodierend, traten als Hells Angels auf, als Feuerschlucker, als Alt-Hippies, doch niemand wollte ihnen ihr Elsaß-Menetekel abkaufen. Sie fanden wohl immer wieder warmherzigen Unterschlupf in all diesen exotischen Stämmen der Endzeit-Chaotik, ihre erste Predigt aber endete regelmäßig mit einem zwar freundlichen, aber unwiderruflichen Hinauswurf, und der Engel vor der Tür des Ashrams sprach zu ihnen auf Französisch: ,,Brüder, das ist ja dickster, nach Münsterkäse stinkender Konservatismus, das ist pervertierte Nostalgie, das ist Provinzfanatismus, der die Zwischenmenschlichkeit zerstört. Hausiert damit in Weinstuben und Altenklubs. Dort mag man so etwas vielleicht. Wir aber haben Null-Bock drauf."
Und Joss schlußfolgerte: ,,Wer sich für eine deutschklingende Minderheitssprache in einem Land einsetzt, in dem die Nationalsprache Gott und König ersetzt, in dem sogar Atheisten und Anarchisten diesem Sprachgötzen huldigen, der sieht sich unweigerlich der Ohnmacht, dem Gespött ausgelie-

fert, der sieht sich seiner Menschenwürde beraubt und dies im Namen der edelsten Konzepte . . .“

Etwas mußte nun geschehen, etwas von ihnen selbst inszeniert und ohne den Beistand der Paraphysik ausgeführt, etwas Handgenähtes also, ein Zeichen von ihnen gesetzt, ein unüberhörbares, und man hörte es auch in einem Umkreis von mehreren Kilometern; und anderntags raste ein Orkan der Empörung durch den Medienwald, die politischen Podien erbebten unter den Zornesausbrüchen, in den Wirtschaften tanzten die Seidel auf den Tischen, von den Hieben aufgebrachter Fäuste erschüttert, nur aus Korsika kam eine anonyme Glückwunschadresse an die anonymen Dynamiteros, die ein erhabenes patriotisches Denkmal in Kraut und Fetzen zerhackt hatten. Anonym blieben sie nicht lange, denn bald zogen sie, das V-Zeichen den Kameras entgegenhaltend, ins Gefängnis, aus dem man sie aber bald wieder entließ, mangels stichhaltiger Beweise, denn ihr Selbstbekenntnis hielt man für übersteigerten Exhibitionismus. — Und der Sturm im Lande war zu einem leisen Säuseln geworden.

„In diesem Scheißland“, jammerte Joss, „bringst es nicht mal zum Märtyrer.“ Also sei alles umsonst gewesen, also habe es keinen Sinn, so weiterzuwursteln, also mache man am besten den Laden zu und löse den Verein auf, also besaufe man sich noch einmal gründlich und stumm im „Roten Affen“ und dann, ade, du mein lieb Heimatland. Sie zerstreuten sich in alle Winde, so daß Ittel, als er sie einige Zeit später einsetzen wollte, alle Mühe hatte, sie zusammenzutrommeln. Doch es soll jetzt nicht vorgegriffen werden.

Frieren wir die Zeit ein und kehren wir nach Blodersche zurück. In Blodersche haben sich Wetter und Kalender in den Dienst von Odiles Handlung gestellt. In Straßburg, in Paris, in Bonn hat die Adventszeit angefangen, Weihnachtsmänner und -bäume lassen Schnee rieseln und Glöckchen klingelingen. Die Chefs, auch unser neuer, basteln schon an ihrer Neujahrsansprache, indem sie in ihren Spiegelsälen das adäquate Mienenspiel zu den Begriffen Zuversicht und Frieden einüben. In Blodersche aber ist man noch lange nicht so weit. Da aalt man sich noch in der warmen Herbstsonne. Die Tage vergehen im Zeitlupentempo, und die Kastanienblätter bringen es nicht übers Herz, sich von Grün auf Goldbraun umzustellen. Einige voreilige Bäume haben zwar schon auf Spätherbst umgeschaltet und tun, als trügen sie die neueste Modekreation, das sind aber diejenigen,die in der Neusiedlung stehen, wo nur französisch parliert wird. Mit den Dorfbäumen, denen diese Überheblichkeit sichtlich zu schaffen macht, deshalb auch das Hinausschieben der Umkleideaktion, pflegen sie sowieso keinen Verkehr.

Diese Verlangsamung des Zeitablaufs gibt uns Muße, uns dieses Dorf Blodersche näher anzusehen, von dem wir bisher nur den romanischen Kirchturm erblickt haben.

Von Blodersche wäre nun dasselbe zu sagen wie von all den schmucken Bauerndörfern der unterelsässischen Ebene: reiches, blumenbehangenes Fachwerk

und mächtige Toreinfahrten, das alles prospektgerecht aus allen Elsaß-Bildbänden zu ersehen, so daß der Autor sich nicht die Mühe geben braucht, hier stilkundig zu referieren. Es wäre dann das Nicht-Prospekt-Konforme zu erwähnen, also das Nicht- oder Unelsässische, die Zeugen der geschichtlichen An- und Mißgriffe sowie die Metastasen der neuzeitlichen Unkultur. So in der ersten Kategorie das unter Napoleon dem Dritten erbaute Schulhaus, in dem aus dem Dialekt Häckselstroh gemacht wird, damit sich die hoheitliche Sprache die Füße nicht im eigenen Mist verdreckt, so auch die unter Wilhelm dem Zweiten in protzigem Neugotisch errichtete Polizeiwache, Kommentar dazu erübrigt sich, so das unter Poincaré eingeweihte Gefallenendenkmal, von dem sicherlich noch öfter die Rede sein wird; in der zweiten Kategorie dann eine Bungalow-Siedlung im Angeber-Stil, wo, wie vorhin erwähnt, sogar die alteingesessenen Bäume sich von der Tradition losgesagt haben und nur noch französisch verstehen.
Um Blodersche herum sehen wir die weiten Kohlflächen — der Autor wird das Wort Kohl nun nicht mehr verwenden, denn hier sagt man Krüt/Kraut —, abgelöst von Weizen, Tabak und Hopfen, das Ganze im Westen von den dunkelblauen Vogesenbuckeln abgegrenzt, im Osten von den Schwarzwaldrücken, in deren Vorfeld man in der Morgendämmerung erleben kann, wie das Straßburger Münster eine badische Sonne aufspießt.
Das wäre die Kulisse. Wie lebt nun dieses Dorf? Trotz Vollmotorisierung, Fernsehvermastung und Disco-Lärm hat hier das Leben einen geruhsamen

Lauf, man ist sogar versucht zu behaupten, Blodersche lebe außerhalb des Weltgeschehens. Von den tragischen Eruptionen der internationalen Machtkämpfe dringt nur ein abgeschwächtes Echo in unsere Gassen, denn für die Bloderschemer sind die Unkrautvertilgung und die Diskussionen um den Bodennutzungsplan weit wichtiger als die Raketenangst. Blodersche behauptet, auf elsässisch leben zu wollen, das heißt, man hat sich freiwillig an den Rand der Geschichte exiliert, weil man eben von der Geschichte die Nase voll hat, nachdem man ein Jahrhundert lang selber in einer Erdbebenzone hat leben und deswegen so manche Unbill erleiden müssen.

Auf elsässisch leben, das wäre dann auch in elsässisch leben, was leben so heißt, das ist: schaffen, denken, lachen, lieben, träumen. Der offizielle Teil des Bloderschemer Alltags spielt sich allerdings auf französisch ab: in der Schule, in der Kirche, im schriftlichen Verkehr. Das ist dann eine neutrale Hochsprache, die zwar den Krautpreis auszudrücken vermag, nicht aber das Zwiegespräch zwischen dem Krütbür und dem Krütkopf, ohne das ein Gedeihen nicht zustande kommt. In der Bungalow-Siedlung wird nur französisch gesprochen, mit mehr oder weniger Akzent, je nachdem man, sprachlich gesehen, Alt- oder Neuabwanderer ist, wobei man in beiden Fällen allzuoft Einbildung mit Bildung verwechselt.

Wie schon flüchtig erwähnt, gibt es in Blodersche eine Diskothek, ansonsten aber hält es das Altdorf mit der Tradition, das heißt, daß hier elsässisches

Theater gespielt wird, daß zu Weihnachten noch das weißverschleierte Christkind der Bescherung vorsteht und nicht der Père Noël, wie es vielerorts üblich geworden ist, und daß die Trachten sorgsam gepflegt werden, die man zum Liebenherrgottstag und zum Sürkrütfest trägt. Diese beiden Festtage sind die Höhepunkte im Bloderschemer Jahresablauf, die charakteristisch sind für das elsässische Gleichgewicht zwischen dem Seelischen und dem Leiblichen. Einerseits zeugen sie von einem intimen Verhältnis zum alten Herrgott, andererseits von einer wohltemperierten, aber dennoch voll entfalteten Lust, gut und ausgiebig zu essen und zu trinken.

Nun muß vom patriotischen Blodersche gesprochen werden. Was im übrigen Frankreich als etwas Selbstverständliches gehalten wird und also nicht erwähnenswert ist, muß im Elsaß stets mit Nachdruck hervorgehoben werden, so als müßten die Elsässer sich selbst und die anderen immer wieder von ihrer Loyalität Frankreich gegenüber überzeugen. Deshalb tragen unsere Straßen, Gassen und Plätze lauter Namen von Präsidenten, Generälen, Regimentern, Befreiungstagen usw. So haben wir in Blodersche zwei Generäle, einen aus dem Ersten und einen aus dem Zweiten Weltkrieg, zwei Divisionen, eine koloniale und eine amerikanische, sowie einen Präsidenten, der zugleich auch noch General war, doppelt genäht hält besser, wird der sich gesagt haben. Es wäre noch weit mehr auszuzeichnende Prominenz vorhanden gewesen, doch fehlte es an den passenden Straßen. Dazu heißt die Dorfwirtschaft „A la Délivrance“, ein Terminus, der zwei Begriffe deckt: Befreiung und Entbindung. Dieser Name wurde im November 1918 dem ehemaligen ,,Lamm" im Rahmen einer erhebenden Feier gegeben, als die Bloderschemer noch im Lexikon herumwühlen mußten — da sie des Französischen nicht mächtig waren — und beim Wort Befreiung den französischen Terminus aufgriffen, der in ihren Ohren am schönsten klang. Hatten sie aber keine gute Wahl getroffen? Denn kann man nicht die Befreiung von Anno 18 einer Entbindung gleichsetzen, da doch ein neugeborenes trikolores Elsaß aus dem mütterlichen Bauch Frankreich geschlüpft war?

Ansonsten aber und wie gesagt, lebt das außerschulische und außerkirchliche Blodersche ganz und gar auf und in elsässisch, singt dazu deutsche Schlager auf dem Sürkrütfest, sieht ARD und ZDF, hört Stuttgart und SWF und quittiert die ,,Plän von Paris" mit spöttischer Verachtung.

Die Bloderschemer sind gesellige, gastfreundliche Leutchen, jeder Fremde ist bei ihnen willkommen, vorausgesetzt, er respektiert Sitten und Tradition, gibt keinen Anlaß zu irgendeinem Skandal und stört die etablierte Gesellschaftsordnung nicht. So tolerieren sie in ihrer Mitte einen entwurzelten Zigeunerclan, zwei verstört umherhuschende Türkenfamilien und das Paar Ittel-Odile, das in wilder Ehe lebt.

Letztere profitieren allerdings vom Markenzeichen ,,Künstler", das ihnen eine gewisse Narrenfreiheit erlaubt. ,,Und was wahr ist, ist wahr, wir Bloderschemer sind so bigott auch wieder nicht, besonders wenn es sich, wie bei diesen jungen Leuten, um äußerst sympathische und immer hilfsbereite Menschen handelt. Obwohl sie Studierte sind, haben sie gar nichts Hochnäsiges an sich und genieren sich nicht, elsässisch zu sprechen. Versucht doch mal mit unseren Lehrern und Lehrerinnen elsässisch zu sprechen, diese Laffen und Puten tun, als ob sie es nicht verstünden, und man weiß doch, daß sie aus derselben dialektophonen Lößkuhle stammen wie wir alle."

„Wißt ihr schon, daß Odile Besuch hat? Wer weiß, wer das ist? Ein sehr nobler Herr auf jeden Fall. Dieses Gesicht habe ich schon irgendwo gesehen. Wo war das nur? Ist ja schließlich auch egal. — Habt ihr gesehen, sie waren am Sonntag alle drei im Hochamt. Als sie eintraten, es war nach dem Kyrie, stockte der Pfarrer mittem im Gebet. Ja, was ist denn, dachte ich mir, sollten Ittels jetzt nicht ins Amt dürfen, nur weil sie nicht verheiratet sind? Wir leben doch nicht mehr im Mittelalter!" — „Du, quatsch nicht so blöd, es muß ein anderer Grund gewesen sein, weshalb der Pfarrer einige Sekunden lang wie gelähmt ins Schiff hineinstarrte. Der muß sich gesagt haben wie ich, dieses Gesicht, diese Gestalt muß ich irgendwo gesehen haben, das muß ein hohes Tier sein. Du, den kenne ich vom Fernsehen, aber ich komme nicht auf seinen Namen." — „Du kannst recht haben. Na ja. . . Nach dem Amt sind sie in die Wirtschaft. Sie haben drei Amer-Seidel bestellt. Der Herr hat ein Schlückchen davon getrunken, dann hat er das Glas nicht mehr angerührt. Der ist sicher Feineres gewöhnt. In welcher Sprache sie sich unterhalten haben? Auf Französisch, versteht sich. Das heißt, Odile hat die ganze Zeit gesprochen. Er hörte zu, den Kopf leicht Odile zugeneigt. Und Ittel? Der hat eine komische Fratze geschnitten. Nein, verstanden hat man nichts. Es war zuviel Lärm im Lokal. Seit sie diese Musikbox haben, versteht man sein eigenes Wort nicht mehr."

„Du kannst sagen, ich hab's gesagt: Dieser Kerl ist auf alle Fälle ein Stockfranzose, nein, kein Straßburger. Ein Pariser muß das sein. Das sieht man ihm an. Seiner ganzen Haltung nach könnte er ein Offizier in Zivil sein. Du, ich hab's! Jetzt weiß ich, wo ich ihn gesehen habe: Das war hier in Blodersche, Anno 44 bei der Befreiung. Die Nase, der Blick, die Gestalt, obwohl er nicht mehr so frisch aussieht wie damals. Ja, du, das ist sicher einer der Befreier von damals, der hierher gekommen ist, seine Kriegssouvenirs aufzufrischen." — „Bist du sicher? Du hättest ihn fragen sollen. Das hätte ihm bestimmt Pläsier gemacht, daß man ihn wiedererkannt hat." — „Ach was, fragen! So wunderfitzig bin ich nun auch wieder nicht. Und 's ist mir auch wurschtegal."

Nein, Freunde, Blodersche läuft nicht der Sensation nach. Blodersche schert sich einen Deut um diese alten Geschichten von Befreiung und so. „Wir haben ihnen damals merci gesagt, haben ihre Namen auf den Straßenschildern verewigt und damit basta. Wir können doch nicht ewig Befreiung feiern, wir haben Wichtigeres zu tun. Die alten Geschichten, die kramen wir nur dann aus, wenn wir die deutschen Touristen ärgern wollen, die zum Sürkrütfest kommen, um sich den Bauch auf elsässisch vollzuschlagen."

Und so legen wir das Foto von unserem Monsieur, wie er auf seinem Panzer paradiert, zu den schon verblichenen Porträts von all den vorhergehenden paradierenden Militärs, die seit Bloderschemer Gedenken in unserem Dorf als handgreifliche und nützliche Materie nur Roßäpfel hinterlassen haben.

ODILE

So waren wir also zusammen im Amt und danach im „Lamm“, denn so heißt die Wirtschaft immer noch im Volksmund.

Am Samstagabend war es zu einem bösen Wortwechsel zwischen Ittel und mir, meines Vorhabens wegen, gekommen. Ob ich mir bewußt sei, daß dies uns Kopf und Kragen kosten könne, schrie er mich im Atelier an, wo wir uns jeden Abend zur Lagebesprechung treffen. (Ins Schlafzimmer lasse ich ihn nicht mehr hinein, seit jenem plumpen Versuch, den Ehegatten zu spielen.) Und als ich ihm erwiderte, ich hätte den Monsieur ganz unter Kontrolle, machte er mir eine eklige Eifersuchtsszene. Ich mußte mich zurückhalten, um ihn nicht in einen Straßenköter zu verwandeln, denn ich hätte ihn nie mehr zurückgerufen, nie mehr . . . Ich hasse diesen totalen Besitzanspruch, der sich als Liebe tarnt. Pardon, das gehört nicht zur Sache.

Wie ich nun auf die Idee kam, Monsieur ins Dorf zu führen? Aus taktischer Überlegung zuerst: Nie sieht man Ittel und mich mehr zusammen, auch muß man den Kaminfeger hereinlassen, mal einen anderen Handwerker, mal will eine Nachbarin auf ein Plauderstündchen herüberkommen, da muß ja unsere Geheimnistuerei auffallen. Dann war es auch der

Spaß am Abenteuer, am Risiko. Außerdem mußte der Herr sowieso über kurz oder lang mit dem elsässischen Alltag konfrontiert werden, mußte er das Elsaß in seiner konkreten Realität erleben. Auch schien er mir zugänglicher zu werden, so daß ein Ausgang nun möglich wurde.
Denn seit wir uns im Hof verlustieren, mal beim Federballspiel, mal beim Tischtennis, seit ich ihm meinen Arm angeboten habe, den er auch prompt nahm, seit wir uns also körperlich näherkommen, in den flüchtigen Berührungen Wärme ausgetauscht wird und Pulsschläge sich gegenseitig wahrnehmen, verliert mein Monsieur allmählich von seinem hochmütigen Gehaben.
So kann er mir mal ein Kompliment machen, mit kühler, aber dennoch ausgereifter Courtoisie. So weiß ich nun, daß er Omas mit modischen Musts aufgewertete Batistbluse liebt. So gratulierte er mir zu einem vorzüglich geratenen „soufflé au kirsch.“ (Von meiner deftigen Bauernkost spricht er nie.) So lobte er meinen Zwölf-Kräuter-Tee und fragte verschmitzt, ob er irgendeinen Zauber enthalte. So sog er mit Kennernase den Duft eines Parfums ein, tippte auf Christian Dior . . . und tippte falsch, es kommt nämlich aus Madrid. So gab er mir den Rat, es doch zu versuchen, unsere Keramiken in Paris auszustellen. So sprach er sich mal anerkennend über mein für eine Elsässerin doch erstaunlich gutes Französisch aus. (Ich hätte ihn dafür ohrfeigen können.)
Kurzum, Monsieur steigt zeitweise von seinem hohen Roß herunter, wagt sich vorsichtig aus seinem

stolzen Schweigen heraus, sucht nicht unbedingt den Kontakt, meidet ihn aber auch nicht. Wird nun bald die Stunde des Gänseblümchens schlagen? Nein, er lächelt noch nicht, und das fast unmerkliche Verziehen der geschlossenen Lippen verrät eher Ironie als Freundlichkeit. Nein, er stellt auch noch keine Fragen. Er macht nur knappe, höfliche Feststellungen: ,,Sie tragen eine schicke Bluse.'' Oder: ,,Sie wohnen in einem schönen Haus.'' Oder: ,,Nein, das Glockengeläute stört mich nicht mehr. Es erinnert mich an meine Kindheit.'' Oder: ,,Sie haben einen herrlichen Herbst, hier.''

Als er dann eines Tages sagte: ,,Dieser romanische Kirchturm ist sehr eindrucksvoll'', wirkte diese Plattheit als Auslöser, und ich fragte ihn, ob er nicht die dazugehörige Kirche besichtigen möchte, sie sei nach der Zerstörung im Dreißigjährigen Krieg im barocken Stil wiederaufgebaut worden. Er sagte nicht nein, also bestellte ich in einem Straßburger Konfektionsversandhaus einen dunklen Zweireiher mit dazugehöriger Hose sowie einen Staubmantel — seine Maße kannte ich vom wöchentlichen Reinigen seines ulkigen Jagdanzugs her. Er mußte sodann anprobieren, damit ich die Ärmel- und Beinlängen korrigierte. Was er sich wohl dabei dachte, als ich so mit Kreide und Stecknadeln an ihm herumhantierte? Ich aber sagte mir: Männele, du hoffst wohl, bei dieser Gelegenheit ausbrechen zu können, da irrst du dich aber! Was ein kleines elsässisches Hexlein alles kann, das lernt man nicht in der Ecole Polytechnique!

Wie er sich schickte? Ich spürte manchmal, wie er sich innerlich gegen den Zauber sträubte, doch blieb er brav. Sichtlich erfreut war er, als er feststellte, mit welcher Inbrunst die Gemeinde in das französische Gloria einstimmte, er nickte mir vielsagend zu. In der Wirtschaft erzählte ich ihm einiges aus der Dorfgeschichte, doch ich versprach mir, das bei einer günstigeren Gelegenheit gründlicher nachzuholen.

Nein, sonst nichts Nennenswertes. Ittel? Der war zuerst äußerst nervös. Er befürchtete, die Dörfler würden den Mann wiedererkennen. Als er feststellte, daß er sich deshalb keine Sorgen zu machen brauchte, setzte er seine übliche Schmollmiene auf.

Es ist Sonntag nachmittag nun. Ich habe Monsieur zu einer Tasse Tee eingeladen. Die Glocke schlägt fünf. Er steht auf, geht ans Fenster, öffnet es. Der Hall wälzt sich in die Stube und macht die Porzellantassen vibrieren. Jetzt, Odile, sage ich mir, jetzt spule deinen Film ab. Elsässische Geschichte, Lektion eins.

Anno 1050, höre ich mich mit neutraler Tonbandstimme sagen. Der Turm ist eben fertiggebaut. Es ist Herbst, wie jetzt. Unser Nachbar Hans Mathis kommt mit einer Fuhre Stroh heim. Der schwere Schritt der Ochsen wirbelt gelbe Staubwölkchen auf. Vor dem Turm steht eine Kreuzigungsgruppe, hieratische Romanik. Hans Mathis lüpft den Hut und grüßt den Herrn. Hören Sie ihn, Monsieur? „Guoter Herre mîn“, spricht er. Das ist Deutsch,

Monsieur. Sie sind nun schon seit sechs Jahrhunderten im Land, Hans Mathis und seine Sprache.
Die Tonbandstimme ereifert sich nun und wird zu meiner persönlichen Stimme mit ihrem spezifischen metallenen Crescendo, wenn sie zu überzeugen versucht: Er weiß nicht, daß es Sie gibt, Monsieur. Hans Mathis weiß nicht, daß Sie im Wald von Fontainebleau auf Parforcejagd sind und daß Sie Französisch sprechen. Sie sprechen es ja noch nicht seit langem, Monsieur. Vor kaum hundert Jahren sprachen Ihre Ahnen noch Althochdeutsch, die ,,lingua tedesca.'' Schaudert's Ihnen nicht bei dieser Erinnerung? Ob Sie es nun wahrhaben wollen oder nicht, Sire, Ihre Ahnen und die Ahnen des Hans Mathis waren Vettern ersten Grades und stammen aus denselben germanischen Niederungen.
Jetzt schaut er mich an, schüttelt den Kopf und fragt, ob ich denn die Gallo-Romanen vergesse, die dieses Land hier bis zum Ozean hin bewohnt und kultiviert hätten. Gewiß, Monsieur, dieses Substrat hat schon seine Wichtigkeit. Erlauben Sie aber, daß ich einen Vergleich ziehe? Es ist mit Ihrer Nation wie mit dem Waldbeerengeist: Dazu braucht man mal erstens eine breite, neutrale Basis, sagen wir eine herkömmliche Birne, sie darf nicht fruchtig sein, oder auch gewöhnlichen Treber, eine Grundsuppe also, der gibt man dann die Waldbeeren hinzu, die das köstliche Aroma liefern. Die Grundsuppe, das wären also die Gallo-Romanen, die Waldbeeren die germanische Oberschicht. Haben nicht Franken, Westgoten und Burgunder den Einheimischen ihren spezifischen Stempel aufgedrückt? Haben Sie nicht,

Sire, Ihren Machtwillen und Ihre Eroberungssucht vom Frankenkönig Chlodwig geerbt? Ist Ihre Geschichte denn etwas anderes als eine Kette von Eroberungen? Ihre Eitelkeit allerdings muß romanischen Ursprungs sein . . .
Ich erschrecke. Beklemmende Stille. Sein Mund ist ein böser, scharfer Strich. Hans Mathis unterbricht die Stille: „Jischt ho!" Die Räder knirschen, die Deichsel knarrt. Der Wagen biegt in den Hof ein. „Ööha!" Hundegebell, Kindergeschrei. Spatzen raufen um einen Kuhfladen.
Ich hake nach. Hans Mathis, sage ich, hat eine ganz andere Laufbahn eingeschlagen als seine fränkischen Cousins. Er ist Alemanne. Der Alemanne giert nicht nach König- und Kaiserreichen. Er begnügt sich mit ein paar Morgen Ackerland. Wenn er die mal gefunden hat, steckt er seine Gerechtsame ab und lebt fortan in Frieden darauf. Es sind deshalb auch die Alemannen, die die Basisdemokratie erfunden haben, die kleinen überschaubaren Einheiten, den Föderalismus. Denken Sie an die Schweiz, Monsieur.
Mit der Schweiz hättest du jetzt nicht kommen sollen, Odile, das war ein Fehler. Sieh sein amüsiertes Mienenspiel: Die Schweiz, das seien Uhren, Hotels, das Matterhorn und Banken. Eingeengtheit und Spießigkeit, dazu ein barbarisches Deutsch und ein komisches Französisch. Die Schweiz als Beispiel? Daß er nicht lache, das sei doch nur eine Ansammlung von kleinkarierten Lokalnationalismen.
Nein, das sagt er nicht, das denkt er. Das denken sie alle; wenn's um die Schweiz geht, haben sie nur bos-

hafte Klischees zur Hand . . . obwohl sie dort so gern ihr gutes Geld verstecken. Was er sagt, ist Folgendes:

,,Sie fabrizieren da Zusammenhänge, Madame, die zwar geschickt eingefädelt sind, der objektiven Kritik aber nicht standhalten. Der Werdegang einer Nation ist durch so viele Geschehnisse bedingt, durch so viele politische, wirtschaftliche, kulturelle und demographische Umstände und Interaktionen, die klimatischen Einflüsse nicht vergessend, daß es unmöglich ist, diesen Prozeß in einige pointiert formulierte Sätze zu komprimieren. Und dann vergessen Sie das Wesentlichste, Madame: die Kultur. Unsere Kultur ist gräkoromanischen Ursprungs, das wissen Sie so gut wie ich. Und es ist die Kultur, die den Menschen formt, ihm Persönlichkeit und Identität verleiht. Es stimmt schon, daß damals viele Völkerschaften durch unser Land zogen und hier zum Teil heimisch wurden. Sie alle aber wurden von dem gallo-romanischen kulturellen Substrat in einem einzigartigen Integrationsprozeß aufgesogen. Von ihnen ist nichts mehr wahrnehmbar, höchstens, vielleicht, ein paar biologische Merkmale. Nein, Madame, es ist nicht das Blut, das entscheidend wirkt auf das Gedeihen einer Nation, wie die Deutschen es in ihrem dunklen Wahn behaupteten, sondern die Kultur. Sehen Sie, Madame . . . "

Ich höre nun nicht mehr hin. Ich betrachte ihn, seine Gestalt, sein Gesicht, seine Hände. Ich bin fasziniert, nicht von dem, was er sagt, sondern von der Art, wie er das sagt, vom Klang der Stimme, von dem verhaltenen Rezitativ, von dem leisen Vibrato,

das jede Periode abschließt. Ich bade im Wohlklang und im Ebenmaß der Klassik. Dann diese natürliche Eleganz in der Haltung und der Gestik, da ist nichts manieriert, nichts forciert, auch nichts unterspielt. Das fließt so leicht, so zwanglos und doch so männlich ineinander, als sei es die selbstverständlichste Sache der Welt, so zu sein, wie er ist, Ästhet und Franzose, das heißt ein aus Geist und Materie perfekt geschmolzenes Kunstwerk.
Es sind ganz besonders seine Hände, die mich in ihren Bann ziehen, diese feinnervigen, langfingerigen Hände, wenn er, zum Beispiel, sich mit Daumen und Zeigefinger auf delikate Weise das Kinn massiert, so die Frage unterstreichend, die sich aus seinem Mienenspiel ergibt, so die Antwort auffangend, die er zwischen die Finger rieseln läßt . . . Und es ist mir, als sei ich beides zugleich, die Frage und die Antwort, als befände ich mich am Boden der nun wie eine Schale geöffneten Hand, und da sehe ich mich und sehe uns alle als winzige Geschöpfe im warmen Gitternetz seiner Handlinien gefangen . . .
Schäm dich, Odile, daß du dich so faszinieren läßt. Oder hättest du in ihm deinen Meister gefunden, den Obersten Hexenmeister, der jenseits von Gut und Böse mit Gounods verführerischer und brillanter Melodik die Macht inszeniert?
Weg mit dem Tagtraum, Odile, banne den Fant! Jetzt hast du ihn in der Hand: einen kleinen, warmen, bunten Ball aus Daunen und Federn, was machst du nun mit ihm? Wirf ihn hinaus! Flieg, Kolibri, schillernder fremder Vogel, flieg! Unsicher hängst du nun in der Luft, läßt dich zum Turm hin-

überwehen, klammerst dich an einer Mauerritze fest. . . Ich lache, ich lache.

Plötzlich erdröhnt der Turm: Feurio! Die Schweden kommen! Während ich träumte, hat sich der Zeitraffer in Gang gesetzt, die Jahrhunderte purzeln übereinander, und der Dreißigjährige Krieg zieht ins Land. Komm zurück, mein Vöglein! Die Kirche brennt lichterloh, und in seinem Hof wird dem Hans Mathis der Schwedentrunk eingegossen. Geschrei, Gejammer und Viehbrüllen erfüllen die Gassen. Komm zurück, min Vogelin liebs, komm zurück!

Er schaut mich an, wischt sich mit der Hand über die Augen, schüttelt den Kopf, als wollte er einen Alp verscheuchen, und ich sage: „Sie haben recht, Monsieur, es ist die Kultur, die den Menschen formt. Ihre Kultur selbstverständlich. Die unsere hingegen reduziert den Menschen, so meinten Sie das doch, oder, und haben auch danach gehandelt, in den letzten sechzig Jahren? Und wir passen immer noch nicht ganz in Ihre nationalen Schablonen hinein. Die Entfremdungsmechanismen, die Sie in Gang gesetzt . . . "

Ich stocke mitten im Satz und komme mir mit diesem aus Ittels militantem Phrasenschatz entliehenen Material irgendwie lächerlich vor. Damit, Odile, kommst du hier nicht weiter. Denn der Mann ist ein Profi, der ist dir in dieser Kür überlegen. Und was er denkt und was er sagt, wird durch die Meinung von fünfzig Millionen Franzosen abgestützt. Diese Masse würde dich erdrücken, Odile, falls du es riskier-

test, ihre vorgefaßte Wahrheit in Frage zu stellen. Aber er nun, wie reagiert er?
Er scheint meinen vehementen Erguß gar nicht zur Kenntnis zu nehmen. Er steht am Fenster und grüßt mit hoheitlicher Armbewegung die Reiter des Allerchristlichen Königs, die eben ins Dorf einziehen, um den bösen Zwist zwischen deutschen Katholiken und Protestanten auf ihre Art zu schlichten, das heißt, indem sie sich ein stattliches Stück aus dem Reichskuchen herausschneiden. Hans Mathis steht mitten auf der Straße, Mund und Augen weit aufgerissen, und als das Regiment die Kirche erreicht, hebt er beide Arme hoch und schreit: ,,Höüf! Höüf!" Aber des Königs Rosse verstehen kein Alemannisch und galoppieren über ihn hinweg. Da stürzt der Pfarrer aus der Kirche und beim Anblick dieser historischen Szene, des huldvoll grüßenden Sire, der glänzenden Pferdeleiber und Kürassen und des wie ein Wurm zertretenen Mathis, bekreuzigt er sich und seufzt: ,,So, jetzt sin mer franzeesch."
Und wieder hängt mein Blick gebannt an seinem Gesicht. Ich sollte nun dieses Gesicht beschreiben, krieg' es aber nicht hin. Es verändert sich ständig im Licht- und Schattenspiel. Die Nase besonders variiert in Gestaltung und Ausdruck. Mal ist sie länglich und erinnert an einen scharfen, leicht gebrochenen Grat, die typische Nase eines hochgezüchteten Literaten, die fähig ist, alle kaum wahrnehmbaren Düfte zu orten und zu werten, die aus den wohlgeordneten Gärten ,,à la française" wehen. Dann ist es wieder ein gewaltiges, fleischiges Organ, das sich mir darbietet, Autorität und Stolz verströmend, ein Or-

gan, dessen voluptuöse Häßlichkeit einen hypnotisiert und aufsaugt . . . Dieses Gesicht, mal oval, mal rund, mal aus Stein gemeißelt, mal aus Teig geknetet, die Miene mal herrisch, mal gönnerhaft, und der Blick mal stahlblau, mal gelbflackernd, er durchdringt einen wie eine Klinge . . .
Träum jetzt nicht, Odile, und tu' deine Arbeit. Du hast einen Film zu besprechen und sieh, die Geschichte hat das Blatt gewendet: Ins Dorf, das von den Schweden zerstört und von ihren Bundesgenossen, den Franzosen, annektiert wurde, ziehen jetzt Neusiedler ein. Es sind Schweizer, Tiroler und Schwaben. Monsieur stellt befriedigt fest, wie schnell diese Fremden sich den hier gegebenen Zuständen anpassen, wie schnell sie die Etappen beschreiten, die von der Barbarei zur Zivilisation führen. Als ersten Schritt begrüßt er die Verelsässerung der Idiome, das heißt das Glattschleifen der alpenländischen Gutturallaute. Er weiß, der Rest, das sanfte Hinübergleiten ins Französische, würde, wenn auch erst nach längerem Zeitraum, unweigerlich folgen. Und Monsieur hat Zeit, viel Zeit vor sich.
Setz den Zeitraffer wieder in Gang, Odile. Es ist mir sowieso nicht mehr drum. Hans Mathis führt jetzt Tabakladungen heim. „Jischt ho!" heißt es immer noch, wenn er nach links einbiegt. Monsieur ist plötzlich klein geworden, hat sich ein Bäuchlein angesetzt und steckt seine Hand in den napoleonischen Brustlatz, Kosaken sprengen durchs Dorf, Monsieur dehnt sich in die Länge, behält aber das Bäuchlein, und Hans Mathis wirft seinen Hut in die Luft beim

Anblick des den Frieden bringenden Bourbonen. Monsieur läßt sich dann einen Spitz- und Knebelbart wachsen und prescht großspurig nach Sedan, um den Bismarck Mores zu lehren.

Schluß! Ich mag nicht mehr spielen. Glockengeläute dringt in die Stube. Die Gemeinde trägt Jokl Mathis, den Kriegsinvaliden, zu Grabe. „Jischt ho", brummt er in seinem Sarg, und die Kirchensänger blöken ein französisches Abschiedslied.

„Sehr spannend, das alles. Doch, wir haben noch ein ganzes Jahrhundert zugut. Zeigen Sie mir nun diese Preußen, die Ihnen so arg zusetzten. . ." gibt Monsieur zu bemerken.

Das hebe ich mir für später auf, denn das ist ein Kapitel für sich, was jetzt kommt und bis heute andauert. Die Vorstellung ist aber noch nicht ganz aus. Nach der Geschichte kommt die Kultur dran. Und wenn es nun, wie es mir scheint, mit der Geschichte nicht so richtig geklappt hat, mit der Kultur muß es unbedingt klappen. Da muß er passen. Hören wir uns nun die Melodik dieser deutschen Jahrhunderte an, in denen das Elsaß eine so hervorragende kulturelle Rolle gespielt hat. Legen wir als ersten Otfried auf, den ersten großen Dichter deutscher Sprache.

Neuntes Jahrhundert, Monsieur, was war damals bei Ihnen los? Nichts.

„Tho batun nan thie hiuti
er in fon gote riati
uuio sie ingiangin alle
themo egislichen falle . . ."

Dann Reinmar, den Minnesänger, den Initiator der höfischen Dichtung:

„Hôhe alsam diu sunne stêt daz herze mîn
das kummt von einer frouwen, diu kan
staete sin
ir genâde, swâ si sî
sie machet mich von allem leide frî . . .“

Dann Gottfried, den genialen Sänger der leidenschaftlichen Liebe in Tristan und Isolde:

Ir staetez ingesinde
dazz was diu grüene linde
dar schate und diu sunne
diu rivier' und der brunne. . .“

Und was meint Monsieur? Er stelle deutlich französische Einflüsse fest. Habe er recht? Er hat recht. Soll ich ihm jetzt unsere Humanisten vorführen? Er würde sie pedantisch finden. Lege ich ihm Fischart auf, die vordadaistische Explosion des elsässischen Worts? Nein, er würde ihm sein französisches Modell Rabelais vorziehen. Rabelais sei übersichtlicher, würde er sagen, seine Phantasie nicht so auswuchernd, klarer geordnet, französischer halt. Französisch als universaler Maßstab geltend.
Hören wir also auch mit diesem Spiel auf. Lieber Ittel, es war alles für die Katz. Ich wollte ihm beweisen, daß wir ihnen kulturell ebenbürtig sind, daß unser Land sich voll entfalten konnte, als seine austrocknende Hand noch nicht darauf lag, daß unsere

Literatur älter ist als die ihre, daß, daß, daß, ich weiß selber nicht mehr, was ich ihm beweisen wollte. Ich habe versagt, Ittel. Denn, obwohl ich über gewisse Zauberkräfte verfüge, bin ich nichtsdestotrotz eine Elsässerin und somit ein Produkt ihrer Schule. Das heißt, daß man mir meine eigene Geschichte vorenthalten hat, daß nur noch Bruchstücke davon vorhanden sind, die ich mir selber zusammengeklaubt habe, mit denen ich aber nicht mehr viel anzufangen weiß und folglich auch nicht überzeugend damit umgehen kann. Und, Ittel, was ist das schon, Vergangenheit? Verstaubtes, Vergilbtes. Kann man damit leben, heute?
Als er meine Verwirrung bemerkte — mein Gesicht brannte, meine Lippen bebten —, lächelte er zum erstenmal, nicht ironisch, nein, es war ein fast zärtliches Lächeln, in das ich flink mein Gänseblümchen steckte. Und so hatte sich meine klägliche Niederlage nun doch noch in einen kleinen Sieg verwandelt. Bitte, Lieber, fang nicht wieder an. Gib mir deine Hand. Ich weiß, was dich plagt. Es ist unsere elsässische Angst, uns zu verwirklichen, die mythische Furcht, einen Traum zu verlieren. Spürst du denn nicht, daß ich schon so lange auf dich warte. Ohne Gier und ohne Eile zwar, du weißt, wie ich die blindmachende Leidenschaft hasse. Aber wäre es nicht die natürlichste Sache der Welt, daß unsere beiden Körper zueinanderfänden? Es ist so eine große Leere in mir, Lieber, möchtest du sie nicht ausfüllen? Wo bist du denn, Ittel, ich brauch' dich . . .
Mein Monsieur steht immer noch am Fenster, als sollte die Vorführung gleich wieder aufgenommen

werden. Er faßt mich am Arm: „Dieses Gefallenendenkmal, Madame, es ist so eigenartig. . . so erhebend . . .“
Ich reiße mich los und schließe das Fenster.

JEAN / JOHANN MATHIS +

Was ist das für ein Dissi[1], der mich von Odiles Fenster aus immer wieder begafft? Was ist überhaupt da drüben los? Flüstern nicht die Armenseelen, die mir dauernd um die Ohren schwirren, bei Ittels habe sich ein Kuckuck eingenistet, und dies sogar mit Sankt Odiliens Erlaubnis? Pfui Teufel, so etwas schickt sich doch nicht im tiefkatholischen Blodersche. Anscheinend handele es sich um einen Franzosen. Das könnte stimmen, der sieht wie ein echter Franzose aus, das zeigt schon seine Körperhaltung, die ist nicht so steif wie bei den Deutschen. Offen gesagt nun, wenn hier schon gesündigt wird, ist es immerhin besser, ein Franzose hat seine Hand im Spiel, wenn ich mich so ausdrücken darf, als ein Deutscher, schon der Ästhetik wegen. Die wissen die Sache so raffiniert einzufädeln und so stilvoll zu Ende zu führen, daß der gehörnte Elsässer sich dadurch geradezu geadelt fühlt.
Schieb dein Knie ein wenig vor, Jesüs, stütz mich ein bißchen auf, daß ich nicht aussehe wie ein nasser, ausrangierter Butzemummel. Was würde der Herr dort drüben von mir denken! Haltung, Sie nasser Sack! Aber nein, so klang es beim Barras.

---

1) Typ

Die da haben einen weicheren Ton, im Endeffekt aber kommt's auf dasselbe heraus. Gelackmeiert wird unsereiner so oder so, auf deutsch wie auf französisch. Wenn ich meine Lage überblicke: bin ich da hingeklatscht oder hingegossen? Ich höre oft von klickenden Touristen die Komposition meines Denkmals loben: Wie das Gefallene ins Aufrechtstehende hineinfließt, das Sichauflösende in das Erlösende. Mag sein, aber mein Bildhauer hat vor allem die Tragik des elsässischen Schicksals in diesen rosaroten Stein meißeln wollen. Ob es ihm gelungen ist? Man wird mir antworten, als Elsässer habe er wohl nicht anders können, als mich als gefallenen halbfranzösischen Jean abzubilden, obwohl ich als Panzergrenadier Johann in diese scheußliche Situation geraten war. Na ja, ist auch egal. Eine höchst unbequeme Pose ist es trotzdem, in der ich hier auf dem Bloderschemer Kirchplatz bis zum Ende der elsässischen Zeiten werde ausharren müssen. Wenn der Chreschtüs nicht hinter mir stünde, mich nicht an der Hand festhielte und mein Kopf nicht zwischen seinen Knien läge, würde ich wie eine ausgeleierte Gliederpuppe über den Sockel hinabhängen. Aber er ist ja da, der mich stützt, der Christus der Elsässer, und die Elsässer und ihr Chreschtüs, die passen ja zusammen, das kann man schon sagen, gehören sie nicht zur selben Gattung der Verstoßenen und Verratenen, sind wir nicht, gell Du, von denjenigen, die durch ihre Duldsamkeit und ihr Anderssein die etablierten Verhaltensweisen in Frage stellen? Das Lamm Gottes und die Schafherde am Rhein. . .

Das ist Gotteslästerung, Jean! Wenn er dich hört, läßt er dich glatt fallen. Und dann kannst du 's erleben, wie die Elsässer, da sie dich nicht nur von der Welt, sondern auch noch von Gott verlassen sehen, in noch helleren Scharen und im beschleunigten Tempo zum neuen franko-elysäischen Glauben überlaufen.

Red doch keinen Quatsch daher, Johann, er kennt uns ja. Er weiß, daß wir es nicht so meinen, wie es unser grober Mund ausspricht. Er weiß, daß wir in einem ganz anderen Verhältnis zu ihm stehen als die Franzosen. Unsereiner duzt den Himmel, wie freie, zutrauliche Menschen es tun, während die Franzosen in ihrer Überheblichkeit auf vornehmtuender Distanz beharren. Was diese noblen Siezer nicht daran hinderte, Gott offiziell abzuschaffen. Wenn es ihnen allerdings dann mal an den Kragen geht, rufen sie ihn prompt aus der Verbannung zurück. Stimmt es nicht, Du? Drück nicht so fest, du zerquetschst mir noch die Hand . . .

Aber da kommt ja Ittel mit seinen blauweißrot bebänderten Hörnern. Na, was ist los, Ittel? Er sagt nichts. Er knirscht nur mit den Zähnen und macht die Faust im Sack. Es hat sich also nichts geändert im Elsaß.

Wenn sich nur auf meinem Sockel etwas ändern würde! Wenn nur mein Bildhauer wieder käme, um meine unbequeme Lage etwas zu verbessern. Meine Arschbacken schmerzen unheimlich, sie müssen ganz wundgescheuert sein. Dann dieser ständige stechende Krampf in der rechten Wade, meines Künst-

lers wegen, der mein Bein angeblich aus ästhetischen Gründen zu stark angewinkelt hat.
Und in meiner linken Hand wuselt es von Hunderten von Ameisen. Wie das juckt und brennt! Welcher Ameisenforscher kann mir erklären, wieso Tag für Tag neuer Nachschub kommt, am Sockel emporkrabbelt und massenweise Eier in meiner Handhöhle hortet? Was zieht sie an? Die ukrainischen Erdkrümel, die unter meinen Fingernägeln kleben? Die eiterigen Löcher, die sibirische Minensplitter in mein Fleisch gefressen haben? Sind es am Ende russische Ameisen, die zu mir pilgern, und die weißen Eier wären Ex-votos? Ist das eine Sühnewallfahrt zum Grabmal eines aus Versehen verdammten Gerechten? O Madonna von Kasan, bitt für die armen elsässischen Seelen, die du auf Hitlers Geheiß dem Stalin ausgeliefert hast. . . Oder hattest du, wie wir, auch keine Alternative?
Rußland, Rossija, CCCP, heimatgewordene Hölle . . . Wo isch diner Jung? In Rüssland. Steck die Fähnlein auf die Landkarte, zieh die Fronten zurück, lach, wenn die Kessel explodieren. Da haben die Nazis wieder mal gehörig in die Fresse gekriegt. Der Stalin, der zeigt ihnen, wo der Barthel den Most holt! Als druff, Iwan! Wo isch diner Jung? In Rüssland. Der min au. Ich weiß, was das ist, ich war auch dort, Anno 16. Die Wälder, die Sümpfe, die Steppe, Machorka und Wodka, haha. Meinsch, se kumme widder mol heim?
Abzählen, die Gefallenen, beide Kontingente, die vom Ersten, die vom Zweiten, bisträ, bisträ! Es melden sich siebzigtausend. Rußland, zweimal in drei-

ßig Jahren, ich sag dir, nun langt 's. Daß mir ja keiner mehr hingeht, das nächste Mal, poniell? Nein, es wird keiner mehr hinüberbrauchen, denn da werden die Rußkis zu uns 'rüberkommen, urrää! Sie werden ihre Rosse in den Fluten des Rheins tränken. Ach Quatsch, die kommen doch nicht auf Rossen! Und selber werden sie auch nicht kommen. Die schicken dann die Deutschen herüber, ihre Deutschen: die Sachsen, die Brandenburger, die Mecklenburger. Nein, Preußen gibt 's keine mehr. Man braucht sie auch nicht mehr, die andern können 's ebensogut.
Die Deutschen und die Russen, immer wieder die Deutschen und die Russen mit ihrer verfluchten Haßliebe, und wir Elsässer hocken da mitten drin und werden in dieser Umarmung zermalmt. Frankreich, mein Vaterland, warum hast du mich verlassen . . . Und was antwortet das Vaterland: Es ist deine Schuld, mein Sohn, warum auch sprichst du Deutsch? Ich verfluche dich, mein Rabenvaterland, weil du mich dem Moloch ausgeliefert hast, damit er dich in Ruhe läßt, was er aber nicht tat und dir den verlogenen Pathos in den Hals hinunterstieß. Geschieht dir recht, du Großmaul.
Menschenskind, kann ich grob werden! Hört er mich, der feine Pinkel dort drüben? Egal, verstehen tut er sie sowieso nicht, diese eiterige, schwefelige, von Läusen und Maden besetzte Sprache. Red nur von Sprache, unsereiner hat ja gar keine mehr. Das Französische ausgewischt, das Elsässische vom Landserdeutsch zerfressen. Was bleibt einem noch von unserer Kultur übrig? Nix als ein armseliges

Vaterunser, wenn die höllische Angst einem die Gedärme aufwühlt.
Monate um Monate, Jahr um Jahr, kreuz und quer vom Prijpet zum Dniepr, von Orel nach Shitomir, den feldgrauen Butzemummel mit seinem gefrorenen Fleisch und der geschlenzten Seele durch die verdammte blutige Scheiße geschleift, proklatnaja wojna! Das stinkt gegen Himmel, und alles Denken auf den Verdauungstrakt und die sexuellen Phantasmen konzentriert, das wären nun die letzten Verankerungen deines Hundelebens, Panzergrenadier Mathis . . .
Und als es fertig war, Jean, kam mein Bildhauer, um mich zu retten. Ja, der gute Mann hat mich entlaust, gewaschen und gebürstet, die Krusten warf er in den Pfarrgarten als Dung. Der kluge Mann hat mich dann mit einem neutralen Hemd bekleidet und meine Beine mit französischen Gamaschen umwickelt. Das war eine geniale Idee, denn somit wurde ich dem deutsch-russischen Clinch entzogen und dem französischen Elsaß wiedergegeben. Und lüpf mal die Tunika meines Chreschtüs ein bißchen hoch. Darunter siehst du einen funkelnagelneuen französischen Stahlhelm, den deutschen Touristen verborgen, dem patriotischen Auge der Franzosen aber sichtbar. So wird der Welt und uns selber offenbar, daß, wenn unsere Leiber auch für das Großdeutsche Reich gefallen sind, unsere Seelen dieses Opfer dem heiligen Frankreich dargebracht haben. So zumindest die offizielle Sprachregelung, die von den Franzosen wohlwollend vorgeschlagen wurde, und dank dieser von beiden Seiten akzeptierten Notlüge wäre

dann unsere Beziehung zueinander wieder normalisiert. Wäre. Denn hintenherum halten sie uns dennoch für verkappte Teutonen.
Lach nicht, Ittel, das könnt ihr nicht verstehen, ihr Jungen, daß eure Väter mit der Schizophrenie ins Bett gehen und mit ihr aufstehen; daß, wenn sie von Frankreich sprechen, ihre Gefühle durcheinandergeraten, und sie nicht mehr wissen, sollen sie es verfluchen oder es anbeten. Und wie halten sie es mit den Deutschen? Mit den ehemaligen Frontkameraden? Die sollen jetzt nur berappen, heißt es, her mit dem Pulver, ihr Kriegsverbrecher! Ich würd' es auch so halten, wenn ich noch am Leben wäre: soundsoviel Mark für die zerlöcherte Haut, soundsoviel für das Gefrierfleisch, soundsoviel für ein amputiertes Bein und für die Ruhr, für das Fleckfieber, für die Angst, für die Abstumpfung, für die Gefangenschaft, für die Läuse, für die Wanzen, für die Alpträume, die uns heute noch die Nächte verderben, für die Erinnerungen an gesprengte Kolchosen, an ausgeräucherte Isbas, an gehängte Partisanen, an vergewaltigte Matkas, an weinende Balalaikas, an den abgestandenen Borschtsch, die schale Kascha, den ätzenden Wodka und auch an das einzige Glück, das ich in den lindgrünen Augen von Swetlana fand, duschenka moja, min Liebs dü . . .
Junge, Junge, was haben wir nicht alles mitgemacht, wo sind wir nicht überall dabeigewesen, heidi heido heida! Horizonte gesprengt, Menschen erlebt, die Hölle erforscht, tschjert! Und immer wieder dawai marschmarsch! Aber was nützen euch die errungenen Kenntnisse und Erkenntnisse, meine lie-

ben Brüder, da ihr das Vergangene ausgeklammert habt und euch selbst in schamhaftes oder trotziges Schweigen eingekapselt? Und hör' ich euch nicht, euch baufällig gewordenen Opas, wie ihr mit euren Enkelkindern ein teutonisiertes Französisch radebrecht? Und warum das? Weil Rabenvaterland damals eure Hilferufe und nach dem Krieg eure Rechtfertigungsversuche mit einem vorwurfsvollen „Warum auch sprecht ihr Deutsch anstatt Französisch?" vom Tisch wischte.

O je, Ittel, wir sind eine verhunzte Generation, und mir scheint, ihr seid auch nicht besser, ihr Jüngeren, denn auch in euch schon steckt der Wurm, der in unseren eiterigen Seelenwunden fett gewordene. Lauert er nicht schon im Kerngehäuse der unreifen Frucht, lauert er nicht schon im Herzen der Blüte? Bevölkert den Stamm und schwimmt in allen Saftkanälen bis in die äußersten Zweigspitzen? Umhauen sollte man den Baum und ihn verbrennen. Vielleicht würde aus dem Wurzelstock ein gesunder Sprößling wachsen?

Aber nicht nur der Baum ist vergiftet, auch der Boden, in dem er wurzelt und der ihn nährt. Und doch ist keiner von uns hier verscharrt. Wo kommt dann das Gift her? Ist es die Lüge, die das Ausscheidungsprodukt unserer Geschichte ist und unsere Seelen mit ihren Rückständen blockiert? Von wo sie durch Kapillarität vom Boden aufgesaugt wird, o verdammte Blut- und Boden-Kumpanei! Was dann? Flammenwerfer her, und verwandelt mir das alles in Magma zurück!

O je Ittel, ich bin ganz muderig und sollte doch so gelöst und glücklich sein, hier im Herzen meiner Heimat, hinter mir der starke Glauben der Väter, vor mir das traute, langsam pulsierende Dorfleben und ich selber im lieblichen rosa Gewand, ich aus demselben Stein gehauen wie unsere Liebe Mutter zu Straßburg; ich sollte meinem Bildhauer dafür dankbar sein, doch da sind diese verfluchten russischen Ameisen — oder sind es deutsche Ameisen, französische, elsässische gar? —, die mich durch ihr Gekribbel fast verrückt machen, die jetzt bis unter meine Wickelgamaschen ziehen, und da juckt es und beißt und ätzt ohne Unterlaß, und mein Chreschtüs kann mich nicht kratzen, seine Arme sind zu kurz dazu . . . Un Zitlang hawich, Ittel, Heimweh nach der Steppe. Wie sagt man zum Heimweh auf russisch? Ich hab 's vergessen. Sehnsucht nach einer horizontlosen Unendlichkeit, wo die Seele wie eine Äolsharfe in den wirbelnden Winden sänge, die wie tanzende Schleier dort hängen, wo Himmel und Erde ineinander zerfließen, o russija duscha . . .
Jetzt steht er wieder am Fenster, der dort drüben mit seinen Glotzaugen auf dem Schwanenhals. Sag doch endlich, Ittel, was ist denn das für einer? Aus welcher Tagesschau habt ihr den herausgeschnitten? Und zu welchem Zweck? Denn so was läuft nicht grad so mir-nix-dir-nix unter uns klobigen Provinzlern herum. Was sagst du, es sei eine Mischung von Poincaré, Lebrun und Pétain und so weiter? Was meinst du mit dem „und-so-weiter"? Den nächstfolgenden Chef läßt du mir aus dem Spiel, Ittel, das

sag' ich dir! Dieser Lange, der in London saß, während ich mich in der Ukraine gegen Läuse und Stalinorgeln wehrte, der war damals unsere vorletzte Gebetsinstanz, knapp vor Gottvater. Nein, der hat nichts mit dem dekadenten Rabenvaterland zu tun, das uns verraten und verkauft hatte. Nein, der war das andere Frankreich, von dem ein Elsässer immer wieder träumt, wenn es ihm dreckig geht . . . und das es eigentlich gar nicht gibt, denn das spukte nur so in unserem und dem Langen seinem Gehirn als ein Phantasma herum, mit dem du nie und nimmer nix anfangen kannst . . . Und hoppla, ich wabbele schon wieder mit Armen und Beinen in meinen Widersprüchen und plotze ranzige Butter draus . . . Aber den Langen, den laß mir aus, Kamerad. Der dort drüben hat nichts, aber auch gar nichts mit ihm gemein, das merkt man schon an der Nase.

Und da sagst du mir, Ittel, die Nasen, die ließen sich von ihren herrschaftlichen Besitzern je nach Bedarf verändern; mal seien sie imperial, mal sozial, mal zivil, mal soldatisch, mal intellektuell, mal leutselig, es komme ganz darauf an, auf welche Art man dich aufs Kreuz legen wolle. Früher, sagst du mir, hätten die Völker den Phallus angebetet. Seit sie zivilisiert seien, huldigten sie der anderen Extremität. Und es seien diese geschichtsträchtigen Rüssel, die dich aufsaugen wie eine Prise Schnupftabak und dann wieder ausschneuzen. Denn wir armselige Würmchen hätten nur eine Funktion: ihre Nasenschleimhäute so zu kitzeln, daß ihr Getrompete den gegnerischen Bullen entscheidend einzuschüchtern vermag.

Meine Extremitäten, Ittel, die habe ich alle irgendwo zwischen Romanowka und Kasatin verloren. Jedes Frühjahr werden sie von den Traktoren der Kolchose ein paar Zentimeter tiefer in die schwarze Erde hineingedrückt. Was düng' ich damit, Sonnenblumen oder Weizen?
Der Dissi, sagst du mir, sei hier in Umschulung. Er müsse das Elsaß erlernen. Das Elsaß erlernt man nicht, mein lieber Monsieur, das Elsaß erlebt man, und dies auf elsässisch, wenn 's beliebt! Wir haben auch Ihr schönes Frankreich auf französisch erlernen müssen. Was sagen Sie? Wollen? Jaja, das ist so einer Ihrer Euphemismen. Koppeln wir beide Verben zusammen, und das ergäbe dann die Wahrheit: wollen müssen.
Haben Sie gehört? Ich sagte eben Elsaß, und ich sagte Frankreich. Denn das sind zwei grundverschiedene Begriffe. Hat man es nicht 40-44 festgestellt? Plötzlich gab 's kein Frankreich mehr für uns. Es gab zwar den Langen in London, der so einen Fetzen idealisiertes Frankreich mit sich herumtrug, seine Stimme drang aber nicht bis zu uns in die Einmannlöcher am Pripjet. Was blieb uns dann noch übrig: das Elsass. Und was waren wir? Elsässer. Wir sagten Elsässer zueinander, und das klang wie ein Heimatlied. Die Deutschen sagten auch Elsässer zu uns, wir wußten aber, daß dabei Mißtrauen, wenn nicht Verachtung oder Haß mitschwang, trotzdem tat es uns wohl, wenn sie das Wort aussprachen. Denn lieber noch ein falscher Hund von einem Elsässer sein als gar kein Elsässer.

Nur die Russen wußten nicht, wer wir waren. Wie konnten sie es auch wissen, daß es irgendwo im fernen Westen so ein normwidriges Ländel gibt, das in kein Schema paßt? Also sagten wir zu ihnen: Wir sind Franzuski. Sie aber traten uns in den Arsch: Swinija faschista! Denn alles, was da bestiefelt und behelmt in Mamuschka Rußlands Gerechtsame eingedrungen war, das konnten nur Faschistenschweine sein, ausnahmslos. Tschjert!

Und so stellten wir fest, daß wir uns umsonst an den Begriffen Elsaß und Elsässer gewärmt hatten, daß es für die Schängele keine Hoffnung und kein Heil mehr gab. Daß uns nichts mehr eigen blieb als die Angst vor dem Verrecken und die grimmige Entschlossenheit zu überleben, um jeden Preis. Also her mit dem MG, dem Granatwerfer, dem Packgeschütz, dem Seitengewehr und dem Spaten und aufgeräumt da vorn, weg mit den Hütten, den Birken, den Sonnenblumenfeldern und mit allem, was da drinnen herumkreucht, Menschen, Vieh und Panzer; niedergemacht, was mir in den Weg kommt, Großrusse, Sibiriake, Partisan, und wenn 's notwendig wird, auch diesen niederträchtigen Feldwebel, der uns immer wieder in die Garben hineinjagt!

Was, der Monsieur zieht zornig die Augenbrauen hoch? Er bläht entrüstet die Nüstern auf? Er will strafend auffahren? Nur langsam, du! Warst du es nicht, der uns Anno 40 so schmählich hat fallen lassen, Chef?

So, Ittel, nun ist 's genug für heute, für morgen und für alle Zeiten. Ich melde mich ab, ich Jean/Johann Mathis, Sohn des Beinamputierten von Verdun,

Jokl Mathis, den ihr gestern beigesetzt habt. Ich der einzige Bloderschemer Student, damals Anno 39, der eine glänzende Karriere als französischer Intellektueller vor sich sah, der dann aus Liebe zur Familie ins nazideutsche Elsaß zurückkam, in die vom Gauleiter ausgelegte Fußangel tappte, sich in Rußland befand, ehe er es nur inne wurde, in einem ukrainischen Stoppelfeld zerfetzt wurde und schließlich vor der Bloderschemer Kirche vom Bildhauer V. Jaeg in rosaroten Sandstein gehauen: ein vom Blitz getroffenenes Bäumchen, das sich mit letzter Verzweiflung an seinen göttlichen Pfahl klammert.
Nein, dieser letzte Satz stimmt nicht. Den streicht aus meiner Vita. Habt ihr denn nicht gemerkt, daß das mit dem Denkmal eine Usurpation ist? Schaut doch genauer hin. Die Wickelgamaschen klären uns über die Errichtungszeit auf: kurz nach dem Ersten Weltkrieg, als man so was noch trug. Also bin ich es nicht, den Monsieur Jaeg hier in den Stein gehauen hat, sondern mein Onkel Schang, offiziell genannt Hans Mathis, der 1916 in Galizien fiel. Der arme Schang-Onkel hatte da ganze zwanzig Jahre ausharren müssen mit soundsovielen Gefallenenehrungen, Gedenkminuten, Kranzniederlegungen und Marseillaisen. Während des Krieges dann dasselbe Zeremoniell, nur mit andersfarbigen Schleifen und anderssprachigen Reden und andersklingenden Märschen. (Man hatte ihm die Wickelgamaschen wegmeißeln wollen, es fand sich aber kein Spezialist dafür, bei den feierlichen Anlässen bedeckte man seine Beine mit Hakenkreuzfahnen.) Und nach dem Krieg hub

es wieder an mit den pompösen Reden, von denen er kein Wort verstand, und schließlich schickte er eine Botschaft nach Romanowka, man möge ihn doch ablösen. Ich kam gerne her, wollte ich doch die Heimat wiedersehen, die in meinen russischen Träumen so begehrenswert geworden war.

Und dann, mein lieber Ittel, habe ich sie genossen, die schöne, heile Heimat! Was habt ihr aus meinem Elsaß gemacht! Das Land verhunzt, die Sprache verhunzt, die Seele verseucht. In mir kocht 's jedesmal, wenn sie da hinten ihre Französischstunde abhalten, als ob die Schule nicht genügte! Ich hab 's ja auch gern gesprochen, das Französische, aber so wie ihr das heute treibt, nein, das ist Verrat an der eigenen Seele! Und als sie meinen Alten gestern hinaustrugen und der Kirchenchor sein breitgequetschtes Französisch mehrstimmig über den Sarg schüttete, hab' ich so lachen müssen, daß mein Chreschtüs mir fast die Hand zerdrückte, damit ich keinen Skandal machte. Ich spürte aber, wie er selber von einem unbändigen innerlichen Lachen geschüttelt wurde . . .

Und so knauserig seid ihr geworden, ihr Heutigen, daß ihr uns nicht mal ein eigenes Denkmal habt errichten wollen, uns vom Zweiten. Ihr habt einfach unsere Namen hinzugefügt, wo eben noch Platz war. Wie viele sind wir jetzt hier versammelt auf den vier Bronzetafeln? Zähl mal nach, Ittel. Wir sind unser sechzig, eine ganz schöne Anzahl für so ein kleines Dorf. Wie viele Mädchen hätten wir geliebt, wie viele Kinder gezeugt? Ihr hättet die Schule vergrößern müssen. Sechzig Mann, Ittel, und mit Jokls

Bein und Jerris Arm und Scharrs Augen macht ’s sechzigeinhalb, das wären ungefähr vier Tonnen erstklassiger Dünger für das Feld der Ehre, wie die Franzosen sagen, von Blodersche auf zwei Bestellungen hin gehorsamst den Auftraggebern geliefert. So, jetzt halt’ ich ’s Maul, endgültig. Dein Dissi dort oben am Fenster versteht mich doch nicht. Er würde mich auch nicht verstehen, wenn ich französisch spräche. So wie mein Hauptmann mich nicht verstehen wollte, als ich auf deutsch den Befehl verweigerte, russische Zivilisten umzulegen. Deshalb jagte er mich in dieses Minenfeld. Es war bei Romanowka.
Praschtschajtje, Gospodin!

DER AUTOR

Es ist sonderbar, wie das, was fast dreißig Jahre lang kein Thema mehr war, nun plötzlich mit einer unbegreiflichen Vehemenz ausbricht: Babbe, was hesch im Krieg gemacht? Und Ittels Abhörung des Jean/Johann Mathis dokumentiert diesen Ausbruch auf eine krude Weise. Als die Elsässer 1945 aus den Gefangenenlagern entlassen wurden, hatten sie nur einen Wunsch, das alles so schnell wie möglich zu vergessen und wieder ein normales Elsässerleben zu führen. Doch als sie heimkamen, saßen hier überall die Sieger und Befreier, flotte Soldaten, artige Soldaten, vor denen unsere Mädchen in Entzückung gerieten. Was waren die Heimkehrer nun, diesen glorreichen Engeln und Erzengeln gegenüber? Das Fußvolk der Zöllner und öffentlichen Sünder. Doch Mutter Elsaß erbarmte sich ihrer Söhne und stellte sie als Bekenner und Märtyrer auf ihre Altäre, gleichberechtigt mit den himmlischen Heerscharen. So blieben sie einige Jahre lang im Gespräch, doch war ihr tragisches Abenteuer, der neuen Umstände wegen, irgendwie idealisiert, patriotisiert worden. Als man im Prozeß von Oradour sur Glane (das südfranzösische Dorf war 1944 von einer Einheit der SS-Division „Das Reich“ angezündet und die gesamte Einwohnerschaft lebendigen Leibes

in der Kirche verbrannt worden) ein paar elsässische Handreicher — die übrigens zur SS zwangseingezogen worden waren — verurteilte, denn der wirklichen Verantwortlichen hatte man nicht habhaft werden können, schlug die Empörung gefährliche Wellen durchs ganze Elsaß, die Provinz stand am Rande der Rebellion. Doch die Regierung schaltete sich geschickt in den Strafvollzug ein und begnadigte die armen Teufel. Hierauf breitete sich eine große Müdigkeit über das Ländel. Die Wehrmächtler, wie wir sie auf elsässisch nennen — auf französisch sagt man „malgré-nous", das heißt „wider unseren Willen", zu ihnen — legten ihre Erkennungsmarke und alle Erinnerungen an jene Zeit in die Gerümpeltruhe und hängten ein Malschloß davor. Ihre Kinder erfuhren nur weniges davon, die Kindeskinder gar nichts. Ihre stereotype Antwort auf jede Ausfragerei war „Rede mr nim devon" oder „'s isch jetz erum". Nur ihr zermürbender Papierkrieg um Invaliditätsprozente und Pensionsberechtigung fand manchmal ein kurzes Echo in den Medien.
Aber jetzt passiert es plötzlich, daß die Söhne das Malschloß sprengen, in der Truhe herumwühlen, das schamhaft verborgene Material ans Licht fördern und das kollektive Gedächtnis wachrufen. Warum bisch im Krieg gsin? Wie ischs in Rüssland gsin? Was hesch debii gedenkt? Warum redsch net? Warum schamsch di? Dü brüchsch di doch net ze schame. D' Franzose han sich net besser ufgfiehrt als dü. Babbe, Bababa, red.
Und sie fangen an zu sprechen, die ehemaligen Schützen Arsch des elsässischen Zwangsaufgebots.

Alles ist wieder da: Orel, Krementschuk, Minsk, Warschau, Monte Cassino. Die Deutschen, die Russen, die Amerikaner, die Franzosen. Die Kasernen, die Stellungen, die Lager. Nicht mehr idealisiert, nicht mehr heroisiert, nüchtern, knapp, trotz der Detailbesessenheit, emotionslos, manchmal fast verblaßt wie auf alten Fotos.
Und die Söhne registrieren, haken nach, bohren tiefer. Werden sie dem elsässischen Geheimnis auf die Spur kommen? Psychoanalytiker werden eingesetzt, die Videofilme sezieren, Bewußtseinsschichten freizulegen glauben und trotzdem nicht aus den alten Wehrmächtlern klug werden. Ittel geht einen anderen Weg. Er befragt die Toten, entschlüsselt ihre Fotogesichter, analysiert ihre Briefe, mixt aus ihren Namen, den Regimentsbezeichnungen, der russischen Topographie und Originaltonproben aus der Wochenschau eine eigenartige synthetische Musik, die ihn in Trance versetzt.
Das russische Syndrom ist wieder da, die Viren sind aus ihrem Schlaf erwacht, doch sie wühlen nun nicht mehr in der Seele der abgerückten Väter, sondern in der Psyche der Söhne. Und auch die Söhne stellen fest, daß Rußland mehr ist für die Elsässer als nur ein unendlich weites Schlachtfeld, daß Rußland die Antimaterie ihrer Heimat ist, daß aus der Kollision beider das heutige Elsaß entstanden ist. Denn was haben sie in Rußland gelernt, die Väter? Daß du nicht der bist, der du zu sein glaubst. Daß du der bist, den die anderen in dir sehen. Also paß dich den Umständen an, wenn du überleben willst. Überleben als was? Als Elsässer? Es gibt keine El-

sässer, weil es kein Elsaß gibt; mag es ein geistiger Begriff sein, wer schert sich drum, ein nationaler ist es nicht. Und nur nationale Begriffe haben Geschichtsgeltung.
Der Autor bittet um Entschuldigung: als Berichterstatter hat er strikte Neutralität zu wahren. Er verspricht dem Leser, forthin mehr Zurückhaltung in seinen persönlichen Kommentaren zu üben. Ob er dieses Versprechen aber halten wird, das glaubt er selbst nicht. Nehmen wir also an, Obenstehendes sei Orginalton Ittel oder Jean/Johann, und fahren wir in unserem Bericht weiter.
Der Leser erfährt nun, daß Odiles Gast bei seinem zweiten sonntäglichen Ausgang lange vor dem Gefallenendenkmal stehen geblieben war. Dieses Denkmal steht an der Stelle, wo sich bis 1871 die romanische Kreuzigungsgruppe befand, von der in Odiles verpfuschtem Film die Rede war. Diese Kreuzigungsgruppe wurde im Siebziger Krieg von einer preußischen Granate zerstört. Dabei fand Urgroßvater Hans Mathis den Tod. Er wollte eben wie alle Mathis vor ihm — „jischt ho!“ — mit einer Fuhre Krapp in seinen Hof einbiegen, als das Kreuz in Fetzen flog und ein Steinblock ihm den Kopf zerschmetterte. Die Franzosen mußten von da an die elsässische Färberröte für ihre Uniformhosen aus ihren Bestellbüchern streichen. Monsieurs Mienenspiel bekundet anteilnehmendes Interesse für dieses tragische Ereignis. Er äußert den Wunsch, ’s Mathisse Hof, wo dieser Steinblock noch zu sehen ist, einen Besuch abzustatten. Dieser Stein trägt kaum lesbare Initialen, von denen die Lokalgeschichte be-

hauptet, sie gehörten einem gewissen Ioannes Matthaeus. Handelt es sich bei diesem Mann um den Bildhauer oder den Auftraggeber? Eines ist gewiß: Seit dem frühen Mittelalter werden die Bloderschemer Ären jeweils von einem Mathisschen Opfer eröffnet und abgeschlossen. Die erste Ära war eine sehr lange. Die zweite war bedeutend kürzer. Wir befinden uns nun in der dritten. Wie wird sie ausgehen?

Jacques, Jeans Bruder, der jetzige Hofbesitzer, schweigt, wenn ihm diese Frage gestellt wird. Seine zwei Söhne haben die Vätersprache abgelegt und sind am Arm von Pariser Circen in die Hauptstadt gezogen. So steht also zu befürchten, daß es nun Schluß ist mit den Mathissen in Blodersche und folglich Blodersche in Zukunft nur noch ein x-beliebiges normalfranzösisches Kaff sein wird.

Wie eben erwähnt, möchte Monsieur mit diesem in seiner nostalgischen Bitterkeit eingekapselten Skeptiker ins Gespräch kommen. Doch Odile wehrt ab. Zuerst müsse die Sprache des Steins, sprich der elsässischen Gefallenendenkmäler, angehört werden, bevor man mit den Menschen spreche. Denn die Sprache des Steins werde durch keine Erinnerungsschwächen und kein Schamgefühl entstellt.

Dem Besucher wird nun von seinen zwei Ciceronen erklärt, welche Probleme sich im Elsaß immer wieder stellten, wenn es hieß, unsere Gefallenen zu ehren. Während in Frankreich und in Deutschland der gefallene Soldat oft als aufrechtstehender uniformierter Held seinen Opfertod für das Vaterland bezeugt, trifft man elsässische Gefallene eher in liegender Position an, und meistens sind sie völlig nackt. Zählen wir nun die Opfergänge auf, an denen die Elsässer teilnahmen: 1870-71 als französische Soldaten, 1914-18 als deutsche Soldaten, 1939-40 als französische Soldaten und schließlich 1942-45 wieder als deutsche Soldaten. Jeder dieser Feldzüge endete für die jeweilige Armee, in der sie dienten, unweigerlich mit einer Niederlage. Jedes Staatsvolk feiert nun seine Siege und heroisiert seine Niederlagen, so auch die Deutschen und ganz besonders die Franzosen. Die Elsässer haben nie einen Sieg errungen, und ihre Niederlagen können und dürfen sie nicht heroisieren, da es nicht ihre eigenen Niederlagen waren, weil sie ja nach jeder Niederlage obligatorisch ins Lager der Sieger überwechseln mußten, deren Siege aber auch wieder nicht die ihren waren. Wie kann da ein Volk sein Selbstbewußtsein behaupten, wenn es nichts anderes feiern darf als das bloße Dabeigewesensein?

Hätte man nun die Gefallenen von 1914-18 zum Beispiel in ihrer — das heißt der deutschen — Uniform dargestellt, hätten die Franzosen das als eine schwere Beleidigung aufgenommen, auch wären die patriotischen Gefühle der Elsässer verletzt worden. Sollte man dann diese für das Deutsche Reich Gefallenen französisch kleiden? Dazu wären die Elsässer schon eher bereit gewesen, das wäre aber einer groben Geschichtsfälschung gleichgekommen, und die echten „Für Frankreich Gefallenen“ hätten dies für eine unannehmbare Zumutung gehalten. Deshalb also diese nackten Leiber, deshalb diese unpathetischen Inschriften „Unseren Gefallenen“ oder „Den Ge-

fallenen beider Kriege" sowie das nichtssagende „Gefallen auf dem Feld der Ehre."
Was das schon sei, die Ehre, sagte Ittel mit bitterböser Stimme zum Besucher. Das sei kein Vaterland, keine Glaubensgemeinschaft, kein humanistisches Ideal, nicht mal eine Heimat. Nix. Ein dehnbarer, verlogener Begriff, mit dem sich die Geschichtsklitterung bequem rechtfertigen lasse. Die elsässischen Toten seien die einzigen, die für die Katz gestorben sind. Kein Vaterland zähle sie zu seinen Helden. Sogar das Elsaß könne nicht behaupten, sie seien für ihre kleine Heimat gefallen. Die armen Seckel. Was der Monsieur wohl dazu meine?
Man würde nun annehmen, der Herr sei zutiefst betroffen und gerührt, kehre in sich, schlage sich an die Brust und bekenne: „Verzeiht mir, meine lieben Elsässer, denn auch ich bin mitschuldig an eurem tragischen Los." Nein, nichts dergleichen sagte er. Er deutete nur mit dem Finger auf die Beine des an Christi Hand hängenden Toten: die Wickelgamaschen widersprechen in der Tat Ittels Aussage. Das sei aber die Ausnahme, die die Regel bestätige, klärte Odile ihn auf. Blodersche sei die einzige Ortschaft, die es auf diskrete Art gewagt habe, die elsässische Schande optisch in ihr Gegenteil zu kehren.
Und Monsieur nickte zufrieden und meinte mit bewegter Stimme, die historische Wahrheit, was das schon sei? Eine äußerliche Wahrheit, eine papierne Wahrheit. Die echte Wahrheit sei die des Herzens. Odile drückte ihm in einer unkontrollierten Gemütswallung den Arm. Er lächelte sie fast zärtlich

an. Doch Ittel riß sie los, spreizte seine Arme wie ein streitsüchtiger Gockel seine Flügel und spie dem Monsieur die Liste der Waffengattungen und Einheiten ins Gesicht, denen die sechzig auf den Bronzetafeln angehört hatten: Kaiserliche Kriegsmarine, Preußische Gardekürassiere, Hessische Ulanen, Badische Dragoner, Württembergische Infanterie, Sächsische Artillerie, Bayerische Jäger und dann, die Bezeichnungen knallten wie Peitschenhiebe: 25. Panzerdivision, 290. Panzergrenadierregiment, 5. Panzerjägerabteilung, 30. Feldartillerieregiment, 16. Volksgrenadierdivision, SS-Division „Großdeutschland". . .
Monsieur erblaßte vor innerem Zorn. Ittel knirschte mit den Hauzähnen, Odile starrte wie abwesend in den Himmel. „Alles echte ‚boches', nicht wahr, Monsieur?" sagte Ittel mit heiserer Stimme, „und dennoch war keiner von ihnen freiwillig fort, auch diejenigen nicht, die in der Waffen-SS dienen mußten. Die Züge haben sie demoliert, als sie abrückten, die Marseillaise haben sie gesungen auf den Bahnsteigen. Wo waren Sie damals, Monsieur, daß Sie das nicht gehört haben? Sie war doch laut genug, die Marseillaise, so laut, so falsch und so inbrünstig zugleich hat sie selten ein Franzose gesungen. Und hat doch nix genutzt. Auch denjenigen nicht, die sich weigerten, ihren Wehrpaß zu unterschreiben, dafür eingesperrt, geschoren, geschlagen und gedemütigt wurden und anschließend doch in Rußland landeten. Was meinen Sie? Sie hätten flüchten sollen? Viele taten es ja. Aber wie stellen Sie sich das vor, Monsieur? 100 000 Elsässer und Lothringer

machen sich nächtens auf, schleichen durchs Ländel, krabbeln über die Vogesen, huschen durch halb Frankreich und melden sich bei Marschall Pétain: Elsaß-Lothringen zur Stelle, vollzählig! Und auf einen einzigen Wink Hitlers hättet ihr sie ausgeliefert, ja, wie ihr ja auch eure Juden ausgeliefert habt. Oder aber hätten sie sich an Ort und Stelle widersetzen sollen, in den Krautäckern, den Rebbergen, dem Hagenauer Forst Partisanen spielen? Mann, das hätte Ihnen ja so gepaßt, nach dem Krieg, denn da hätte es für Sie massenweise echte Heldengedenkstätten einzuweihen gegeben, von Weißenburg bis Pfirt! Nein, Monsieur, sie hatten keine Wahl. Sie mußten dorthin gehen, wo schon ihre Väter gewesen waren, und Russen töten, damit sie nicht selbst getötet wurden. Und wo liegen sie jetzt, unsere jungen Männer? Goutieren Sie die Exotik dieser fernen Geographie: Kamenetz-Podolsk, Zaporoschje, Briansk, Tambow, Karaganda. Ferner die Wasser, in denen ihre Leichen schwammen: Kuban und Donetz, Dniepr und Düna, San und Bug . . . Wenn Sie nächstens mit Ihren Kreml-Kollegen zusammentreffen, vergessen Sie nicht, sie mit Ihren landeskundlichen Kenntnissen, die Sie sich im Elsaß über die Sowjet-Union beschafft haben, zu überraschen. Und falls Sie noch ein paar russische Sprachbrocken einfügen wollen, wenden Sie sich an den Genossen Mathis da oben, der hat noch etliches auf Lager. Nun aber pojdam! Ich habe einen Mordsdurst."

Der Bloderschemer Stammtisch erinnert sich noch ganz gut an jenen zweiten Sonntag:

„Von unserem Tisch sieht man direkt auf den Kirchplatz. So haben wir halt gemerkt, daß da was ganz Besonderes los war. Ob wir uns noch die Frage stellten, wer dieser Herr war? Abba, so wunderfitzig sind wir nicht. Es war halt ein Franzos, Punkt. Die drei mußten dort ein sehr scharfes Gespräch gehabt haben. Ittel waberte mit den Armen, Odile guckte in die Luft, und der Monsieur stand so steif da, wie wenn er einen Schirm verschluckt hätte. Da tigerte Ittel plötzlich aufs Wirtshaus zu, der Monsieur faßte Odiles Arm und drehte sich um, wie wenn er nach Hause wollte, doch Odile riß sich los, guckte ihn scharf an . . . — Wie hast du das so genau sehen können, Sepp? — Hast du ihren Blick schon bemerkt, wenn sie störrisch wird? Güscht, du, da schießen echte Blitze 'raus. Und da sagte ich zu den Kameraden: ‚Se kumme.'"

„Se kumme" ist eine typisch elsässische Redewendung. Anno 18 sagte man so, im Juni 40 sagte man es wieder, und Anno 44 im November hieß es noch einmal in Blodersche: „Se kumme." „Se", das sind die anderen, nicht immer dieselben, denn mal kommen sie von rechts, mal von links. „Se", das ist das Schicksal, das ist die Geschichte, das ist das Unvorhergesehene, das sich hinter der Prognose verbirgt. „Se kumme", das ist das Anderwärtige, das unsere Insel berennt und besetzt und mit dem wir uns nun akkomodieren müssen, bis diese „Se" wieder abziehen und andere „kumme." Jedesmal wenn „Se" zu uns hereinkommen, entsteht eine große Stille: Gedankenstrich, Fragezeichen, Doppelpunkt, bis sie endgültig da sind und Quartier gemacht haben. So geschah es auch im „Lamm“, als die drei eintraten, oder besser gesagt, als ER eintrat, dieser Anderwärtige, dem hier der elsässische Plural „Se“ umgehängt wird.

„Wir hatten ihn ja schon einmal gesehen, an jenem Sonntag gab es aber zum erstenmal Tuchfühlung mit ihm. Denn das Lokal war voll besetzt, und nur an unserem Stammtisch war noch etwas Platz. Alles war plötzlich still geworden, man hörte nur das Stühlerücken. Als sie dann saßen, wurde es wieder laut im Lokal. Odile und Ittel bestellten Amer-Seidel, der Monsieur einen Kir. Hatte der Wirt aber nicht, so nobles Zeug verkauft sich nicht bei uns. Er mußte also mit einem Cinzano vorliebnehmen. In welcher Sprache wir uns unterhielten? In Elsässisch, nundedje. Odile und Ittel übrigens auch. Güscht fand das ziemlich unhöflich. Gell Güscht? Aber das sagte er nur, weil er nicht gut französisch kann und darunter leidet. Halt's Maul, Güscht, so ist's! ‚Was isch diss fer einer?‘ fragte ich Odile. ‚Ein guter Ami der Familie und des Elsaß‘, antwortete sie. ‚Hoppla‘, sagte ich, ‚wenn er unser Freund sein will, muß er unsere Sprache lernen. Denn wir haben auch seine Sprache gelernt, weil wir seine Freunde sein wollten.‘ So, das habe ich nicht gesagt, Güscht? Bei dem Lärm im Lokal verstand man ja sein eigenes Wort nicht. Aber gedacht hab' ich 's auf jeden Fall. Und er muß es auch bemerkt haben, daß ich ihm etwas sagen wollte oder gesagt habe, denn er lächelte höflich und prostete mir zu. ‚Es gilt, Gesundheit, Monsieur.‘ Was wahr ist, ist wahr, höflich sind sie, die Franzosen. Gell Güscht?

Dieser Lärm im Wirtshaus! Holtzers hatten Hochzeit, und die Männer waren alle ins „Lamm" gekommen zum Aperitiv. Alle waren schon ziemlich angeheitert. Und da wurde natürlich auch gesungen, und wir am Stammtisch machten mit. Was wir gesungen haben? Deutsche Lieder eben, wir Alten kennen ja keine anderen. Und die Jungen kennen gar nichts. Als unser Volksliederrepertoire erschöpft war, griffen wir zu Soldatenliedern. Ein Heller und ein Batzen. Kennen Sie das? Das „heidi heido heida" haben wir sogar mehrstimmig gesungen und dabei mit den Füßen den Takt getrampelt. Da ist der Monsieur knallrot geworden. Was war denn in ihn gefahren? Ich sagte ihm auf französisch: ‚So geht es halt zu bei uns, wenn wir lustig sind, das ist unsere elsässische Folklore.'"

Ittel sagte zum Autor: „Unser Monsieur, der sich sonst doch so leutselig gibt und dessen liebste Beschäftigung ist, in die Volksmassen zu tauchen, um Hände zu schütteln und Backen zu tätscheln, war dieser urigen elsässischen Tuchfühlung nicht gewachsen. Dieses dialektale Magma mit seinen teutonischen Eruptionen schien ihn förmlich zu ersticken, so daß er seinen Hemdkragen öffnete und heftig nach Luft schnappte. Ich fürchtete, er würde von einem Augenblick zum anderen aufspringen, Ruhe fordern und der Versammlung seine Identität bekanntgeben. Doch Odile hatte ihn fest unter Kontrolle. Und überhaupt, wer hätte ihm Glauben geschenkt!"

Die badische Kollegin, die dem Autor als literarische Beraterin assistiert, schaltet sich nun in diese

Berichterstattung ein und meint, es sei jetzt genug mit diesen Wehrmachtgeschichten, obwohl die Elsässer in Sachen Vergangenheitsbewältigung einen großen Rückstand auf die Deutschen hätten. Dieses Thema sei nämlich in der Bundesrepublik keines mehr und würde somit auch den Leser nicht mehr interessieren. Auch seien dies larmoyante Rechtfertigungsversuche und keine Bewältigung. Doch möchte der Autor zu bemerken geben, daß die Deutschen gleich nach dem Krieg durch brutale Elektroschocks geheilt, während die Elsässer narkotisiert wurden. Aus dieser Narkose sind sie eben erwacht. Und da stellt man sich hier die Frage: Warum hat man uns narkotisiert? Solange diese Frage keine zufriedenstellende Antwort erhält, wird man hierzulande nichts Rechtes mit der Gegenwart anfangen können. Es ist also anzunehmen, daß diese Erhebung noch so manches Verdrängte ans Licht fördern wird.

Die Kollegin meint auch, nun müßte man endlich den Hauptakteur dieser Tragikomödie zu Worte kommen lassen. Das soll sofort geschehen.

MONSIEUR

Es regnet. Ich bestaune dieses Phänomen Regen und kann nicht davon lassen, dem Plätschern zu lauschen und dem Wettgleiten der Tropfen an der Fensterscheibe zuzuschauen. Ich hatte ganz vergessen, daß es einen Wettertypus dieser Art gibt. Bis auf den heutigen Tag war nämlich der Wetterablauf unveränderlich derselbe, morgens leichte Dunstschwaden, aus denen sich eine verschleierte Sonne langsam herausschälte, mittags grelles Licht, abends dann wieder die Dunstschwaden, diesmal von Rauchschüben durchzogen, und endlich klare, kalte Nacht, also das, was man als ein schönes, stabiles Herbstwetter bezeichnen kann. Mir scheint, dies hat eine Ewigkeit gedauert; deshalb empfinde ich diese Abwechslung als etwas Wohltuendes, Befreiendes. Eine Ewigkeit ... Bin ich schon so lange hier, daß meine verflossene Zeit nicht mehr meßbar ist? Sind es Wochen, Monate, Jahre? In meinem Zimmer hängt wohl ein Wandkalender, doch der hilft mir nicht weiter, da ich das Ausgangsdatum nicht kenne. Ob überhaupt die angegebene Jahreszahl stimmt? Und ich stelle fest, daß die Ziffern unleserlich geworden sind, sie erinnern mich an Hieroglyphen ... Auf dem Büffet im Eßzimmer liegt jeden Tag eine Zeitung. Ich wollte schon oft danach greifen, doch jedesmal wenn ich versuche, hinter das Geheimnis meines Aufenthalts in diesem sonderbaren Haus zu kommen oder auch nur irgendeinen chronologischen Anhaltspunkt zu finden, sei es durch eine Handbewegung oder durch eine Frage an meine Gastgeberin, stelle ich fest, daß die Befehle, die vom Großhirn ausgegeben werden, nicht bis zu den ausführenden Zellen gelangen. Ist dann der Schaltkreis unterbrochen, oder sind die Botenstoffe zu träge geworden? Ich muß herausfinden, wo sich die Ursache dieser Lähmung befindet. Wird sie von außen oder von innen bewirkt? Der plötzliche Einbruch des Regenwetters scheint mir aber ein Signal zu sein, daß etwas, das bis jetzt erstarrt war, ins Fließen kommt. Auch daß ich heute in dem Sekretär ein Schreibheft und einen Filzschreiber fand, veranlaßt mich zu hoffen, daß irgend etwas oder irgend jemand mir die Gelegenheit geben will, meinen Intellekt wachzurütteln, was als der erste Schritt zu meiner Befreiung angesehen werden darf. Und, in der Tat, mein Intellekt funktioniert wieder, und meine Hand gehorcht ihm. So werde ich nun in diesen Aufzeichnungen versuchen, die Zeichen zu interpretieren, die mein Leben hier bestimmen, sowie das Verhalten der zwei Hauptprotagonisten dieser merkwürdigen Geschichte zu analysieren, das wären diese junge Frau und meine eigene Person. Von dem jungen Mann, der hier herumhängt, werde ich wohl nicht viel zu verzeichnen haben, da er anscheinend nur eine Statistenrolle spielt.

Normalerweise sollte ich diese Aufzeichnung mit meiner Entführung beginnen. Denn es war zweifel-

los eine Entführung, ich kann mir nicht vorstellen, daß ich mich freiwillig in die Hände dieser Person begeben habe. Wo aber befand ich mich vorher, und was war meine Tätigkeit dort? Es scheint mir, als hätte ich einen allerhöchsten Posten innegehabt. Ja, ich sehe mich, auf einem Perron stehend, Delegationen empfangen. Ich sehe mich, am Kopf eines langen Tisches sitzend, meinen Mitarbeitern zuhören, wie sie Lagen erörtern und Vorschläge unterbreiten. Ich sehe mich auf dem Bildschirm die Hände kreuzen und den Hals recken. Ich schaue gebannt auf das Spiel meiner Lippen. Ich fange meinen Blick auf und befrage ihn: Wer bist du? Warum hast du dich von mir getrennt? Habe ich mich denn geteilt wie eine Amöbe? Lebe ich doppelt? Ist das eine Ich hier, das andere dort? Und keines weiß mehr etwas vom anderen? Ein scharfer Schmerz durchzuckt mich, abgelöst von einer schwer erklärbaren Euphorie: Schauspielert das Hirn gekonnt über meine abstruse Lage hinweg?
Ich sollte mich nicht so mit Fragen quälen, von denen ich weiß, daß ich noch nicht imstande bin, schlüssige Antworten darauf zu finden. Die erste Arbeit wäre nun, mein Erinnerungsvermögen zurückzuerobern. Die Vergangenheit liegt da wie ein geheimnisvolles, mit einem Dunstschleier zugedecktes Psychotop. Einzelne Partien zeichnen sich schon schemenhaft ab; es bräuchte nur einer Brise, um dem Verschwommenen scharfe Konturen zu geben. Auf anderen, weiter zurückliegenden staut sich noch dicker, wallender Nebel.

Ich müßte mit dem Näherliegenden beginnen, einen Zipfel des Schleiers heben, dort, wo ich den Anfang meines jetzigen Lebens vermute. Doch da übermannt mich wieder jene sonderbare Trägheit, und es ist mir, als sei nicht die Entführung der Angelpunkt meiner Geschichte, als liege dieser irgendwo anders . . . Vielleicht im Blick dieser Frau? Ja, nun weiß ich es: Ich muß von ihr sprechen, alles andere kommt mir nun plötzlich so nebensächlich vor.
Sie, Odile. Werde ich versuchen, sie zu beschreiben? Ich bin weder Dichter noch Maler, wie fasse ich dann in Wörter und Bilder, was Augen und Herz empfinden? Sprach ich da von Herz? Das war ein Lapsus. Ich wollte wohl Sinne sagen . . . Offen gestanden hatte ich mir die Elsässerinnen ganz anders vorgestellt, eher etwa wie französisierte Gretchen. Sie aber kommt mir irgendwie vor wie eine Mischung von griechischer Mythologie und Pariser Modernität. Nein, das ist ein überspannter Vergleich. Aber wie sie dastand letzthin — wann war es? — vor meiner Tür in ihrer blendenden Nacktheit, die langen Haare — sind sie blond oder schwarz? — wie ein Schal um den grazilen Hals geschwungen, der geschmeidige, ebenmäßige Körper in der Farbe von altem Elfenbein und die lila Knospen, an denen sich mein Blick festsog, da mußte ich mich fragen: ,,Aus welchem Meer, aus welcher Quelle war sie eben entstiegen?" Machte ich eine einladende Bewegung? Ging ich einen Schritt auf sie zu? Ich weiß es nicht mehr. Sie kreuzte die Arme über die Brust, so daß mein Blick frei wurde und zu ihrem Gesicht hinaufglitt, auf dem sich ein amüsier-

tes Lächeln abzeichnete. Ich sagte „pardon", sie nickte leicht mit dem Kopf und huschte weg.
Wer sind Sie, Odile? Und wo haben wir uns getroffen? Ich tauche nun doch in den Dunstschleier, taste mich durch Gräser und Sträucher, knie ins Moos, finde ein Lager, über dem ein Hauch von Körperwärme liegt. Wilde, würzige Düfte streichen umher. Kindheitserinnerungen schieben sich nun ein, an altfranzösische Märchen, wo in tiefen Eichenhainen gute Feen aus Heilkräutern Wundertränke brauen. Aber diese Gerüche hier sind anders, wilder, wie gesagt. Nordischer? Schwüler auch, sonderbarerweise, und das ergäbe eine eigentümliche Mischung von Dschungel- und Taigaeindrücken. In der Ferne vibriert das Echo eines Jagdhorns nach . . .
War sie bei mir? Ich glaube wohl, denn ich erinnere mich ihrer Augen, hingebungsvolle Rehaugen hatte sie, dann wieder den geheimnisvollen Blick einer Raubkatze. Ich sehe die Nacht von den Bäumen fallen. Hier müssen wir uns hingelegt haben, hatten wir wenigstens ein Zelt dabei? Und wie verhielt ich mich ihr gegenüber? Wie nahe kamen wir einander? Nun verschwimmt alles wieder . . .
Dieses Zimmer . . . es ist mir so vertraut geworden, als hätte ich von jeher hier gelebt. Wie aber lebte ich hier? Ich muß viel gelesen haben; der Bücherschrank steht offen und ist ganz durchwühlt. Überall liegen Bücher herum, und überall immer wieder Proust, Proust auf dem Stuhl, Proust auf dem Bettvorleger, auf dem Tisch, auf dem Fensterbrett. Habe ich das alles schon ausgelesen? Ist jeder Band eine Etappe, die mich weiterreicht in der zyklischen

Wanderung um die eigene Frage? Sind das träge fließende Zeitinseln in der erstarrten Zeitlosigkeit? A la recherche du temps perdu . . . Wer hat mir den Proust hergelegt? War sie es? Und weshalb Proust? Vielleicht aus dem einfachen Grund, mich wissen zu lassen, wie sehr sie unsere Kultur kenne und schätze? Gern ließe ich diese Erklärung gelten. Sie schmeichelt mir.

Sie, Odile, in jener vergessenen Zeit, war sie da? Ja. Sie bereitete mein Bad, sie besorgte mein Zimmer, sie saß mir gegenüber am Tisch. Sie war da, ich glaube aber nicht, daß ich sie bemerkte. Sagte sie mir nicht kürzlich, ich hätte sie wohl angeschaut, sie aber nicht gesehen, als sei sie für mich ein neutrales Wesen gewesen, ein Haushaltsroboter vielleicht, und ich selber hätte etwas Automatenhaftes an mir gehabt. . .

Sagte sie mir das gestern, war es vorgestern oder schon länger her? Fetzenhaft tauchen die Bilder und Eindrücke nun auf, immer wieder von jener nackten Erscheinung angeführt. So sehe ich, wie die Eishülle, in der wir uns beide aneinander vorbeibewegten, zu schmelzen begann, wie dann ein Kontakt zustande kam, zögernd zuerst, durch kurze, höfliche Sätze, nettseinwollende Redewendungen; bestimmter dann, durch kleine Handreichungen bei Tisch, das Anbieten ihres Arms, das flüchtige Berühren ihrer Brust, wenn ich mich einhakte. Und dann kam der Handkuß, zuerst am Abend, jetzt zweimal täglich, morgens und vor dem Zubettgehen.

So tauschen wir flüchtige Signale aus, wissen aber nicht, wie sie vom Partner interpretiert werden und wie man selber seine eigenen Signale deuten soll. (Oder weiß sie es?) Stellt sie befriedigt mein Auftauen fest und wird sie nun das Spiel weiterführen? Zu welchem Zweck? Mit welchem Ziel vor Augen? Und wie sieht es in mir selbst aus? Habe ich Lust am Spiel, oder spiele ich mit der Lust? Ich klammere die Fragen aus, beginne mich an der veränderten Lage zu erfreuen und wiege mich wohlig in zwar vagen, aber angenehmen Vorstellungen.

Odile. Heute morgen wieder diese friedliche, traute Stimmung am Frühstückstisch, als die Sonne sich so lange auf dem Kirchturm räkelte und gegen die Wolken wehrte, bis wir fertig waren. Und Sie redeten und redeten, Odile, ich weiß nicht mehr wovon, denn ich lauschte nur der Musik Ihrer Stimme; dem Capriccio folgte das Adagio und dem ein Allegro, auf weicher, samtiger Oboe.

Die anderen Mahlzeiten wickeln sich in einer eher gereizten Atmosphäre ab. Schuld daran ist dieser primitive Mensch, der dann mit uns ißt, dieser ungehobelte Statist, von dem ich glaubte, nichts zu verzeichnen zu haben, der sich mir dennoch aufdrängt. Hat er nicht letzthin, als wir von diesen aus Kartoffelteig geformten, zigarrenförmigen Dingern aßen und Odile — war es Übermut oder Herausforderung? — eines aus meinem Teller nahm, um es genüßlich zu verzehren, seine Gabel hingeworfen, dem Stuhl einen Tritt gegeben und wütend die Tür hinter sich zugeschlagen?

Ittel sollte doch wissen, erklärte sie mir, daß dies eine elsässische Sitte sei, dadurch ehre die Dame des

Hauses den Gast. Ich möge doch, bitte, den peinlichen Auftritt vergessen.
Ma chère, hielten Sie mich wirklich für so naiv, Ihnen diese lächerliche Ausrede abzunehmen? Ich sagte nichts, nickte ihr nur höflich zu. Aber das Signal ist gespeichert.
Was diese Menüs anbelangt, so sei nur zu erwähnen, daß sie mir nicht sonderlich schmecken, obwohl die junge Frau sich alle erdenkliche Mühe gibt, die elsässische Fadheit durch provenzalische Gewürze etwas zu überdecken. Ich erinnere mich vage an kultiviertere Menüs, die ich anfangs serviert bekam. Ich bat sie deshalb heute morgen, mir künftighin leichtere und bekömmlichere Kost zu geben. Als Antwort bekam ich nur ihr unergründliches Lächeln.
Wer sind Sie, Odile?

Regen und Sonne im steten Wechsel. Die Zeit hüpft von einem Fuß auf den anderen, so richtig ins Fließen kommt sie aber noch nicht, weder vorwärts noch rückwärts. Die Frage, mit der ich meine erste Aufzeichnung beschloß, wartet auch noch auf ihre Beantwortung.
So greife ich denn die andere wieder auf, die sich auf meine Person bezieht. Wer bin ich, wer war ich? Ich trug einen Titel, die Leute sagten Herr Präsident zu mir. Dieser Präsident muß große Verantwortungen haben, auf nationaler wie auf internationaler Ebene. Er fühlt sich ausnehmend wohl in dieser Rolle. So viel steht nun schon fest. Es fehlt nur noch wenig, um das Bild zu vervollständigen.

Dieser Mensch, dieser Präsident: wie stehe ich zu ihm? Immer stärker empfinde ich seine Präsenz in mir, wir hausen zu zweit in meiner Enge. Diese Hautfühlung schmerzt, ätzt, dadurch werden aber Bilder und Szenen lebendig, stoßen aufeinander, vermischen sich, vermehren sich, es ist wie eine Kettenreaktion von Wetterleuchten am Horizont . . . Oder sind es die Mündungsfeuer von Dutzenden von Batterien? Klänge und Töne werden dabei laut, verzerrt wie von einem Synthesizer, dennoch deutlich erkennbar: Pfeifen und Trommeln, Trompeten und Glockengeläute, ich höre unzweifelhaft ein Te Deum heraus, das wogt durch ein gotisches Schiff, einmal, zweimal, wievielmal? Sollte das Schiff die Straßburger Kathedrale sein? Sonnenlicht bricht farbig durch die Rose und umflutet mich. Ich fühle mich hochgehoben, jetzt liegt mir Land zu Füßen, und ein Finger — ist es Gottes Finger? — weist zum Strom: Siehe, da festige deine Macht, hier schirme ab das Lichte, Klare, Geordnete gegen die irrationalen Versuchungen! Und dann stehe ich am Fenster, wieder Glockengeläute, diesmal kommt es aus dem romanischen Turm. Aus dem Straßenstaub wälzen sich Kavallerieregimenter und Panzereinheiten, die Fahnen werden zum Salut gesenkt. Ich schaue der Staubkolonne nach, nun wird sie zu einer Feuersäule, die den Strom erreicht, die ihn überquert und sich am Ufer entlang in hundert Wachtfeuer aufteilt. Und das Trompetensignal kündigt den Sieg an: Clausa Germanis Gallia!
Was schauen Sie mich so verstört an, Madame? Haben nicht Sie selber diese Bilder aus meinem Unter-

bewußtsein herausgelockt? Durch die ungeschickte Manipulation Ihrer eigenen Geschichte mein anderes, reelles Ich zurückgerufen? Ihre Inszenierung sollte in mir Schuldgefühle erwecken, sie hat aber das Gegenteil bewirkt: Ich bin stolz darauf, Ihre kleine Eigenständigkeit in meinen Großraum eingegliedert zu haben. Bin ich nicht dazu ausersehen, allen Völkern Licht zu sein, und seit ihr in mir aufgegangen, seid auch ihr Teil dieses Lichts? Erfüllt Sie das nicht mit Stolz, Madame?
Was ist denn mit mir los, wer spricht denn so großspurig aus mir? Pardon, Odile, es war nicht so gemeint. Lächeln Sie, bitte, Odile. Ihr Lächeln ist so beruhigend. Man möchte sich hineinkuscheln und träumen.

Wieder ist eine Woche vergangen. Das Wetter zögert immer noch. Doch es scheint mir, daß das Laub beginnt, sich auf fast unmerkliche Weise zu verfärben, schon nagt helles Braun an den sattgrünen Blattspitzen. Ich lese meine zwei Aufzeichnungen durch und freue mich, dank dieser Selbstanalyse zu einer gewissen inneren Stabilität zurückgefunden zu haben. Ich weiß, jetzt, wer ich war, wer ich bin. Wenn auch viele Details noch verschwommen sind, so ragt doch die Hauptsache, meine historische Sendung, wie eine hohe Insel aus dem Dunstmeer empor.
Jetzt bliebe noch die Entführungsgeschichte zu enträtseln. Die Umstände bleiben mir weiterhin verschleiert, so sehr ich mich auch bemühe, anhand der in der Erinnerung zurückgebliebenen Duftspuren,

den Weg vom Hier zum verlorengegangenen Dort wiederzufinden, zu diesem mysteriösen Ausgangspunkt. Auch das Warum der Entführung läßt sich nicht erklären. Höchstwahrscheinlich handelt es sich um eine politische Geiselnahme. Doch wer sind die Auftraggeber? Haben wir es mit einer geheimen elsässischen Terroristengruppe zu tun? Diese Eventualität schließe ich aus, denn sämtliche Erfahrungen, die wir im Umgang mit diesem Völklein gemacht haben, weisen auf seine Unfähigkeit hin, terroristische Aktionen mit professionellem Know-how zu planen und auszuführen. Denn Planung und Ausführung müssen von Meisterhand stammen, wie hätte sonst unser Polizeiapparat so übertölpelt werden können. Ein Präsident, der verschwindet doch nicht so einfach, der löst sich doch nicht in Luft auf! Oder doch?

Und doch wieder drängt sich mir die Vermutung auf, daß diese Entführung etwas mit dem Elsaß zu tun haben müsse. Die versteckten Anspielungen, die geschichtlichen Spintisierereien meiner Gastgeberin — meiner Wärterin? — sind Indizien, die man berücksichtigen muß. Odile wäre also eine elsässische Ulrike Meinhof? Daß ich nicht lache! Und wenn dem so wäre, welches wäre dann der Zweck dieser Aktion? Die westliche politische Ordnung aus dem Gefüge zu bringen? Unsinn, die wirtschaftliche Verflechtung West-Ost ist so dicht, daß der Kreml nur darauf bedacht ist, den Statusquo zu erhalten. Waren da nun Anarchisten am Werk? Warum lebe ich dann noch? Elsässische Separatisten also? Gibt es die denn?

Ein weiteres Rätsel, dessen Lösung mir nicht gelingen will, ist diese Lähmung, die Gehirn und Glieder befällt, jedesmal wenn ich es versuche, Nachrichten von der Außenwelt zu erfahren und auch mich im Zeitablauf zurechtzufinden. Ich habe den Eindruck, daß die von meinem Bewußtsein erlebte Zeit nicht identisch ist mit ihrem mathematischen Ablauf. Und wie oft schon hätte ich die Gelegenheit gehabt zu fliehen, doch schon der einfache Gedanke an Flucht kommt nicht voll zur Entfaltung, so auch jetzt nicht, wo ich das niederschreibe: ich spüre, wie die Starre mein ganzes Denksystem erfaßt. Die Absurdität meiner Situation . . .

Vierte Woche der Bewußtwerdung, vierte Aufzeichnung. Ich bin in jemandens Gewalt. „Man" erlaubt mir zu denken, doch „man" hat mir deutliche Grenzen gesetzt. Ich muß mich, vorläufig, innerhalb dieser Grenzen halten. Ich nehme nun eine Spur auf, die, wenn mein Instinkt nicht trügt, mich auf ein Terrain führt, das ich von Anfang an hätte erforschen sollen. Die zwei Sonntagsexkursionen geben mir den Anlaß dazu. Ob „man" mich aber bewußt dorthin lenkt? Und wenn! Ich nehme die Herausforderung an. Oder sollte ich mich zuerst mit dem Rätsel „man" abmühen? Habe ich Angst vor der Entdeckung von Odiles Wahrheit? Den Rüpel ziehe ich nicht in Betracht. Auch er scheint mir in Odiles Bann zu leben. Ich sagte „auch", daß hieße also wie ich? Lassen wir das. Die Sonntagsexkursionen also. Die erste hinterließ nur undeutliche, die zweite widerliche Eindrücke. Wohin sollte ich geführt werden nach Odiles mißglückter Geschichtsmanipulation? Ins Elsaß. Auf diesem Terrain wird die Schlacht geschlagen. Wir wollen es beide so. Habe ich richtig getippt, Odile?

Das war das einzige, was ich von Anfang an mit Bestimmtheit wußte: Ich befinde mich im Elsaß. Also nicht in der Fremde, denn dieses Land gehört zu meinem Hoheitsbereich. Und trotzdem fühle ich mich hier nicht zu Hause. Diese Provinz hat etwas Artfremdes an sich. Sogar wenn sie französisch sprechen, klingt es fremdartig, auch wenn sie akzentfrei sprechen.

Ihre Geschichte deckt sich auch nicht immer mit unserer offiziellen Geschichte. Ist dies aber nicht der Fall für so viele andere französische Provinzen? Ist unser gemeinsames Vaterland nicht eine unaufhörliche, unaufhaltsame Schöpfung, die nun seit einem Jahrtausend vor sich geht? Was all diese ursprünglich so verschiedenen Provinzen veranlaßt, sich zu einer großen Gemeinschaft zusammenzuschließen, war es nicht ein gemeinsamer Traum von Grandeur, Brüderlichkeit und Universalität? Warum kommen mir dann diese Einheimischen hier so fremdartig vor? Ist es ihr ungehobeltes Alemannentum? Ihre schweizerhafte Kleinkariertheit? Ihnen fehlt das horizontsprengende fränkische Weltbild. Den Anschluß an die Geschichte hatten sie ja schon früh bei Zülpich verspielt. Wir geben ihnen nun die Gelegenheit, wieder in die Geschichte einzusteigen; ihre Eigenbrötelei aber scheint diese Chance nicht wahrnehmen zu wollen . . . oder zu können.

Und steckt nicht ihr Unterbewußtsein voll von nichtbewältigten Nostalgien? Diese abscheulichen Lieder in der Dorfwirtschaft, die haßerfüllten Tiraden des Rüpels vor dem Denkmal, die Gerührtheit, die ich bei diesem Jacques Mathis feststellte, als er mir einige von seinen Wehrmachterinnerungen preisgab, legen ein unmißverständliches Zeugnis dafür ab.
Nach jenen widerlichen Szenen hatte ich diese vom Schicksal schwer gezeichnete Familie besuchen wollen: der Urgroßvater von den Preußen getötet, der Vater von den Nazis in ein KZ eingeliefert. Nichts von alledem erzählte er mir, sondern von Fronterlebnissen und Frontkameradschaften in feldgrauer Uniform. Diese Elsässer sind so bizarr, so unberechenbar. . . Da ziehe ich den korsischen Separatismus vor, da weiß man wenigstens, woran man ist.
Dieser ekelhafte Sonntag. Ich kämpfte gegen meine Lähmung an, versuchte aufzustehen, um mich ihnen in meiner ganzen Machtfülle zu zeigen, doch es war umsonst, noch umsonst. Eines aber habe ich dabei erfahren: Dieses unreife Volk braucht unbedingt einen väterlichen und zugleich strengen Führer, der es aus seiner Unsicherheit herausholt.
Dank Ihnen, Odile, ist mir dies offenbar geworden. Ich weiß, das wollten Sie nicht so. Schauen Sie mich nicht so wehmütig an . . .
Odile. Jedesmal, wenn ich Ihren Namen ausspreche, wird mir so sonderbar zumute. Odile, was für ein Spiel treiben Sie mit meinen Gefühlen?
Ich hatte einen bösen Alptraum, heute nacht. Dieser Jean Mathis, der vom Denkmal, stand am Fußende

meines Betts, streckte den Arm gegen die Tür und schrie: ,,Jischt ho! Itti tuda!" Obwohl es Russisch gewesen sein mußte, verstand ich es. Ich versuchte, mich aufzurichten, um diesem Befehl nachzukommen, da ruhte plötzlich Ihr Blick auf mir, Odile. Ihr Haar wickelte sich um meinen Hals wie ein Schal, und Ihr Busen legte sich schwer auf mein Gesicht. Ich drohte zu ersticken, wehrte mich und hörte mich keuchen: ,,Geh weg! Itti tuda!" Doch Ihre Stimme, Odile, überflutete mich mit unendlicher Zärtlichkeit: ,,Hab keine Angst, mein liebes Vögelein, hab keine Angst."
Draußen brannte das Dorf.

JACQUES MATHIS

Mein Name ist Jacques Mathis. Ich bin der jüngere Sohn des vor kurzem verstorbenen Jokl, geborener Jakob Mathis. Sie haben schon erraten, daß Jacques, Jokl und Jakob ein und dasselbe bedeuten; der phonetische Unterschied kommt daher, daß der eine in Frankreich, der andere im Deutschen Reich zur Welt kam. Daß dann der Jacques es nicht zustande brachte, sich wie der Jakob naturgemäß in Jokl zu verelsässern, ist ein frühes Symptom der elsässischen Sprachkrankheit, die in meinen Kindern dann so arg wütete, daß sie zu einer totalen Mutation führte. Doch ich will nicht vorgreifen.
Gesagt soll noch werden, daß Mutter schuld war am Jacques, Vater hatte das französisch und deutsch sich gleichschreibende Joseph vorgeschlagen. Für sich selber hatte er bei der Französisierung der Vornamen 1919 hartnäckig auf seinem Jakob bestanden und nur die Umwandlung des deutschen k in ein französisches c zugelassen. Bei mir aber kapitulierte er vor Mutters listiger Argumentation, sie hinge nun mal an diesem Apostel, dessen Schützling sie geheiratet habe, ob der sich nun Jakob oder Jacques schreibe, das sei doch egal und sowieso nur Sache der papiernen Außenwelt, für sie aber, die Familie, würde ich das süße kleine elsässische Jokele sein.

Und habe überdies Vater nicht auch vor einem Jahr dem Jean zugestimmt? — nach einem heftigen Streit mit dem Gemeindesekretär allerdings, dem das elsässische Hans zu preußisch vorkam. Aus dem versprochenen Jokele wurde aber nichts, denn klang schließlich das „Schaak" nicht weicher, schöner, moderner? Und der überlistete Jokl mußte sich, wenn auch grollend, fügen.
Ansonsten war aber die behütete elsässische Welt noch in Ordnung, in der ich als Schaak aufwuchs, diese kleine, traute Welt, in der der Krautkopf alles bestimmt, von der Religion bis zur Kultur; denn gedieh er, so stimmte die Welt, und wir dankten Gott dafür und sangen die alten Lieder in der Maistub. Wollte er nicht so recht gedeihen, gingen wir in Bittprozessionen durch den Krautbann, und die Maistuben entfielen, weil am Wein und am Schnaps, am Most und am Kuchen gespart werden mußte.
Es wäre dann auch zu sagen, wie ich, trotz des Jacques/Schaak, zwischen Elsässerditsch und Kirchendeutsch hin- und herpendelte, wie mich Mutter durch Stöbers elsässische Märchenwelt führte, wie mich Vater in die Altbloderschemer Weisheit einweihte. So bekam ich meine Umwelt fest in den Griff, die ich die Welt wähnte. Ich wußte wohl damals schon, daß es eine Außenwelt gab, eine fremdartige, fremdsprachige, doch die meine war so abgerundet, so vollkommen, wie mir schien, daß ich keine andere brauchte.
Mein zweites Kapitel begann, als ich meine Welt erfahren hatte und mich darin zu entfalten versuchte. Da wurde sie von der fremdartigen, fremdsprachi-

gen brutal aufgebrochen, so daß der Saft auslief. Und es hieß nun plötzlich: Deine Welt ist unvollkommen; sieh, kaum gerät sie mit der anderen in Kontakt, wird sie ketsch wie eine teige Birne. Sieh, wenn du ein Mensch werden willst, ein vollwertiger, dann brauchst du diese andere, bessere, stärkere, vornehmere Welt; dann mußt du dir den Lehm von den Holzschuhen abstreifen; dann mußt du die Holzschuhe aus- und Lackschuhe anziehen. Dann darfst du auch nicht mehr stimmlos Schaak heißen, sondern stimmhaft und weich Jacques. Sprich es mir nach . . . noch weicher, noch . . . Jaaaq. Du wirst es schaffen. Ihr werdet es alle schaffen. Mit Zeit und Geduld werde ich euch so geschmeidig machen, daß selbst ein Altfranzose auf euch neidisch sein wird.

Verführerisch war diese neue stimmhafte Welt, sie duftete nach Jasmin und hieß Mademoiselle (stimmhaftes s) Geneviève (weiches g). Sie wischte auf der Tafel alle unsere elsässischen Kosenamen aus und schrieb an ihrer Stelle: „mon chou" (stimmlos, aber durch das kurze, lustige u klang das Ganze irgendwie wie hingehaucht). Dann kamen die nasalierten a, e, o, u dran: Mont Blanc, Jardin, Verdun. Was hatte ich da für Schwierigkeiten, diese Laute aus ihrer Bloderschemer Gaumenlage hochzuheben, sie von der Bloderschemer Schlacke zu befreien und gesiebt und verfeinert durch die Nase gleiten zu lassen! Mit Verdun wollte es mir gar nicht gelingen, ist doch das Wort in unserem Haus durch Jokls Beinverlust zu familiär geworden, das heißt auf Bloderschemer Art plattgedrückt.

Wie dem auch sei, der Wohlklang, der aus Genevièves Mund auf uns herabrieselte, verzauberte mich. Und ich begann die Krautköpfe zu hassen. Nicht die Krautköpfe an sich, denn die bezahlten mir ja die Lackschuhe und das Matrosenbéret mit der Aufschrift ,,Ile de France'', sondern das rauhe, unkultivierte Wort Kraut. Geneviève hatte ein sanft gehauchtes ,,chou'' draus gemacht, alles war überhaupt ,,chou'' für sie, und so begriff ich schnell, aber doch erstaunt, wie sparsam diese neue Sprache mit ihrem Wortschatz umging, wo ,,chou'' nicht nur mich, Genevièves Liebling, bedeutete, sondern auch auf alles anwendbar war, was sonst noch lieblich und reizend war, und zuguterletzt auch auf den Krautkopf. Und plötzlich war es nicht mehr der Storch, der die Bubbele aus dem Kindelsbrunnen fischt und sie der Mutter ins Bett legt, sondern eine gute Fee, die den Kinderlaich in den ,,chou'' gibt, wo er sich dann zu startbereiten Babies entwickelt. Und da aßen wir auch kein Sauerkraut/Sürkrüt mehr, sondern viel vornehmer ,,choucroute.'' So verwandelte sich unsere Krautlandschaft schlagartig: Das sehnige Grün wurde zart, das harte Weiß wurde lieblich, die Köpfe glotzten uns nicht mehr so an wie früher, mir schien, sie lächelten nun wie Engelsgesichter.
Mutter lächelte auch und war stolz auf die neue Lebensart, die wir zwei Buben ins Haus brachten. Vater schüttelte aber mißmutig den Kopf, klopfte mit seiner Prothese auf die Dielen und behauptete: Un Krüt blibt doch Krüt, basta!

Zu Vater nun, Kriegsinvalide, beinamputiert, wie Sie schon wissen. Vater, oder Babbe, wie wir zu ihm sagten, war ein Herrebür, der zwei Knechte beschäftigte. Babbe war stolz auf seine Alteingesessenheit. „Wir sind hier", pflegte er zu sagen, „seit das Elsaß existiert. Man hat schon alles versucht, um uns auszuschalten: Die Deutschen haben den Großvater erschlagen, und die Franzosen haben mir das Bein weggeschossen. Von beiden hast du nur Unannehmlichkeiten zu erwarten. Aber was tun, wie tun, um sie uns vom Leib zu halten?"
Mein von Mamsell Geneviève eingefangenes Knabenherz verstand den Babbe nicht, oder, besser gesagt, verstand wohl seinen Grimm den Deutschen gegenüber, die Urgroßvater getötet hatten, seine Wut auf die lieblichen Franzosen aber nicht, und so entglitt ich ihm auf unaufhaltsame Weise. Ich verglich seine rauhe, polternde Tonfolge mit Genevièves zarter Flötenmusik. Ich verglich seine Bloderschemer Überheblichkeit mit der selbstverständlichen Überlegenheit der Madmaselle. („Oi", Jacques, nicht „a", und stimmhaftes s, mon chou!) Und auch Jean, den Babbe Schängele und Geneviève Jeannot nannte, daran merkt man schon den Bildungsunterschied, Jean auch verglich und entglitt dem Babbe. Ihm aber verzieh Jokl alles, denn Jean war dazu auserkoren, den Namen Mathis in der Außenwelt berühmt zu machen. Jean, das Genie, mußte studieren und anschließend Paris erobern, denen dort zeigen, wessen ein Mathis, ein Bloderschemer, ein Elsässer, fähig sei. Jeans Intellekt und Jokls Krautköpfe würden jede Hürde schaffen, gell Jean?

Und der Schaak? Der sollte mal den Hof übernehmen, zuerst aber richtig Französisch und Kopfrechnen lernen, damit er sich nicht von den Welschen übertölpeln lasse.
Was wäre jetzt noch von Jokl zu erzählen? Vielleicht wie er uns nach Etain mitnahm. Dort habe das Feldlazarett gestanden, in dem man ihm das Bein abgenommen habe. Wie er die Karbidgrube suchte, in die man das Gekröse und Geschlungs und Geklumps, das aus den Verwundeten herausgekratzt und -geschnitten wurde, hineinkippte. Wie er glaubte, die Stelle gefunden zu haben, mit der Prothese auf den Boden klopfte und sagte: ,,Es kommt mir vor, wie wenn es mich zweimal gäbe, einmal begraben und einmal lebendig.'' Und er stocherte mit dem Stock im lockeren Grund herum, wühlte ein mit Winterweizen besätes Ackerstück auf, fand schließlich etwas, das einem abgesplitterten Knochen glich, steckte das Ding in die Tasche und humpelte in die Ortschaft zurück, wir beide verstört hinter ihm herschlurfend. ,,Den legt mir in den Sarg, wenn's mal soweit ist'', sagte er zu Hause. ,,Es ist wegen dem Jüngsten Tag.''
In der Nazizeit versuchten die neuen Herren, ihn als Kriegshelden aufzubauen. Da trat er den Ortsgruppenleiter mit der Prothese in den Hintern, und sein Schicksal war für eine Zeitlang besiegelt. Im Erziehungslager Schirmeck konnte er sein Holzbein mit dem des Lagerkommandanten Buck vergleichen, wobei zwar keine Sympathie entstand, wohl aber kalkuliertes beidseitiges Sich-aus-dem-Weg-gehen.

So verging seine KZ-Zeit ohne die dort üblichen Mißhandlungen.
Aber damit war auch mein und Jeans Schicksal besiegelt. Als die Elsässer zur Wehrmacht eingezogen wurden, konnte es sich, dieser Vorgeschichte wegen, keiner von uns leisten, über die Vogesen oder in die Schweiz abzuhauen, wie so viele andere es taten. Denn das hätte für Babbe Dachau bedeutet.
Somit sind wir bei dieser Geschichtszäsur angelangt, die wir noch nicht ganz bewältigt haben. Was ich dazu zu sagen habe? Nichts Neues, es wurde ja schon alles gesagt, mal so, mal anders, oft mit Wut im Bauch und Schamröte im Gesicht, weil keiner das nachvollziehen kann von unseren beiden Nachbarn, weder die Deutschen noch die Franzosen. Nein, die Deutschen auch nicht, nicht so. Wie? Eben so. Wie soll ich das deutlicher ausdrücken? Das kann man nicht, das empfindet man, und es fehlt uns die Sprache dazu. Dann halt' ich lieber das Maul. Trinken Sie einen Schnaps? Einen besseren finden Sie in ganz Blodersche nicht. Warum bohren Sie weiter in mir herum? Ich habe nie darüber gesprochen. Na, wenn Sie insistieren, so hören Sie gut zu: Mich haben russische Partisanen nackt an den Füßen aufgehängt. Sie behaupteten, als Franzose in deutscher Uniform sei ich ein zweifaches Schwein und ein Vaterlandsverräter dazu. Ein Blitzangriff meiner Einheit rettete mich in allerletzter Minute. Nach Krieg und Gefangenschaft hieß es dann, die ganze Schweinerei vergessen, Leib und Seele kurieren. Ja, das schafft man mit der Zeit, wenn ich auch jedesmal, wenn ich einen Tannenwald im Winter

betrete, den Eindruck habe, um meine Achse zu rotieren, wie wenn ein Flugzeug Loopings macht, und meine Füße wiegen sich im Schneewind im Takt mit den Tannenwipfeln. „Jakob", hatte damals ein Oberschnapser zu mir gesagt, „du hingst da wie der Engel im Christbaum meiner Großmutter, der immer wieder vom Zweig kippte!" Haha. Strich drunter.
Nein, meinen Kindern habe ich es nicht erzählt. Wozu auch? Sie hörten in der Schule von den Ruhmestaten der französischen Partisanen und von den abscheulichen Greueltaten der Deutschen. Da sollte ich ihnen sagen, Partisanen hätten auch oft auf bestialische Weise gewütet? Nein, ich wollte ihr Weltbild nicht aus dem Gefüge bringen. Wenn die Rede auf den Krieg kam, verfiel ich in Schweigen, und Mama befriedigte die Neugier der Kinder mit der abgesprochenen Sprachregelung: „Papa wurde von den Deutschen verschleppt und in ihre Armee gepreßt. Zum Glück konnte er Ende 44 zu den Amerikanern überlaufen." Damit war meine Ehre gerettet. Die Kinder erzählten es stolz weiter: „Papa war bei den Amerikanern." Daß er im Gefangenenlager, weil er den Franzosen rauskehrte, von deutschen Kameraden als Verräter krankenhausreif geprügelt wurde und die Amis lachend zuschauten, das erzählte er selbst Mama nicht. Wozu auch.
Nach dem Krieg studierte ich Agronomie, und als ich meinen Ingenieur hatte, übergab mir Jokl den Hof. Unser Sürkrüt eroberte Frankreich, und meine Kinder wiederholten mein Geneviève-Experiment mit einem noch größeren Erfolg als ich damals, so

daß sie beide bald kein Wort Elsässisch mehr sprachen. Unterstützten wir sie darin? Wohl, teils bewußter-, teils unbewußterweise. Das Zwischen-zwei-Stühlen-Sitzen-Müssen sei nun vorbei für uns Elsässer, meinte meine Frau. Wir erschraken erst, als beide beschlossen, dem hinterwäldlerischen Blodersche endgültig den Rücken zu kehren. Wer würde nun einmal den Hof übernehmen? Wir jammerten beide, zahlten aber kräftig weiter und waren stolz auf ihre Studienerfolge. Jokl wurde immer mißmutiger, unbeherrschter. War das Alter schuld daran, oder war es unser Versagen? Jedenfalls hieb er mir eines Abends die Prothese auf den Buckel und schrie: „Du bist ein Verräter an deiner Familie, deiner Sprache, deinem Volk!" Je nun, den „Verräter" war ich gewohnt. Aber hatte er nicht selber seinen Jean nach Paris schicken wollen, damit er es denen dort zeige?

Jean . . . Sie wissen, wie er umgekommen ist. Wenn er ein echter Franzose gewesen wäre, hätte man ihm sicher posthum eine Medaille verliehen. Aber so, nein. Ist auch egal.

Ja, das ist der Stein, der den alten Mathis erschlug. Sie können sich ruhig draufsetzen. Ich tue es oft. Und frage mich dann, warum es so kleine Völker gibt wie unseres, die man nicht in Ruhe läßt, eben weil sie so klein sind. Wir bedeuten doch gar nichts auf dieser Welt. Wir sind nur ein winziger Ameisenhaufen im großen Wald. Warum wird er immer wieder zertreten? Stören wir vielleicht? Warum? Weil wir uns den großen Nachbarn nicht anpassen wollen? Mir ahnt, daß, solange wir so sind, wie wir sind, das heißt weder das eine noch das andere und doch beides zugleich, wird man uns nicht in Ruhe lassen.

Nein, ich ziehe keine Schlußfolgerung. Es gibt keine. Was wir tun, ist falsch. Jeder Weg, den wir einschlagen, führt in eine Sackgasse.

Der Babbe ist nun tot. Wir haben ihm den abgesplitterten Knochen von Etain in den Sarg gelegt. Er wird ihn herumreichen am Jüngsten Tag und nach dem Schuldigen fragen. Doch keiner wird 's gewesen sein.

Ja, das Totenamt war ganz auf französisch. Ich sagte zum Pfarrer: „Der versteht 's ja gar nicht." Er antwortete: „Doch, jetzt versteht er 's." Latein hätten die Elsässer früher übrigens auch nicht verstanden, und kein Mensch habe deswegen gemurrt. Die Kirche müsse sich sprachlich den Umständen anpassen, und die Jugend verstehe doch besser Französisch als Deutsch. Das sollte ich aus eigener Erfahrung wissen. O je, Herr Pfarrer, meine Jugend, Kinder und Kindeskinder, saß gelangweilt in der Bank und machte den Mund nicht auf. Mit dem Dialekt haben sie auch die Religion abgestreift. Doch das will der Pfarrer nicht hören. Was nicht sein darf, kann eben nicht sein. Amen.

Nun sind wir allein auf dem Hof. Bald stecken wir auf. Vielleicht suche ich mir einen Pächter? Manchmal denke ich, am besten wär 's, der Blitz schlüge ein . . .

Was ich dem feinen Pinkel erzählt habe, den Odile und Ittel mir hereingebracht hatten? Nein, die Partisanengeschichte und die Ami-Geschichte braucht

er nicht zu kennen. Die gehören nur mir. Die gehen keinen Fremden was an. Aber vom Oberschnapser, ja, vom alten, mit allen russischen Wassern gewaschenen Obergefreiten Bierumeit habe ich ihm erzählt, von diesem drahtigen Bauern aus Gumbinnen, ein Viertel litauisch, ein Viertel polnisch, zwei Viertel ostpreußisch, so eine Mischung wie wir halt. Wie ich von ihm die Kunst des Überlebens lernte, und sie mir nun doch nichts nützt, denn wozu überleben, wenn es keine Kontinuität mehr gibt?
Der Herr kaute unwillig an seinem Kugelhopf herum. Es mußte eine für ihn fremde und abweisende Welt sein, in die ich ihn hineinführte. Daß man sich doch von Mensch zu Mensch nicht verstehen kann. Wie es da Räume gibt, die dem einen vertraut sind und den anderen abschrecken . . .
Kommen Sie ans Fenster. Schauen Sie aufs Land hinaus. Ist es nicht schön? Warum ist es aber schön? Weil es eben mein Land ist. Ich sagte das auch zu ihm. Er antwortete: ,,Ja, unser Vaterland ist wirklich schön in seinen Verschiedenheiten.‘‘ Wieso unser, fragte ich ihn, das sei doch mein Land, zwanzig Hektar, und daneben die Hektare des Nachbarn und dahinter der Hatterschemer Bann, wo meine Matten liegen. Das gehöre doch nicht ihm. Er schwieg. So tun sie. Sie schweigen, wenn sie keine Argumente mehr haben. Tun halt gekränkt, schauen dich an, als hättest du eine Majestätsbeleidigung ausgesprochen, und nur ihre Höflichkeit hindert sie daran, dich zurechtzuweisen.
Vielleicht haben sie auch recht, uns ihre Überlegenheit in jeder Situation spüren zu lassen. Sie sind ja

die Stärkeren, die Größeren. Und weil sie so groß sind, müssen sie auch den Überblick haben und die Weitsicht. Vielleicht haben sie recht, unsere Kinder in ihr Himmelreich zu locken, wo sie endlich erfahren, was leben heißt, was Kultur ist. Deine Kulturdenkmäler, sagte ich einmal zu Jokl, als er mir Vorwürfe wegen der Kinder machte, sind lauter Krautkopfpyramiden. Ich erwartete einen Zornesausbruch, statt dessen traten ihm Tränen in die Augen. Es waren die einzigen Tränen, die ich ihn je weinen sah. Und ich schämte mich.

Ich bin nun müde. Bitte, hören wir mit dieser Generalbeichte auf. Machen Sie damit, was sie wollen, mir ist 's egal. Auch meinen Namen dürfen Sie nennen, falls Sie das veröffentlichen. Einmal im Leben müßte doch ein Elsässer öffentlich seine Sünden bekennen, wenigstens einmal den Mut haben, seine Armseligkeit zu offenbaren. Vielleicht trägt 's zur Wahrheitsfindung bei. Aber was ist das schon bei uns, die Wahrheit. . .

Ich sehe, der Stein hat 's Ihnen angetan. Sie versuchen, die Initialen zu entziffern? Das soll ein Mathis gewesen sein, dem wir ihn verdanken. Vielleicht war 's sogar der erste Mathis in Blodersche. Achthundert Jahre später schlug er einen anderen Mathis tot. Auf fremden Befehl. So ist 's halt bei uns. Auch ich, der letzte Mathis, habe meine Seele auf fremden Befehl abgewürgt. Ansonsten aber geht 's uns gut, nicht wahr?

Wenn ich sterbe, kommt der Stein zu mir ins Grab. Das ist testamentarisch festgelegt. Da werde ich mich draufsetzen, beim Jüngsten Gericht, denn un-

sereiner wird wohl als letzter drankommen. Elsässer links raus! Werden vorläufig nicht eingeteilt! Bis sie uns dann doch durch ein Hintertürl hineinlassen, damit das Quantum voll ist. Haha.
Trinken Sie noch einen Schnaps?

DER AUTOR

Samstag.
Halbzeit in der Ermittlungsarbeit. Der Autor gönnt sich eine Verschnaufpause. Da es März ist und die Zeit des Obstbaumschnitts, greift er zu Baumschere, Bügelsäge und Hippe, steckt die Schnittfibel in die Gesäßtasche, schultert die Leiter und begibt sich in den Obstgarten. Doch während er in der Krone eines verwilderten Apfelbaums der Sorte Cox Orange herumturnt und radikal ausputzt, dabei so manchen Fruchtast sinnlos opfert, gleiten seine Gedanken am Stamm hinunter, schweben über die Maulwurfshügel, hangeln sich an der Pergola hoch, steigen durchs offene Fenster und durchwühlen das Manuskript. Da stellen sich quälende Fragen wie: Sitzen die Knoten an den richtigen Stellen? Laufen die Fäden in ertragreiche Richtungen? Oder muß noch einmal geknotet werden? Nach was sieht das Ganze aus, nach einer Spinnwebe oder einem Knüpfteppich? Muß nun dem Instinkt nach fortgesetzt werden, oder wäre es vernünftiger, mit eingespielten handwerklichen Kniffen weiterzuweben?
Dabei wird der Cox Orange endgültig massakriert, und da der Obstbaumbesitzer sich jetzt nicht mehr an seine anderen Pfleglinge heranwagt, um nicht dem Gespött der Nachbarn ausgeliefert zu sein,

schultere ich die Leiter und kehre ins Haus zurück, wo ich ein Kaminfeuer anzünde, die Schnittfibel als Anfeuerpapier benützend. Und dann setzt sich der Autor an den Schreibtisch, auf dessen Kanten ihn romanekauende Kritikerköpfe anglotzen. Verzweiflung übermannt ihn, er stößt schwere Seufzer aus, so schwermütige, daß ich mich seiner erbarme und ihm zu Hilfe komme, indem ich ihm ein dunkles Bier Marke Ackerland einschenke und seine Pfeife mit seiner bevorzugten schweizerisch-schwedischen Eigenmischung stopfe, Stoffe, die erfahrungsgemäß seinen Adrenalinspiegel auf ein schöpfungsgünstiges, euphorisches Niveau anheben. Doch heute bewirken sie nur eine wohlige Indolenz, mit der ich mich aber gerne abfinde.
Und jetzt sehe ich den Autor in die Zeitlosigkeit hineinschweben, in die er seine Gestalten eingebunden hat. Und es stellt sich die Kapitalfrage: Schwebt er erst hinein oder ist er schon lange drinnen, und ich hatte es nur nicht bemerkt? Steht er als Schöpfer am Anfang und am Ende zugleich, und in welcher Spalte seines Unterbewußtseins hält er die Lösung verborgen, während ich, der Biereinschenker, Pfeifenstopfer, Zettelkastenanleger und -entleerer, Bögeneinspanner, Tipper und Vertipper, kurzum, sein organisches Ich, mich von der Geschichte und ihren Gestalten an der Nase führen lasse, nicht wissend zu welchem Ziel?
Verschnaufpause, immerhin. Das Feuer knistert so traut, die Romanekauer werden von den Rauchkringeln wie mit Lassos eingefangen und an der Decke aufgehängt, wo sie sich auflösen. Draußen

taut das Elsaß so langsam in der seidenen Märzsonne auf. Schön wär 's jetzt, mit der Liebsten spazierenzugehen. Irgendwo müssen schon Krokusse blühen, und der Seidelbaststrauch in Linnebachs Garten an der windgeschützten Mauer lockt mit seinen rosenroten Duftsternchen.

Aber da schellt das Telefon. Wetten, es ist der Verleger? Warum auch habe ich ihm übereilt eine Kopie des Manuskripts zugeschickt? Der Autor hatte ungestört seine Arbeit zu Ende führen wollen, damit ihm das Geschäftliche nicht hineinpfuscht. Mir aber ging es um den Vertrag, den ich gern vor Ende der Arbeit unterzeichnet wissen möchte. Lassen wir ihn schellen? Der Bursche ist hartnäckig. Also ist es wichtig, was er zu melden hat. Also heben wir ab.

Der Verleger erkundigt sich herzlich-höflich nach unserem Wohlbefinden. Wir grunzen behaglich, schmauchen schmatzend das Pfeifchen, während der Schwall seiner Liebenswürdigkeiten aus dem Hörer fließt, und wir kommen unwillkürlich auf den etwas kuriosen Gedanken, eine Nargileh wäre jetzt die ideale Entspannungspfeife: Wir lägen auf dem Diwan, die Nargileh würde auf dem Schemel stehen, im Pfeifenkopf befände sich süßer Latakiétabak, den ein glühendes Kohlestückchen ständig in Brand hielte, das Wasser im Auffanggefäß hätten wir mit Rosenöl parfümiert, wir sögen die himmlische Wonne durch das lange, biegsame Jasminrohr ein, unsere Frau käme hüftewiegend wie eine blonde Huri aus Allahs Paradies auf uns zu und . . . Hamdulillah! Wieviel kostet eine echte persische Nargi-

leh? Wann kommt der erste Vorschuß, Herr Verleger?
Der Verleger fegt Nargileh, Huri und Vorschuß vom Tisch und druckst an etwas herum. Man spürt, er ist mit der Arbeit des Autors nicht ganz zufrieden, möchte aber den eigensinnigen Literaten nicht brutal vor den Kopf stoßen, denn er ist ein Verleger mit Herz. Wir fordern ihn gelassen auf, doch frei und frank von der Leber weg zu sprechen.
Also, er zweifle an den Erfolgschancen auf dem deutschen Markt, wenn die Sache zu elsaßbezogen bliebe. Jaja, er wisse wohl, der Autor könne nicht aus seiner regionalen Haut, immerhin, immerhin, das Elsaß, so wie der Autor es darstelle, sei kein verkaufsträchtiges Thema. Es sei zu progressiv, um die Masse der heimattümelnden Pensionisten anzusprechen. Es sei dann wieder zu brav, nicht radikal genug, um die progressive, entlarvungssüchtige Intelligenz zum Kauf zu motivieren. Die Entführung, das sei wohl schon eine prima Sache, doch habe sich der Autor zu einem Dreiecksverhältnis verleiten lassen, das eher in einen Liebesroman als einen Politthriller passe. Dann fehle es an Lokalkolorit und an Folklore. Der bundesdeutsche Durchschnitt erwarte vom Elsaß vor allem deutsch-französische Geschichte in bewältigter Tragik und eine Edelmischung von deutscher Kultur und französischem Air, das Ganze mit zünftigen Schlemmereien durchwirkt. Na ja, wir hätten da schon ein paar Ansätze, die aber weiter zu entwickeln wären, zum Beispiel die Sache mit den Bubenspätzle oder die Wehrmachtsgeschichten, obwohl, obwohl das mit einer Art von Vergangen-

heitsbewältigung zu tun habe, derer man in der Bundesrepublik überdrüssig geworden sei. (Darüber sind wir bereits von der badischen Kollegin informiert worden, Herr Doktor.) Auch müßte man den Deutschen gegenüber etwas bissiger sein, das schmeichle ihrem masochistischen Unterbewußtsein, Hauptsache allerdings, die Franzosen kriegten auch ihre Portion Fett weg.
Was schlagen Sie nun vor, lieber Verlegerfreund? Wir können das bereits Verfaßte nicht mehr umarbeiten, wohl aber die Folge in eine Ihnen genehme Richtung hin orientieren. Wie wär 's mit einer elsässischen ETA-IRA-Connection mit Leitung über Tripolis bis hin zum KGB? Oder, noch besser, abgeschnittene Ohrläppchen im italienischen Stil, zwischen Schäufele, Wädele, Knackwürsten und Speck auf einem Choucroute-Berg präsentiert?
Der Autor solle sich nicht über ihn lustig machen. Er als Verleger sei für den Verkauf verantwortlich, und schließlich möchte der Autor doch auch daran verdienen, oder? Aber wie könne der Verleger eine Sache an den Mann bringen, die diesen Mann nicht zu motivieren vermöge? Er wolle sich aber nun nicht weiter in den Schöpfungsprozeß einmischen, die Freiheit des Schriftstellers gehe ihm über alles andere. Nur möchte er ihn bitten, Überlegungen berücksichtigen zu wollen, die nur gut gemeint seien. Er wünsche dem Autor und seiner Frau nun ein erholsames Wochenende. Und, bitte, noch eine allerletzte Bemerkung: nicht allzuviel Alsatismen, Elsässisch sei wohl auch Deutsch, aber immerhin . . . Ende.

Da nun mit dem Vorschuß nichts wird, ist auch der Nargilehtraum vorläufig zu Ende. Sperre ich nun den Autor in seine Schublade und gehe mit meiner Frau Linnebachs Seidelbast beschnuppern? Vom romanischen Turm schlägt 's fünf. Zu spät für heute. Entkorken wir halt eine gute Flasche, und feiern wir unser wohliges Entspanntsein auf burgundische Art.

Doch da trifft Besuch ein. Die badische Kollegin schüttet ihr Braunhaar ins Gesicht, streicht es wieder zur Seite, und die Haselnußaugen tanzen vor Vergnügen hinter den Brillengläsern. Nett, bei uns zu sein, am ersten lauen Märzabend, Halbzeit zu feiern und Freundschaft auszukosten, lacht sie. Halten wir nun einen gemütlichen Plausch, oder gehen wir zum Thema über? Sprechen wir von unrealisierbaren Verlegerwünschen und peilen wir die Zukunft an? Die Kollegin aber ist vorhin an Linnebachs Seidelbast und an Peters Krokussen vorbeigegangen. Wir wissen: Wenn es Frühling wird, gerät sie leicht in Trance und würde von Knospe zu Knospe pilgern, um jeder ihre Verehrung zu erweisen, alles andere wird dann bei ihr zur Nebensächlichkeit. Doch der eigensinnige Autor, unwillkürlich durch die Ankunft der Kollegin aus seiner Indolenz gerissen, knüpft an die nachmittägliche Selbstbefragung an, schaltet das Frühjahr aus und sagt: Wir sind im Herbst, liebe Kollegin, hören Sie? Wir sind immer noch im Herbst und wissen nicht, wie diese verflixte Zeit in Bewegung zu setzen. Hätten Sie eine Idee?

Nun tanzt das Braunhaar, und die Augen klappen das Visier zu, als wolle die Kollegin über dieses Problem nachdenken. Doch es entgeht uns nicht: Hinter dem geschlossenen Visier blüht der laue März auf. Da kommt uns meine Frau zu Hilfe und meint, verschmitzt lächelnd, man müßte Monsieur um seine Meinung fragen; habe nicht die Kollegin mal behauptet, Monsieur allein besäße den Schlüssel zu diesem verzwickten Problem? Das Stichwort ist gefallen für den Autor, die Leimrute gelegt für die Kollegin. Der Sehschlitz weitet sich auch sogleich, und die Augen leuchten auf. Ja, Monsieur . . . haucht sie. Und nach einer Weile: Ja, sie gebe es zu, Monsieur habe es ihr angetan. Nein, verliebt sei nicht das treffende Wort, aber irgendwie fasziniere er sie, seine kühle Nonchalance, seine selbstverständliche Überlegenheit, sein Stil, ja, sie würde sich gern mit ihm messen, herausfinden, ob das naturecht oder gekünstelt sei, wo das Lindenblatt hingefallen sei, die verwundbare Stelle müsse es doch geben . . . Das Spiel mit Monsieur, auch sie würde es reizen.

Der Autor lacht schallend auf und meint, die Kollegin reagiere da echt deutsch, dieses Fasziniertsein von einem romanischen Beau sei typisch germanisch. Wir Elsässer neigten wohl auch noch dazu, uns so zu verhalten, doch hielten wir es wenigstens verborgen. Was nun wohl die Blondhaarige zu der Sache meine? Die überläßt Monsieur ihrer Freundin und quält sich mit Ittels Liebesleid herum: Wir sollten ihn sobald wie möglich davon erlösen. Was dann wieder die Braunhaarige erregt: Ittel sei der Archetypus des verkrampften Elsässers, ihm gegenüber hätte sie genauso gehandelt wie Odile. Dann

versinkt sie wieder in ihre Träumerei. Wir warten schweigend das Resultat ab, und nach einer Weile hören wir sie seufzen: Cher Ittel, cher Ittel. Na also. Und sofort geht sie zum Gegenangriff über: Ob der Autor nicht hoffnungslos in Odile verknallt sei? Dies muß er verschämt zugeben. Und Blond und Braun gehen lachend zu einem Frauenplausch über. Lieber Autor, es gibt halt Tage, an denen einem aber gar nichts gelingt: Der Cox Orange ist massakriert, der schöne Märznachmittag ist verplempert, der Vertrag ist nicht fest verbindlich abgemacht, mit dem Vorschuß wird 's vorläufig nichts, der Verleger ist nicht sehr zufrieden mit der Abwicklung der Geschichte, und die Geschichte selber ist ins Stocken geraten.
Vom romanischen Turm schlägt 's nun sieben. Da sagt meine Frau unvermittelt, man müßte Ittel zu Rate ziehen. Er sei doch eigentlich die wichtigste Person in dieser Dreiecksgeschichte. Gehe es letztendlich nicht um ihn allein? Stehe er hier nicht stellvertretend für die Elsässer? Man könnte ihn ja 'rüberrufen.
Doch die Kollegin meint, man tue besser daran, die Geschichte sich selbst zu überlassen, liege es nicht in der Natur solcher Geschichten, ihren Ausgang selbst zu bestimmen? Der Autor sei da nur ein Medium. Und das müßte schließlich auch ein Verleger verstehen.
Und das ist dem Autor auch recht, für heute abend. Denn nun wird er im dritten Ansatz endgültig von dieser wohligen Trägheit übermannt, die vom Ackerlandbier hervorgerufen und vom Burgunder

potenziert wurde. Um neun Uhr liege ich schon im Bett, gegen alle meine Gepflogenheiten, empfange im Halbschlaf einen zärtlichen Gutenachtkuß und träume alsbald von einem mit blondbraunen Äpfeln jonglierenden Verleger.

Sonntag
Ich wandere durch den Bann. Heute morgen ein leicht winterbissiger Wind und diaphanes Hellblau. Immer wieder rufen die Glocken ringsum. Ach, hört doch auf, ich weiß es, daß es Sonntag ist! „Jour du Seigneur", singen die Glocken. Ich rufe zurück: Der Tag des Herrn heißt das in diesem Land seit über tausend Jahren. Nicht die Sprache sei wichtig, antworten sie mir, sondern der gemeinsame Glaube an Gott und das Erleben christlicher Gemeinschaft. Na also, sage ich, wenn die Sprache weiter nicht wichtig ist, dann macht 's doch auf deutsch, wie 's früher war. Man habe sich halt jetzt so an das Französische gewöhnt, gell, und die Leute merkten 's überhaupt nicht mehr, daß sie auf französisch singen. Und ein bissel Deutsch sei immer noch dabei. Ich hätt 's bis jetzt doch auch so gehalten, in der Stadt, warum ich so bockbeinig sei, seitdem ich auf dem Land wohne? Na ja, sag' ich, um Ruhe zu haben, am nächsten Sonntag komm' ich halt zu eurer Französischstunde, obwohl ich es als französischer Akademiker nicht nötig hätte. Aber heute laßt mich aus.
Am Rotdornbusch, dort wo die Langen Stränge in den Hübel einmünden, steht Moses auf seinen Stecken gestützt. „Wann führst du unseren Stamm

zu sich selbst heim?" frage ich ihn. „O Kanaaniter", antwortet er, „Sohn des schönen Gartens, wo Wein und Weizen fließen, was lehnst du dich gegen das auserwählte Volk auf, das dir die Erkenntnis brachte?" „Ich lehne mich nicht auf", sage ich, „ich will nur wissen, warum wir als einziges Volk weit und breit unsere eigene Heimat zur Fremde machen. Tritt auf die Seite, Moses, damit ich mit dem Dornbusch selber spreche." Da lacht Moses und sagt, der Dornbusch spreche nicht zu den Unwürdigen. Ich zünde dennoch ein Streichholz an und halte es an den winterdürren Graspelz. Bald brennt der ganze Hübel; die langen Brennesseln, die in den Busch hineingewachsen sind, speien sich einander die Funken zu, doch das Gewirr des Rotdorns steht unberührt und stumm im Feuertanz. Moses lacht immer noch, scharrt mit dem Stecken die Asche auseinander, schlägt letzte Feuerzünglein tot und sagt: „Schau, nicht mal angekohlt ist der Dorn!" „Halt den Mund", sag' ich, „du bist ja gar nicht Moses, du bist der große Verwirrer, eine Hand das Gesetz hochhaltend, die andere das Goldene Kalb am Seil führend. Steht es nicht geschrieben: Es werden sich falsche Propheten erheben und werden viele verführen?"

Moses lacht blechern, doch das ist wohl nur ein Glockenhall, der sich im Nußbaum verfangen hat. „Wo steht Gott?" frage ich den Nußbaum. „Wo seine Kirche steht", tönt's aus ihm. „Stimmt das, Du?" frage ich den, der an Hansjerris Feldkreuz hängt. Er schweigt. Nur sein Blick spricht. Liebe, sagt der Blick. „Hast Du nicht auch nein gesagt, damals in der Wüste, als der Widersacher Dir anbot, die Macht mit ihm zu teilen?“ frage ich ihn. Sein Blick bohrt die Ewigkeit auf. Ja, ich weiß: Sein Reich ist nicht von dieser Welt. Und doch, hat er nicht selber sein Land und sein Volk so innig geliebt wie sonst keiner? Ich setze mich jetzt auf den Sockel. Ich lehne den Kopf an seine Füße. Wärme durchflutet mich. Unartikulierte Zwiesprache. Unsagbarer Empfindungsaustausch. Vor mir breitet sich das Land aus. Warum hast Du es auch mit so viel Schönheit und Reichtum ausgestattet? Auf kargerem Boden wäre wohl ein zäherer, widerstandsfähigerer Stamm gewachsen. . . Und wieder läuten sie ringsrum, rufen und locken: Bleib nicht abseits. Verlaß die Gemeinschaft nicht. Nicht der Code zählt, sondern die Botschaft. Ich beginne zu zweifeln. Das nagt und ätzt in mir. Sag mir, Du da über mir, sag mir, daß ich kein Irrfahrer bin. . . Er schweigt immer noch. Was kratzt mich aber hinterm Ohr, ist das nicht seine große Zehe? Das Ätzende hat sich verflüchtigt. Ich stecke ein Gänseblümchen ins Knopfloch und steige den Berg Horeb hinab.

Ich schlendere durch den Bann, an den Langen Strängen hinunter bis zu den Obstgärten, wo die Hühner scharren. In Ittels Grasgarten reihen sich die Maulwurfshügel aneinander. Am Baum hängt eine Haue mit verrostetem Blatt. Das Kartoffelstück liegt verwahrlost da, ungepflügt und ungedüngt. Das ist doch keine Ordnung. Ich nehme die Haue vom Baum und scharre die Haufen auseinander. Aus der Scheuer dringt Lärm. Wer werkelt denn da

herum, am hochheiligen Sonntag? Haben sie ihren Gefangenen zur Zwangsarbeit verurteilt? Mich treibt die Neugier. Hat Ittel die Tür verriegelt? Nein. Ich drücke sie auf. Vor mir ein Berg goldroten Laubs, daneben ein Haufen Sägemehl. An der hinteren Längswand in regelmäßigen Abständen kleine Backsteinstapel. In der Mitte der Scheuer steht Ittel und rührt Mörtel an. „Kommen Sie nur her", sagt er, „nehmen Sie die Schaufel und rühren Sie einen Moment, ich geh' derweil Wasser holen."
Wir hätten abgemacht, ich sollte nicht ins Haus kommen, knurrt er später. Er habe sowieso nichts Neues abzuliefern. Es reue ihn schon, mich in die Sache eingeweiht zu haben. Daß er jeden Abend hinsitzen müsse, um seinen Beichtbeitrag zu Papier zu bringen. Sogar Odile scheine es zu reuen. Wozu das ganze Theater. Wenn der Autor nicht genug Einbildungskraft habe, um allein die Geschichte zum Abschluß zu bringen, solle er, bitte, die Schriftstellerei an den Nagel hängen und in seinen Paukerberuf zurückkehren.
Das war aber mit dem Autor abgemacht, lieber Ittel, nicht mit mir. Und den Autor habe ich zu Hause in die Schublade gesperrt. Die Scheuer war eigentlich auch nicht das Ziel meiner Morgenwanderung. Ich hatte zuerst ins Hochamt gewollt, dann zog ich es aber vor, meinen elsässischen Herrgott im Bann aufzusuchen. Da hat mich einer mit seinem Schaufelgescharre von meiner Betrachtung weggelockt. Sage es und gebe ihm die Schaufel zurück, Kreuzschmerzen vorschützend. Woher ich die habe? Der vorherige Mieter hat eben die Obstbäume zu stark

verwildern lassen, nun muß ich da tüchtig ausputzen. Man schneide die Bäume doch nicht im Herbst! Ach so, na ja. Wo hat denn Ittel das schöne Laub her? Das habe er am Vogesenfuß geholt. Kastanie und Buche, halb und halb.

„So, jetzt mauern wir die Trennwände auf. Können Sie mit einer Kelle umgehen? Nein? Dann reichen Sie mir eben die Steine. . . Wasserwaage her. . . Senkblei . . . Ein Meter fünfzig, das könnte genügen . . . Und jetzt holen Sie mir einen Eimer Mörtel her . . ."

Ich rühre Mörtel an, ich schleppe Eimer durch den Raum, ich reiche die Backsteine, lote aus, wage mich endlich an die Kelle, schicke mich nicht allzu dumm dabei, lerne schnell, hab 's bald im Griff, Ittel ist zufrieden mit mir. Schon stehen vier Wände. Kein Gespräch dabei. Mich geht 's auch nichts an, was da gebaut wird, denn wie gesagt, der Autor ist heute ausgeschaltet. Die Scheuerwand mißt zwanzig Meter Länge, die Hintertür einbegriffen, das ergibt von der Tür ab zehn 1,50 m hohe und 1 m lange Backsteinwände, im Abstand von je einem Meter. Die Arbeit geht zügig vonstatten. Zwischendurch machen wir mal Pause, essen Speckbrot und trinken Kaffee.

„Zu zweit geht 's halt fixer!" lacht Ittel. Auf meine Frage, wo er denn das Mauern gelernt hat, antwortet er: „Ein Autonomist muß in beidem versiert sein, im Zerstören und im Aufbauen." Ja was hat er denn schon zerstört? Bis jetzt noch nichts. Man könne aber nie wissen, was noch alles an Aufgaben auf einen zukomme.

Die Gittertüren habe er schon fertig. Das Schwierige wird das Anbringen sein. Ich muß sie begutachten. Der Fachmann hätt 's nicht besser gemacht. Dann sägen wir die Latten für den Bodenbelag. Er habe Probleme mit der Einstreu. Solle er nur Laub nehmen oder Torfstreu mit Stroh oder beides verbinden? Für die Fütterung habe er auch schon gesorgt. Kartoffeln seien genug da, der Pinkel möge sie sowieso nicht. Heu liege oben auf dem Boden. Nur Kleie habe er sich kaufen müssen. Kleie sei wichtig, sie fördere die Verdauung.
Also Stallhasen will er sich halten. Gemeine Kaninchen, oder soll 's eine Zucht geben, Silberkaninchen vielleicht, oder Angora? Na ja, wie 's grad komme. Ach so.
Ob ich mir den Hühnerstall ansehen wolle? Der sei schon fix und fertig. Wo das? Auch in der Scheuer, dort links neben der Hintertür. Es sei besser, man habe das Kleinvieh alles unter einem Dach, der Arbeitsgänge wegen. Hier hätte es auch viel mehr Luft und Licht als in den alten Stallungen. Ob ich die Hühnerleiter und den Einschlupf draußen nicht gesehen habe? Ich staune. Alles ist fachmännisch hergerichtet: der Schieber, die Sitzstange, mit einer Zierleiste, bitte!, das Kotbrett, der Scharr-Raum, sogar ein Staubbad ist da. Leghorn oder Wyandotte? Das werde man schon sehen.
Jetzt fehlt nur noch der Saustall. Auch schon vorhanden! Ja, er habe die zwei alten Koben fein hergerichtet. Für zwei Säue mit Ferkeln würden sie ausreichen. Ich forsche weiter: Und Pferde, Poneys, gar Esel für den Ausritt mit Monsieur? Da wird er

grob. Meine dummen Witzeleien seien hier und heute nicht angebracht.
Dann trinken die Sabbatschänder einen Schnaps und nehmen Abschied voneinander. Ich verspreche dem Kaninchenzüchter, dann und wann eine Plastiktasche mit Altbrot an die Hintertür zu stellen. Als Gegenleistung hätte ich gern einen Hasen zu Ostern. Liebend gern, sagt er. Ich frage mich nur, wie die Hasen den Übergang von der Zeitlupe in den Zeitraffer schaffen werden.
Draußen nimmt mich das strahlende Hellblau wieder auf. Der bissige Wind hat sich gelegt. Richtig, an der Scheuerwand erblicke ich nun den Einschlupf und die Hühnerleiter. Das kann ja interessant werden. Ittels werden zu Selbstversorgern. Richten sie sich also auf eine verlängerte Dauer ihres jetzigen Zustands ein? Das muß ich dem Autor berichten.
Montag.
Der Autor erwacht aus seinem Dämmerzustand, schlüpft aus der Schreibtischschublade, wühlt im Manuskript herum, zieht Fäden heraus, hält sie ins Licht, versucht mögliche Richtungen abzulesen, kreuzt sie, stellt Verbindungen her, doch es wird nur ein Knäuel draus, den er nicht zu entwirren vermag und deshalb entmutigt in die Schublade stopft. Er wirft dann den Zettelkasten durcheinander und fischt Odiles Karte heraus, doch das Signalement scheint nicht mehr zu stimmen: Seit wann schüttet sich Odile Braunhaar ins Gesicht, seit wann trägt sie eine Brille und spricht badischen Dialekt? Ich reibe dem Autor die Augen wach, so daß das Trugbild

wegschwimmt. Doch jetzt summt ’s aus der Dusche, und gleich darauf huscht die Gemahlin an uns vorbei, der Autor sagt verwirrt: „Pardon Madame“, und was soll ich tun, der Vorbeigehuschten nachhuschen? Nein, hop schaffe, sage ich laut und unerbittlich und schenke dem Autor Kaffee ein. Er leert die Tasse in einem Zug. Dann schließt er die Augen und fragt sich nachdenklich: Wie finde ich den Anschluß? Man sollte nie Pause machen, man sollte der Wirklichkeit nie erlauben, die Fiktion zu unterbrechen. Aber was ist nun Wirklichkeit, was ist Fiktion? Die Frage schon tausendmal gestellt, seit es Schreiber und Denker gibt, und nie gelöst. Jetzt steht da die Wand vor einem, keine Griffe sind sichtbar. In der oberen Hälfte sieht man wohl einen Quergang, und der Kamin dort kann sehr wohl zum Gipfel führen. Wo ist aber der Einstieg? Setzen wir uns an den Fuß der Wand und betrachten wir einstweilen die Landschaft. Was hat sich darin verändert?

Es muß einen Zeitruck gegeben haben: Die Herbstzeitlose ist verwelkt, die Bäume haben sich verfärbt, im Wind wirbeln Blätter und Krähen. Wir haben Ittel gesehen, wie er im Wald Jutesäcke mit Kastanien- und Buchenlaub vollstopfte. Das Sürkrütfest haben wir auch schon hinter uns. Es war ursprünglich geplant gewesen, einen ausführlichen Bericht über diese Festivität abzufassen. Es muß nun aber davon abgesehen werden, denn Monsieur lag an jenem Sonntag unpäßlich im Bett — oder täuschte er die Unpäßlichkeit vor, um nicht noch einmal mit dem unterelsässischen ländlichen Durchschnitt in

peinliche Berührung zu kommen? Dieser aber verfolgte ihn bis in sein Zimmer hinein, indem er ihm pausenlos deutsche Hitfetzen bis zur Halbnacht an seine Fensterscheiben klatschte.
Das Sonntagshochamt will er aber nicht mehr missen. Monsieur, das wissen wir jetzt, singt leidenschaftlich gern französische Hymnen. Das hat unser Chorleiter schnell begriffen, er setzte also die schnulzenartigen Gesänge vom Programm ab und bietet dafür nur noch Erhabenes, Erhebendes aus dem französischen Repertoire. Monsieurs wohltönende Stimme führte bald den gemeinschaftlichen Gesang an, er enthebt ihn der Bloderschemer Schwere und trägt so wesentlich zur Verfeinerung des Bloderschemer Französisch bei. Seinetwegen wird nun die Vorabendmesse sowie die noch teilweise deutsch gebetete Frühmesse vernachlässigt. Sehen wir nicht sogar antiklerikale Lehrer, die sonst über die schlechten Französischresultate ihrer Schüler klagen, das Hochamt besuchen, sich lobend über die Fortschritte in der Sprachmelodie äußern und des Meisters pädagogische Tricks in ihren Notizblock eintragen?
Wir haben dann auch erfahren, daß Odile, um Ittel zu beschäftigen, da das Müßiggehen drohte, seinen Charakter endgültig zu verderben, ihm den Auftrag gegeben hat, in der Scheuer Ställe für Kleinvieh zu bauen. Wir haben aber weiter nichts über den eigentlichen Zweck dieser Aktion erfahren. Wir vermuten zwar, daß dies nicht nur Beschäftigungstherapie ist, sondern die Vorankündigung irgendeines noch nicht ausgereiften Planes. Es kann aber auch sein,

daß Versorgungsschwierigkeiten aufgetreten sind, die man auf diese Art zu meistern versucht. Sehen wir nicht Ittel aus 's Mathisse Hof kommen mit zwei Henkelkörben an den Armen, beide mit einem Tuch zugebunden? Tippen wir links auf Stallhasen, rechts auf Hühner?
Drehen wir uns nun wieder zur Steilwand um. Ich habe dem Autor Klemmkeile, Hammer und Bergseil bereitgelegt. Habe ihm sogar eine Prusikschlinge geknotet. Einen Steinschlaghelm braucht er keinen. Autoren haben harte Schädel. Jetzt noch die Hände mit Magnesia eingerieben. Und schon zeigt sich ein erster Griff an. Der Autor aber lacht mich aus, stapft um die Wand 'rum und sagt: ,,Ich gehe lieber die bequemere Route über die Südabdachung.'' Richtig, daß wir nicht vorher daran gedacht haben! Die Südflanke schwingt sich im sanften Bogen bis zum Gipfel. Und da sitzt auch schon Odile im Flattergras unter den Birken und winkt den Autor zu sich.

ODILE

Ich darf nicht allzu lange von zu Hause wegbleiben. Ittel hält wohl verschärfte Wache, doch möchte ich es nicht zu einem Zwischenfall kommen lassen.

Ja, unser Monsieur ist nun psychisch wieder ganz auf dem Damm. Er ist gesprächig geworden, ist sogar dann und wann zu einem Witzchen oder einem kleinen Scherz aufgelegt, er stellt mir laufend philosophische und kulturelle Fallen, umtänzelt mich gelegentlich, macht mir den Hof wie ein altgedienter Charmeur. Doch spüre ich intensiv, daß hinter diesen Artigkeiten sich ein Plan versteckt, der meine Bemühungen zunichte machen soll. Auch spüre ich, wie er beginnt, meinen Zauberkräften zu widerstehen, ich habe immer mehr Schwierigkeiten, ihn unter Kontrolle zu halten. Oder ist er mir schon ganz entwischt und er verheimlicht es mir, wiegt mich in Sicherheit, um die Arglose eines Tages zu überrumpeln, zu einem Zeitpunkt, den er ausgewählt haben wird?

Ich selber muß zugeben, daß mich diese pausenlose psychische Anstrengung überfordert. Auch Hexlein sind Menschen. Lächeln Sie nicht, sonst verwandle ich Sie flugs in einen Kuckuck, denn den spielen Sie ja, legen Ihr Ei ins fremde Nest und lassen es von

anderen ausbrüten. Pardon . . . Schreiben Sie diese Boshaftigkeit meiner übergroßen Müdigkeit zu.
Ich müßte nun unbedingt eine Pause einlegen können. Aber das darf ich ja nicht. Da würde ich mir noch mehr Probleme auf den Hals laden, denn Ittel wäre zu allem fähig. Wüßten Sie mir eine Patentlösung? Auch nicht? Ja, schauen Sie mich nur an: Meine Hände zittern, meine Mundwinkel zucken, und meine Augen sind rot unterlaufen. Lange schaffe ich das nicht mehr.
Gestern nacht war ich auf dem Bastberg, ich wollte Energie tanken, doch die Quelle schien versiegt zu sein. Oder hatte ich beim vorigen Mal die Reserve leergetankt? Der Bastberg symbolhaft für das Elsaß: die Energie verpufft, und es sind keine Reserven mehr da? Ist das unser endgültiges Schicksal?
Ich habe dort mit Bereswinde gesprochen. Sie sagte, sie warte schon lange auf mich, sie wußte, daß ich kommen würde. „Mädel", sagte sie zu mir, „wir alle bewundern dich und bedauern dich zugleich. Was du dir da vorgenommen hast, das hat noch niemand von uns geschafft, auch die Geübtesten nicht in den glorreichen Hexenzeiten." Sie riet mir dennoch, die Sache aufzugeben, ich ruiniere meine Gesundheit dabei und auch den Ruf der ganzen Zunft. Nichts sei schlimmer für das Fortbestehen der elsässischen Hexentradition als ein kläglich endendes Abenteuer. Eine Hexe, die den Hexereien eines Machtbesessenen unterliege: nein, undenkbar, das dürfe nicht sein! Ich solle ihn also wieder in einen Damhirsch zurückverwandeln und ihn dort absetzen, wo ich ihn aufgegabelt habe, so die ganze Geschichte an-

nullierend. Sie befürchte überdies, daß, sollten Ittel und ich hier dennoch einen Sieg davontragen, es doch nur ein Pyrrhussieg sein könne. Denn die Erfahrung, auch und besonders ihre eigene, zeige, daß, jedesmal wenn das Elsaß glaubte, ein eigenes Ziel erreicht zu haben, die Weltgeschichte verrückt spielte und das Errungene dann wieder verlorenging.

„Mädel", sagte sie weiter, „dann hast du noch einen schwerwiegenden Fehler begangen. Du hast dich in ein Spiel eingelassen, in dem er dir über ist. Nur durchtrainierte und durchtriebene Kokotten hätten da zu gewinnen vermocht. Dein Scharm ist unbestreitbar, dem unterliegt aber so ein gewiefter Verführer nur am Anfang, dann spielt er seinen eigenen Scharm aus und zwingt dich letzten Endes in seinen Bann. Du hättest dir diesen Kapitalhirsch sexuell hörig machen sollen. Aber das ist ja nicht deine Art, und du liebst diesen verbohrten Trottel von Ittel. Du bist zu sehr Mensch und zu wenig Hexe, Mädel."

Das ist eben Bereswindes direkte Art. Hatte sie es nicht mit ihrem Wilhelm so getrieben? Ach, lassen wir das. Sagen Sie mir nun: Wie sieht es aus in Ihrer Zeit? Blühen die Gänseblümchen schon? Tanzen die Immen und Hummeln schon über den Matten? Haben die Birken schon Knospen? Wer von uns beiden hat denn eigentlich die Zeit angehalten, Sie oder ich? Oder unser Monsieur? Und diesen Ruck, den wir da hatten, verdanken wir ihn nicht ihm, seiner zunehmenden Bewußtwerdung?

Übrigens, nach dem Bastberg war ich auf dem Odilienberg. Nein, nicht um irgendeine Hilfe oder einen Rat bei meiner Namenspatronin zu holen. Unsere Kompetenzen und Wirkungsbereiche sind scharf getrennt, da gibt es praktisch keine Berührungspunkte; was uns eint ist allein die Tatsache, daß wir beide Töchter dieses Landes sind und es innig lieben. Nein, ich wollte nur für eine Stunde mich von allem zurückziehen, die große Stille des Bergs genießen. Ich saß auf dem Fels und träumte in die Nacht hinein, in das Nachtland hinaus. Zeichnete seine Silhouette nach, bevölkerte es mit Ortschaften und Menschen, so wie ich sie liebe, ohne alles Entfremdende, Zerstörende, Seelenfressende. Doch immer wieder schwamm es mir davon. Dann flüchtete ich in die Kapelle. Zwei Männer knieten vor dem Tabernakel und beteten auf deutsch. Ich betete heimlich mit. Lachen Sie nicht schon wieder. Haben Sie eine Ahnung, wie so ein automatisches Beten einem Herz und Seele ausputzt. Vor der Kapelle wartete Odilia auf mich. Nein, sie sagte nichts. Sie nahm mich nur bei der Hand, und wir wanderten durch den Wald, bergabwärts. An ihrem Brunnen bot sie mir ein Glas Wasser an. Das tat mir gut. Für den Bruchteil einer Sekunde sah ich hell, sah ich die Wahrheit. Doch dann verdunkelte sich wieder alles, und sie war verschwunden. Welches war nun diese Wahrheit? Seitdem suche ich nach ihr.

Sie wissen wahrscheinlich schon, daß Monsieur in Blodersche zu einer kulturellen Instanz geworden ist. Ich habe Sie heute morgen durch das Dorf schlendern sehen, beim Metzger und beim Bäcker

hineingucken, Gesprächsfetzen aufschnappen und wahrscheinlich haben Sie auch durch die Ihnen eigene Kunst des Hinterfragens die fehlenden Steinchen gefunden. Was, Sie wissen nicht alles? Ich möge ergänzen? Ich soll es Ihnen aus meiner Sicht erzählen? Fangen wir also mit dem Sürkrütfest an. Nein? Das haben Sie aus der Geschichte entfernt, weil Sie nun zum Abschluß drängen? Für dieses Drängen danke ich Ihnen. Aber das Sürkrütfest mogeln Sie mir nicht so einfach weg. Da hat nämlich die Eroberung von Blodersche durch Monsieur angefangen. Ja, wir waren alle drei auf dem Fest. Ja, es waren viele Leute da. Ja, auch badische Nachbarn. Ja, an unserem Tisch wurde elsässisch gesprochen. Bis Monsieur mit ausgesuchter Höflichkeit darauf verwies, daß auch er gern am Gespräch teilnehmen möchte. Da schalteten wir alle, 's Mathisse, 's Peters, 's Linnebachs und ich, auf Französisch um. Ja, auch ich. Ittel schäumte, stand mit einem Ruck auf, verließ die Gesellschaft und das Festzelt. Kurz danach hörte ich in einer Pause das weitläufige Rattern einer Maschinenpistole. (Er habe seine ganze Munition verschossen, beichtete er mir abends.)
Und ja, es wurden lauter deutsche Schlager gespielt, bis Monsieur, mit derselben ausgesuchten Höflichkeit, den Präsidenten des Festkomitees darauf aufmerksam machte, daß man im Lande der sogenannten Zweisprachigkeit doch auch in punkto Schlager die Hauptkomponente dieser Zweisprachigkeit respektieren müsse. Von da ab gab es nur noch französische Hits zu hören. Als wir dann das Zelt verlassen hatten, und die Bierseligkeit ihren

Höhepunkt fand, ging man allerdings wieder zu deutschen Schnulzen über. Darunter mag nun unser Monsieur nachts in seinem Bett fürchterlich gelitten haben. Das ist auch das einzige, was in Ihrem Kurzbericht stimmt.

Zu erwähnen wäre dann noch, daß Monsieur sich auch angeregt, zuerst in gebrochenem Deutsch, dann auf französisch mit einer netten Badnerin unterhalten hat. Ich soll sie beschreiben? Eine Brünette mit Brille, wahrscheinlich eine Intellektuelle. Sie sprach übrigens ein gewandtes Französisch mit einem charmanten Accent. Warum erblassen Sie jetzt?

Das Hochamt nun. Sie winken ab, das wissen Sie ja bereits. In der Schule war er auch schon. Er gab sich beim Lehrpersonal für einen Pariser Literaten aus, gab auch ein Pseudonym an, wobei die Lehrerinnen und Lehrer erfreut taten, als sei ihnen dieser Name wohlbekannt. Er sprach dann vor den Kindern von der Schönheit der französischen Sprache, gab Zitate zum besten und signierte ihre Schönschreibhefte.

So, das wär 's. Die Wirtschaft? Nein, da will er nicht mehr hin, wahrscheinlich weil da nur Männer verkehren. Männer mag er nicht. Aber wo Frauen beisammenstehen, da macht er halt, grüßt und fragt artig nach ihrem Wohlergehen. Die Bloderschemer Frauenwelt himmelt ihn an. Nur die alten verhutzelten Weiber, die vor ihrer Haustür auf den Tod warten, schauen ihm mißbilligend nach. Ich bemerkte sogar eine, die sich heimlich bekreuzigte, als wir vorbeigingen.

Ob ich ihn auch anhimmle? Ich weiß, Sie werfen mir vor, daß auch ich ein Faible für ihn habe. Liebte ich ihn damals im Wald, als ich meinen Kopf auf seine pochende Flanke legte? Liebte ich ihn in den ersten Wochen, als ich lockte und lockte, bis seine Starre schmolz? Als ich ,,min Vogelin " an meine Backe hielt, an mein Herz drückte? War es Liebe oder Verliebtheit, war es Spiel, waren es unkontrollierte Zärtlichkeitsausbrüche, war es ein Traum?
Das sonderbare Gefühl, ein Tabu zu brechen, über einen Zaun zu steigen, eine fremde Welt zu erobern. . . Trennte ich mich innerlich von Ittel? Nein, ich trennte mich nicht von ihm, war, bin aber zeitweilig von ihm getrennt; es ist wie eine Lianenwand, die zwischen uns von den Bäumen heruntergefallen ist. Ich weiß, jederzeit kann ich wieder hinüber, ich bräuchte nur die Stränge auseinanderzuschieben . . . und erschrecke bei dem Gedanken, daß Ittel dann nicht mehr da sein könnte, wollte, der geliebte, gewohnte Partner . . .
Kann man zwei Menschen mit gleicher Intensität lieben? Kann man in zwei Menschen zugleich leben? Und können zwei Menschen zusammen in mir leben, in völliger Ausgewogenheit? Ohne daß der eine den anderen hinauszudrängen versucht? Es gibt doch nur ein Ja und ein Nein. Und es gibt nur ein Positiv und nur ein Negativ. Wie ist dann das Zusammenleben von Gegensätzen, von Widersprüchen möglich? Entwickeln wir diesen Gedankengang weiter: Wie kann ein Land in und mit zwei Sprachen leben? Ist Zweisprachigkeit nur ein momentaner Zustand, wo beide Sprachen, die eine im Aufwärts-

drang, die andere im Abwärtsdriften, sich kreuzen? Fragen, die sich stellen, Zweifel, die aufkommen, Verwirrung stiften, Verzweiflung, die an der Illusion nagt. Sie schweigen. Denn auch Sie haben keine Antwort.

Liebe ich Monsieur noch? Er ist ein anderer geworden. Er ist nicht mehr „mein" Monsieur. Er hat sich unabhängig gemacht. Ist er überhaupt noch ein Mensch wie Sie und ich und Ittel? Oder ist er zur Inkarnation eines Machtwillens geworden? Und bin ich in seinen Händen, sind wir alle in seinen Händen nur Spielzeug oder Dominosteine? Und doch bemerke ich manchmal, wie er meine Nähe sucht, die physische Berührung, unter dem Vorwand eines abgesprungenen Knopfs zum Beispiel, wie er dann offensichtlich Durst nach Zärtlichkeit hat. Zärtlichkeit, die meine Hände nicht geben dürfen, wollen, können, die er dann meinen Augen abbettelt . . . Was Ittel jedesmal rasend macht.

Ittel. Lieber, cher Ittel. Du dummer, du verbohrter, du vernarrter, du unglücklicher, du empfindlicher, du empfindsamer, sentimentaler, über Hals und Ohren verliebter Ittel, du. Und du jähzorniger, ungerechter, eifersüchtiger, blinder und naiver Ittel du.

Ich liebe ihn. Nur ihn. Seine Verbohrtheit, seinen Jähzorn, seine Eifersucht, seinen Murrsinn, seine Unbeholfenheit, seine Derbheit, seinen Mangel an Charisma, an Selbstsicherheit, seine Unfähigkeit zu brillieren, zu causieren, zu charmieren, sein Stolpern, sein Stottern, seine Ungelenkheit. . . O Ittel, très cher, tiefgeliebter Ittel. Du bist dies alles, was der andere nie sein kann. Du besitzt dies alles, was der andere nie besitzen wird. Alles Unvollkommene, alles Menschliche. Und dann dein treuer Blick, nicht hündisch-treu, nicht ergeben-treu, einfach treu, die Treue als die selbstverständlichste Sache der Welt.

Ich liebe ihn, nur ihn. Mit allen Fasern meines Wesens. Wenn dies auch abgedroschen klingt, es ist so, unverrückbar so. Wenn auch das Vorhergesagte dem widerspricht. Wenn ich auch vorher zweifelte. Es gibt keinen Glauben ohne Zweifel. Der Zweifel schafft erst den Glauben. Ittel, du schwimmst in meiner Tiefe, aus der dich kein noch so leuchtender Luzifer vertreiben kann. Liebster. Geliebter. Ich sprach noch nie diese Worte aus. War es Scham oder Scheu? Nun ist alles gesagt, unwiderruflich. Und Sie sind mein Zeuge.

Aber, bitte, sagen Sie es ihm nicht. Noch, scheint mir, wäre es verfrüht, ihm die totale Gewißheit zu geben.

Nun sehne ich mich nach dem Frühjahr mit Ittel. Ich sehne mich nach dem Garten im Frühjahr, nach dem Keimen und Schlüpfen, dem Entfalten und dem Erblühen. Nach seinen schwieligen Händen und seinem verschwitzten Hals. Aber zuerst werden wir wohl durch den Winter müssen. Was wird er uns bringen?

Was den Einbau von Kaninchenställen in der Scheuer anbelangt, haben Sie schon recht, wenn Sie von Beschäftigungstherapie sprechen. Und Ittel ist stolz auf seine Arbeit. Die ersten Stallhasen sind schon

eingezogen, es sind zwei trächtige Häsinnen. Auch zwei Legehennen sind bereits da. Wie Sie es außerdem richtig vermuten, haben wir Versorgungsschwierigkeiten. Unsere Geldreserve ist fast aufgebraucht. Bis sich aber die Tierhaltung rentiert, wird es ziemlich mager bei uns hergehen. Na ja, ein bißchen Diät schadet dem Herrn nicht, er ist mir sowieso etwas zu dick geworden. Ich mußte ihm sämtliche Kragenknöpfe vorrücken. Und das Bäuchlein, das er sich angesetzt hat, paßt nicht zu seinem Stil. Kennen Sie seine letzte Marotte? Er mag keinen Kugelhopf mehr zum Frühstück. Er sei ihm zu schwammig. Ich muß zugeben, er gelingt mir auch nicht mehr so gut wie am Anfang. Ich hab 's mit Croissants versucht, tiefgefrorenen natürlich, andere kriegt man hier ja nicht. Das sei Fabrikware, schalt er, sie hätten nicht den Pariser Biß. Er habe mal mit seinem deutschen Kollegen in der Villa Hammerschmitt gefrühstückt, und da habe es ihm das Frühstücksei ganz besonders angetan. Da wir uns sehr nahe der deutschen Grenze befänden, meinte er, könnte man es mal eine Zeitlang mit einem echt deutschen Frühstück versuchen. Er achte die Deutschen sehr, das seien tüchtige, praxisorientierte Menschen, ein sehr kultiviertes Volk auch, das die französische Literatur manchmal besser kenne und mehr schätze als die Franzosen selber. Was er aber an sogenanntem deutschem Erbe im Elsaß festgestellt habe, sei nur plumpe Nachahmung, quasi der Bodensatz der deutschen Kultur, Kitsch und Trivialität.
Ich schwieg.

So, nun wird ’s Zeit, daß ich Ittel ablöse. Ein Entschluß keimt in mir. Nein, mehr kann ich Ihnen noch nicht sagen. Aber machen Sie sich keine Sorgen um Ihre Geschichte. Sie werden auf dem laufenden gehalten werden.

DER AUTOR

War das eine Woche! Der Autor freut sich, mal wieder Handgreifliches, wenn nicht gar Handfestes berichten zu dürfen anstatt der bisher üblichen psychologischen Entwicklungen, deren Sondierung einen auf die Dauer nervt. Womit fangen wir an? Zuerst mit dem Wetter: Schneematsch, klebriger kalter Nebel und weinerlicher Nordwest in Odiles Bloderscheme. Verschnupfte Nasen, auslaufende Augen, trostlose Stimmung in den Gassen. Auch ist uns der Ortsgewaltige abhandengekommen. Maire Tuchscherer Louis, von den Neusiedlern Tüschäräär und den Alteingesessenen 's Wewermichels Lüi genannt, verschied plötzlich an einem Herzinfakt nach einer dreißigjährigen autoritären Regierungszeit, und dies einige Wochen vor den Gemeinderatswahlen. Er war noch nicht kalt, ging schon das Gerangel um seine Nachfolge los. Was war in die an sich eher langsamen Bloderschemer gefahren?
Nun muß kleinkarierte, banale Dorfpolitik eingeschoben werden, nicht um der Trivialität willen oder aus Entlarvungssucht, sondern ganz einfach, weil die Dorfpolitik in unserem Falle das Alpha hätte sein können, das schnurstracks zum Omega führt. Weil Bloderschemer Dorfpolitik in den gegebenen Umständen sich zu nationaler, wenn nicht

gar internationaler Bedeutung hätte auswachsen können, wenn . . . Doch greifen wir nicht vor, es soll jetzt alles schön der Reihe nach berichtet werden, wie es sich für ein elsässisches Erzählwerk gehört.
Schon am Dienstagabend also, nach dem Weihwassersprengen, versammelte sich die Mehrheit auf der Mairie, die Opposition im ,,Lamm" und die Neusiedler in der Schule. Weder die Mehrheit noch die Opposition konnten sich aber auf einen Namen einigen. Man spielte Clan gegen Clan aus, Krautbauern gegen Handwerker, Arbeiter gegen Bürokraten. Nur die Neusiedler hatten bald ihren Kandidaten gekürt, oder vielmehr ihre Kandidatin, eine mit einem rasend schnellen Französisch bewaffnete Professorin. Sie würde wohl keine Chance haben, in den Mairesessel gehoben zu werden. Wenn aber, wie vorgesehen, die Alteingesessenen sich einander bekriegen, könnte ein erster Sitz im Gemeinderat von der emanzipierten Zuzüglerpartei erobert werden. Und dieser Sitz würde vieles ändern im traditionellen Bloderschemer Habitus. Zuerst mal würde Französisch als obligate Diskussionssprache eingeführt, compris?
Am Mittwoch begruben sie dann den Tuchscherer Louis mit offiziellem Pomp, alle Fraktionen brüderlich vereint. Der erste Adjunkt gelobte ihm in seiner Grabrede, daß man sein Erbe treu und redlich in seinem Sinne verwalten werde. Manch einer lächelte bei diesem Gelöbnis, wußte man doch, daß der Jaja, wie man ihn nannte, und der des Jajas wegen des Maires rechte Hand geworden war, nun ausgejajat

hatte. Man ging dann ins „Lamm“, wo sich alsbald ein zuerst fröhliches, dann erhitztes Durcheinandergebrüll einstellte. Ja, was war in die sonst so besonnenen, zurückhaltenden Bloderschemer gefahren? Schließlich setzte sich der Baß des Mathisse Jacques durch, Ruhe heischend und vorschlagend, die Familienchefs des alten Dorfs müßten am Abend noch zusammenkommen, um sich auf einen einzigen Kandidaten zu einigen, sonst könnte es geschehen, daß die scharfzüngige Professorin den Gemeinderat noch Mores lehre.

Schneematsch, klebriger Nebel, mit Heizölgestank durchsetzt. 's Wewermichels beten den Seelenrosenkranz, trösten sich dann mit dem schönen Leichenbegängnis, das der Vater hatte, zählen die Kränze und die anwesenden Prominenten auf und schließen somit das Kapitel ihrer offiziellen Dorfherrschaft ab, denn keiner der Söhne wird sich um die Nachfolge bemühen. Die Machtposition des Vaters hatte es der Familie ermöglicht, ganz groß ins Krautgeschäft einzusteigen. Nun heißt es, das Tuchscherer-Imperium weiter auszubauen, die Macht wird einem dann von alleine zulaufen, wenn einem die Amtsträger aus der Hand fressen. Den Tuchscherer-Söhnen ist es also egal, wer Maire wird, über kurz oder lang wird er vor ihnen Männchen machen müssen.

Schneematsch, klebriger Nebel, die Clanchefs und ihre Klienteln kriegen naßkalte Füße, die werden zuerst mit einem Grog aufgewärmt, danach geht man zum Bier über. Wein wird heute abend gemieden, der erhitzt zu sehr die Gemüter. Alle sind sich darüber einig, daß ein neuer, unverbrauchter Mann in den Rat muß und daß dieser neue Mann das Maire-Amt übernehmen soll. In der alten Equipe findet sich keiner bereit, den schweren, verantwortungsvollen Posten anzunehmen. Sogar der Jaja zieht seine Kandidatur demütig zurück. Spielen wir also Linnebach gegen Peter aus, denn Mathis, der große Chancen gehabt hätte, will sich aus dem Wettstreit heraushalten, er stellt auch sofort klar, daß er keineswegs den lachenden Dritten spielen werde. Wer hat nun den größeren Anhang, Linnebach oder Peter? Man zählt ab, man zieht ab, man addiert wieder, legt den Beruf in die Wagschale. Linnebach ist Bauer, Peter ist Prokurist. Ein Bauer hat Gewicht, ein Prokurist hat Erfahrung in Dossiers und Budgetsachen. Das Altdorf ist in zwei gleiche Blöcke gespalten, es gelingt keinem Gegenargument, vom anderen Block auch nur den kleinsten Brocken abzumeißeln. Also versucht man 's auf die in solchen Pattsituationen übliche boshafte Weise, und schon fängt man an zu sticheln, schon fängt man an, alte, unklare Geschichten auszugraben, und vergessene Feindschaften flackern wieder auf. ,,So geht 's nicht, Männer", regt sich der Mathis auf, ,,wenn wir uns nicht auf einen der beiden Namen einigen können, überlassen wir halt das Feld den anderen." — ,,So geht 's nicht, Männer", sagt der Lammwirt, ,,soll denn der Krieg mit den Hergelaufenen weitergehen?" Der Lammwirt trägt sich nämlich mit dem Gedanken, sein Geschäft zu modernisieren und visiert als Zielgruppe das interessante Kunden-Potential der Neusiedlung an. ,,Leute", sagt er weiter, ,,finden wir einen gemeinsamen Kandidaten für Ge-

samt-Blodersche. Blodersche muß endlich zusammenwachsen. Es wird es sowieso, früher oder später, das könnt ihr nicht verhindern. Also müssen wir einen gemeinsamen Nenner finden, bevor uns die anderen über den Kopf wachsen. Und das muß auch ein Mann sein, der modern denkt. Wollen wir denn ewig Hinterwäldler bleiben? Ich hätt' euch solch einen Mann."
Monsieur. — Ach, den meinst. — Ja, den.— Bist denn verrückt. — Der kann doch kein Elsässisch. — Ein bissel Deutsch schon. — Aber kein Elsässisch. — Verstehst du nicht Französisch? Also.— Darum geht 's nicht. Sprache ist wurscht. — Nein, Sprache ist nicht wurscht. — Der ist ja gar nicht von hier. — Der hat aber Beziehungen. Der hat sicher einen langen Arm. — Ja, mit dem er der Odile unter den Rock greift und dem Ittel Hörner aufsetzt. — Halt dein Lästermaul. — Ich bin dagegen. — Ich bin dafür. — Der interessiert sich nicht für uns. — Doch, für die Weiber. Alle Weiber träumen von ihm. — Hast du ihn schon gefragt? — Ja, der will vielleicht gar nicht. — Der wär unser Mann, sag' ich. — Ein Lehrer hat mir gesagt, der ist in Paris eine einflußreiche Persönlichkeit. Hat Eingang in die höchsten Kreise. — Ist 's ein Schwarzer oder ein Roter? — Wenn 's ein Roter wär', ging' er nicht in die Kirche. — Paß auf, es gibt immer mehr Rote, die in die Kirche gehen. — Die brauchen den Heiligen Geist halt mehr als die Schwarzen. — Also, ist er nun rot oder schwarz? — Er ist ein Monsieur, und damit basta! — Und so schön singen kann er! — Schöner als der Heino. — Laß mir diesen Schwob weg! — Und so

andächtig singt er, andächtiger fast als der Papst. — Ja, stimmt schon, aber Elsässisch kann er nicht. — Der wird 's schon lernen. — Die seiner Sorte lernen es nie. — Was hast denn gegen die Franzosen? Hol' dir doch gleich einen Schwob rüber? — Du, das sagst mir nicht noch einmal! — Habt ihr 's nicht immer mit den Deutschen gehalten, in eurer Familie? War dein Onkel nicht Ortsgruppenleiter unterm Hitler? — Ich schlag' dir gleich . . . — Jetzt aber hört auf mit dem Quatsch! — Stimmen wir ab. — Wer dafür ist, hebt die Hand. — Die Mehrheit dagegen. — Schade, Lammwirt, dein Vorschlag war gut, aber was willst, wir sind hier eine Demokratie. Schneematsch. Elsässischer giftiger Nebel, in barbarischen Urzeiten von Nibelung gebraut. Einer verflucht ihn, er klebt sich an seiner Luftröhre fest und belegt die Stimme mit einem rauhen Film. Gott sei Dank ist 's nicht weit von Odiles Hof bis zur „Délivrance." Er hatte Magenverstimmung vorgeschützt und war frühzeitig auf sein Zimmer gegangen. Hat nach einer Stunde die Tür leise aufgemacht und gelauscht. Hörte, daß Odile und Ittel in der Küche mit dem Abwasch beschäftigt waren. Schlich die Treppe hinunter. Fand durch die Scheuer den Weg hinaus. Ittel hat die verflixte Gewohnheit, den Schlüssel in der Hintertür stecken zu lassen.

Monsieur durch den schwammigen Garten, findet mit traumwandlerischer Sicherheit den Ausgang, dann auf dem lehmigen Viehweg hinter den Höfen entlang, wo Hunde anschlagen, die einen vor Angst, die anderen vor Freude, jetzt ist er in der Hohlgaß, die Rue des Sources heißt, warum weiß kein

Mensch. Die Hohlgaß stößt auf die Kapellengaß, von der man weiß, warum sie den Namen einer Panzerdivision trägt. Monsieur kennt diese Dorfeinfahrt von früher her. Kann man an Peters Mauer nicht noch die Kratzer sehen, die sein Panzer eingeritzt hatte? Dann geht 's durch die Obergaß, der auch militärische Ehren zuteil geworden waren, und endlich im federnden Eilschritt zum ,,Lamm.''
Monsieur mit verdreckten Lackschuhen jetzt im ,,Lamm.'' Absolute Stille tritt sofort ein. Da eilt der Lammwirt auf ihn zu und bietet ihm überhöflich einen Stuhl an. Monsieur winkt dankend ab. Es rede sich besser im Stehen. Die Stimme immer noch ein bißchen belegt. Monsieur räuspert sich. Dann spricht er. Eine sanfte, wohlklingende Stimme. Ein einfaches, aber geschmeidiges Französisch. Es fließt wie Honig von seinen königlichen Lippen, und alle lecken es genüßlich auf.
Was er sagte? Keiner wußte es mehr genau, nachher. Schön aber hat er gesprochen. — Ein phantastisches Französisch. — Der Inhalt seiner Rede? Na, ungefähr das, was der Lammwirt schon gesagt hatte, nur klang es anders. — Des Lammwirts Schokolade in Pralinen umgewandelt. — Wie ein kunstvoll vorgetragenes Volkslied, man achtete nur auf die wunderschöne Melodie und die vollendete Kunst des Sängers.
Nur einer ließ sich nicht bestricken, das war der Mathis. ,,Hört nicht auf den Rattenfänger!'' beschwor er seine Mitbürger auf elsässisch. ,,Hört nicht auf diese männliche Circe, sie wird euch alle in Schweinchen verwandeln.'' Doch niemand achtete

auf sein Gemurre, was wußten sie auch von Circe, und der Rattenfänger war ja bekanntlich ein Deutscher gewesen, kein Franzos, oder?

Dann wurde abgestimmt. Eine Stimme war dagegen, das war natürlich der Mathis. Alle anderen erklärten sich für die neue Kandidatur. Monsieur bedankte sich artig für das Vertrauensvotum, und auf die Frage, ob man ein Komitee zur Unterstützung seiner Kandidatur bilden solle, antwortete er, daß das nicht nötig sei. Er werde nur eine Wahlversammlung abhalten, und deren Organisation werde er zu gegebener Zeit mit dem geschäftsführenden ersten Adjunkt besprechen. Dieser, Tuchscherers Jaja, dankte für das Vertrauen und hob die Sitzung auf. Nein, die Nationalhymne wurde nicht abgesungen.

„Ich hatte ihm unvorsichtigerweise beim Vier-Uhr-Tee von der Bloderschemer Dorfpolitik gesprochen, von dem Gerangel und den Intrigen, was ihn sichtlich interessierte. Politik sei nun eben sein Hobby, ob es sich um Dorfpolitik oder um nationale und internationale Politik handle. Es sei auf jeder dieser Ebenen dasselbe Spiel, wer die größere Hausmacht habe, wer am geschicktesten zu pokern wisse“. . . berichtete Odile dem Autor.

Als sie mit dem Abwasch fertig waren, schickte Odile ihren Ittel mit einem Wermuttee auf Monsieurs Zimmer. Als dieser auf das Klopfen nicht antwortete, drückte Ittel auf die Klinke: das Zimmer war nicht abgeschlossen. Er knipste das Licht an, schlug Alarm, versah sich mit einer Stablampe, eilte in den

Hof, nahm die Spur im Schneematsch auf, verfolgte sie bis zur Scheuer. Odile folgte ihm auf dem Fuß und verpaßte ihm einen Rüffel, weil er den Schlüssel der Hintertür nicht abgezogen hatte. Und was jetzt? Wo mag er hin sein? Und was tun wir? Zuerst Stiefel anziehen. Ittel klemmt sich die Maschinenpistole unter den Arm. ,,Laß doch den Unsinn!" faucht Odile. Ist er zur Bahn? Da hält doch jetzt kein Zug mehr vor morgen früh. Läuft er querfeldein, Straßburg zu? Wo denkst du hin, bei dem Nebel. Die Spur führt sie bis zur Hohlgaß, dann ist im Matsch nichts mehr zu erkennen. ,,Der ist ins ,,Lamm", sagt Odile ahnungsvoll. ,,Wieso ins ,,Lamm?" fragt Ittel. ,,Der ist im ,,Lamm." Das ist die vierte Etappe auf seinem Eroberungszug", sagt Odile. ,,Dann holen wir ihn 'raus!" knurrt Ittel. — ,,Nichts da, ich will keinen Skandal. Wenn er wirklich im ,,Lamm" sein sollte, wird er auch wieder nach Hause kommen." — ,,Und was wird dann geschehen?" — ,,Das mein Lieber, laß meine Sorge sein."

Und da kommt er auch schon. Federnder Schritt des erfolgreichen Polit-Stars, ein Liedchen vor sich hinpfeifend. Odile hakt sich ein, spricht kein Wort. ,,Interessant, die Versammlung, sehr interessant", sagt er. ,,Sie hätten mich nicht abholen brauchen, Sie könnten sich bei dem Wetter verkühlen. Übrigens, damit Sie es wissen, ich habe meine Kandidatur aufgestellt. Sie wurde mit einer überwältigenden Mehrheit gutgeheißen. Morgen werde ich mit den Neusiedlern sprechen. Welch ein liebes, braves, unvoreingenommenes Völklein, diese ,,Bloderschois". . ."

Da sind sie auch schon am Hoftor angekommen. Odile läßt seinen Arm los. Ittel riegelt hinter ihnen ab. Und dann geschieht 's. ,,Jetzt langt 's", schreit Odile, ,,jetzt langt 's mit dir, Gockel! Gockel hab' ich gesagt, du bist nichts anderes als ein eitler Gockel!" Und da flattert schon der Hahn durch den Hof. ,,Licht an, Ittel! Die Reisigbesen her!" befiehlt Odile. Gsch, gsch, gsch! Wie sie durch den Hof toben und wirbeln, den Hahn mit den Reisigbesen zur Scheuer hin scheuchend! Wie das Stück Vieh seine Flügel spreizt, sich mit Schnabel und Krallen gegen die Besen wehrt! Bis ihn Ittel von hinten am Hals erwischt, ein kreisender Schwung, und der Hahn hängt bewegungsunfähig in Ittels Hand. ,,Du hast ihn doch nicht erwürgt?" fragt Odile erschrocken. ,,Nein, lacht Ittel, das ist ein alter Trick, den ich von meinem Großvater habe. Dem ist nur arg schwindlig geworden, er wird schon wieder zu sich kommen."
So, das wäre geschafft. Er wird in den Hühnerstall gesperrt. Die beiden Leghennen flattern entsetzt gackernd von ihren Sitzstangen auf. Der Einschlupf wird zugenagelt, der Schlüssel der Hintertür abgezogen, man kann nie wissen. Und weil man trotzdem Erbarmen mit ihm hat, bekommt er eine Handvoll Weizen hingeworfen. Da liegt er nun im Staubbad, leblos, armselig. . . aber schon beginnen seine Schwanzfedern zu zucken, bald wird er auf den Füßen stehen und sich verdutzt fragen, ob er ein Gockel ist, der einen Präsidententraum gehabt hat, oder ein Präsident, der eben einen Gockeltraum träumt.

Gute Nacht denn.
Donnerstag morgen. Der Tag beginnt überm Schwarzwald zu grauen. Die Sonne übt Klimmzüge an der Ostseite der Hornisgrinde. Beim dritten Ansatz schafft sie es knapp bis zur Nasenspitze. Ein erster Lichtfinger tastet über Blodersche und kratzt an Odiles Scheuerfenster. . . Da erschallt plötzlich ein so heftiger Trompetenstoß, daß sämtliche Fensterscheiben erzittern. Ist es ein Weckruf der Feuerwehr? Es ist doch nicht Übungstag heute. Ein zweiter Stoß folgt dem ersten nach ein paar Sekunden. Odile fährt in ihrem Bett hoch und stöhnt: „Das ist doch unerhört!" Ittel fährt in seiner Bettlade hoch und flucht: „Der Schlawiner, der verdammte!" Und zum drittenmal kräht der Gockel überlaut und deutlich: „Cocorico!"
's Mathisse Hahn streckt den Kopf in die Höhe, hält ihn schräg, auf einen weiteren Ruf wartend, der auch gleich erfolgt. Verwirrt vernimmt er die sonderbaren, fremdartigen Laute, versucht sie zu orten und zu deuten. Normalerweise ist es an ihm, als dienstältestem Hahn im Ort, die Reveille zu blasen. Wer maßt sich da nun an, ihm zuvorzukommen, und dies noch in einer fremden Sprache? Dieser Unbotmäßigkeit muß unbedingt Einhalt geboten werden. So trompetet also der Mathis sein elsässisches „Kükürükü" über ein halb dutzendmal im Stakkato über den Hof, hoffend, die Genossen in den anderen Höfen würden in diesen Protestsong einstimmen. Doch nichts dergleichen geschieht. In allen Hühnerställen gibt es Verwirrung, wem nun zu gehorchen sei, dem dumpftönenden, kehligen Mathis-

ruf oder diesem hellklingenden, forschen, fordernden fremden Signal? Und zum fünften- und sechstenmal orgelt es maëstoso aus Odiles Scheuer: „Cocorico!“ Dem Mathis verschlägt dieses Übermaß an Frechheit vollends die Stimme, sein „Kükürükü“ bleibt ihm in der Gurgel stecken, er würgt und würgt, spreizt die Flügel, schlägt sich die Kinnlappen um den Schnabel, doch alles umsonst, er schnappt nach Luft, flattert von der Stange herunter, torkelt ins Staubbad, sackt zusammen und kommt nicht mehr hoch, während seine Hühner sich durch den Ausschlupf drängen und in Richtung des fremden Lockrufs davoneilen. Da ertönt aus Linnebachs Hof ein schüchternes „Cocorico“, bei Peters ist es schon kräftiger, bei Wewermichels gelingt der Trompetenstoß fast zur Perfektion, und bald „cocoricots“ im ganzen Dorf, so als hätte der Weckruf von jeher so geklungen, als sei dies die selbstverständlichste Sache der Bloderschemer Geflügelwelt. In seinem Staubbad gelingt es dem Mathis dann doch noch sich aufzurichten, er versucht ’s verzweifelt in der neuen Sprache, doch sofort wird ihm klar, daß seine Zeit um ist, daß es sogar zur Anpassung und Umstellung zu spät ist. Entmutigt fällt er in die Asche zurück und steckt den Schnabel tief hinein, bis er erstickt. Später wird man ihn finden und im Garten verscharren. Er wird nicht mal der Ehre würdig befunden, im Riesling zu bräteln.
Da dieser Todeskampf und seine Begleitumstände keine Zeugen hatten, mußte der Autor notgedrungenerweise seiner Phantasie freien Lauf geben. Das soll aber nicht heißen, daß dieser Bericht reine Fik-

tion sei. Der Autor behauptet sogar, daß er mindestens zu neun Zehnteln der Wahrheit entpricht. Die Verhaltensweisen der Menschen wirken sich bekanntlich auf das Gefühlsleben ihrer Haustiere aus. Und wir werden den traditionsmordenden Ruf des Präsidentengockels von Odile und Ittel bestätigt bekommen. Auch erfahren wir von Mathis, daß sein Zuchthahn in der Morgendämmerung sonderbare Gurgellaute von sich gab, bevor er ganz verstummte, während im ganzen Dorf die Hähne wie im Wettstreit krähten und die Hühner frenetisch gackerten. Strich ein Marder um die Ställe, oder war ein zweibeiniger Hühnerdieb auf Erkundungstour aus? Und dann der unerklärliche Suizid dieses so oft prämierten Prachtexemplars. . . Das sei noch nie dagewesen. Es nehme jetzt halt alles seinen Lauf dem Ende zu, sagte Mathis mit traurig-fatalistischer Stimme.

Donnerstag morgen, eine halbe Stunde später. Die Sonne hängt nun wie ein bleichgelber Lampion über der badischen Ebene. Nebelreste schleichen umher, lassen Fetzen in den Baumgerippen hängen und warten auf den angekündigten Südwest, der sie sammeln und mit ihnen rheinabwärts ziehen wird. Lehmiger Schnee verharrt symbolhaft in den Kuhlen von Ittels Erdäpfelacker. Die Pflastersteine des Hofs sind mit einem glitschigen Film überzogen.

Odile und Ittel, beide im Morgenrock, sie mit gefütterten Holzpantinen an den Füßen, er die Stiefel an, kommen aus dem Haus und gehen auf die Scheuer zu. An der Tür steht ein Reisigbesen angelehnt. Ittel nimmt ihn in die Hand und tritt ein. Da steht er, der Gockel, mitten in der Scheuer — wie ist er aus dem

Verschlag herausgekommen? — und setzt eben zu einem weiteren Ruf an. Da bemerkt er Ittel, reckt den Hals, spreizt die Flügel, der Kamm schwillt ihm, die Schwanzfedern fegen den Boden, und plötzlich springt er aus dem Stand zum Angriff hoch. Der Reisigbesen wehrt den Ansturm ab, doch das Biest läßt nicht locker, hackt auf den Besen ein, und beim dritten Ansturm gelingt es ihm sogar, in Ittels Hand zu picken. Diesem entfährt ein Wutgeheul, er schlägt nun mit dem Stiel auf den Gockel los und brüllt: „Wenn du nicht sofort aufhörst, kommst du in die Bratpfanne, das schwör' ich dir!"

Da erst bemerkt der Gockel Odile, er flattert auf sie zu und sucht Schutz und Schirm zwischen ihren Beinen. Odile bückt sich, hebt ihn hoch, er burrt vor Wonne und schmiegt seinen Kopf an ihren Busen. Da gackert's im Verschlag. Vor Schreck haben die beiden Leghennen frühzeitig und gleichzeitig ihr Tagesei gelegt.

Odile bringt den Rebellen in den Stall zurück, setzt ihn auf die Stange. Eine Zeitlang beobachten sie ihn. Sie bemerken, daß die Hühner keine Notiz von ihm nehmen, daß auch er sie total ignoriert.

„Wir müssen ihm Gesellschaft herschaffen", meint Odile, „mit der er sich beschäftigen kann, sonst kriegt er noch einen Koller und rast sich zu Tode." Und so reift plötzlich ein Plan, der in Odiles Unterbewußtsein schlummerte, der Odile nun erlauben wird, endlich den notwendig gewordenen Urlaub zu nehmen, und dem Freund Ittel, endlich aus seiner Statistenrolle herauszuwachsen.

Ja, war das eine Woche! Sie ist aber noch nicht zu Ende, denn es melden sich Turbulenzen an, die das Wochenende des elsässischen politischen Mikrokosmos auf sonderbare Weise durcheinanderbringen werden.

ITTEL

Odile ist fort. Sie ist am Freitag abend von Entzheim mit der Kursmaschine nach Nice geflogen. Von dort aus wollte sie mit dem Bus ins provenzalische Hinterland fahren. Die blühenden Mimosen, die Palmen, der singende Accent, das andere Lebensgefühl, gräkoromanisches Erbe, Weltläufigkeit und so, Van Gogh und Matisse, auch Schickeles Spuren, na ja, die gehabten Klischees aus der Provence gleich nach der Landung am Telefon abgespult. Ich würde ihr fehlen, sagte sie. Sie liebe mich. Sie vertraue mir. Sie hoffe, ich würde mit meiner Aufgabe fertig werden. Letzteres hätte sie nicht sagen sollen. Ich weiß schon, was ich zu tun habe.
Schichtwechsel hier, nun bin ich Verantwortlicher. Ich, Ittel, habe mich eigentlich gar noch nicht vorgestellt, wurde auch gar nicht vorgestellt, rutschte nur so als Anhängsel und Faktotum in die Geschichte 'rein. Wie setzte mich der Autor ein? Am Anfang fungierte ich als der Exponent einer Abart des elsässischen Autonomismus; dann durfte ich als Partner in einer vertrackten Liebesarie auftreten. Was weiß der Leser sonst von mir? Daß ich töpfern kann, Erdäpfel anbauen und Kleinviehställe herrichten. Daß ich manchmal jähzornig werde und ein eifersüchtiger Geselle bin. Daß ich keinen Spaß verstehe

und grob wie Saubohnenstroh werden kann. Genügt das, um ein wahrheitsgetreues Bild von mir zu bekommen?
Also, ich heiße gar nicht Ittel. Ittel ist mein Aktivistenpseudonym. Mein richtiger Name ist ein banal elsässischer: Aufschlager René. Diejenigen, die die elsässischen Verhältnisse kennen, wissen dann sofort, daß ich in der Schule Ofschlagäär oder gar Ofschlagé gerufen wurde. Das Ofschlagé irritierte meinen Papa, der deswegen auch beim Klassenlehrer vorsprach. Das Ofschlagäär aber nahm er als selbstverständlich hin, so sprach er sich nämlich selber aus.
Meine Eltern sprachen nur französisch mit mir, obwohl Papa ein profunder Kenner des Elsaß, des Dialekts, der deutschen und elsässischen Kultur war und immer noch ist. Das Elsaß ist nämlich sein Hobby, ich aber durfte seinen Hobbyraum nie betreten. Daß er sein Hobby dann und wann in den Medien zu gutem Geld machte, darf ich ihm nicht vorwerfen, denn dieses Geld erlaubte mir, eine gesicherte Studentenzeit beliebig zu verlängern, während der ich von der Philosophie in die Kunstgewerbeschule hinüberwechselte, wo ich das Töpfern lernte. Ein Abschlußdiplom kann ich leider nicht vorweisen. Wo ich Elsässisch lernte? Bei meinem Großvater auf dem Land, den ich meinem Papa zum Trotz Bababa nannte anstelle des bei uns üblich gewordenen ,,pépé.'' Als mir das Herumhängen in Straßburg zu dumm wurde, wagte ich den Sprung über den Rhein, um dem patriotischen Alten ein Schnippchen zu schlagen, und trampte kreuz

und quer durch die Bundesrepublik. Es ist ja das übliche: Man kennt die Deutschen nicht, man ignoriert sie, man verachtet sie womöglich, und dann plötzlich die Entdeckung. So ging 's auch mir, und ich stellte fest, daß es heutzutage ein ganz anderes Deutschland gibt als dasjenige, das unsere Alten als Nachtmahr mit sich herumschleppen. In Frankfurt lernte ich Joss kennen, der mich in die deutsche Kultur und die elsässische Problematik einweihte. Dann kamen wir beide zurück, fanden Bundesgenossen und gründeten diesen militanten Stammtisch. Schluß des ersten Aktes meiner Vita.

Kusch, Joss! Und hör mit dem Knurren auf.

Ich, Ittel, einsfünfundsiebzig groß, siebzig Kilo Lebendgewicht, Haarfarbe zwischen Blond und Rot. Augen grau mit gelben Sprenkeln. Nase geradlinig. Hervorstehende Backenknochen, rundes Kinn. Kreuzung von Alemanne, Kelte und Hunne. Nach den Ausschweifungsjahren täglich Sport getrieben, das Schwammige wegtrainiert: kein Gramm Speck mehr, alles Muskeln und Sehnen; Odile hätte ihr Pläsier dran, wenn . . . Achtundzwanzig Jahre alt diesen Winter. Gelernter Töpfer, von der Praxis ausgebildeter Hausmeister und seit ein paar Tagen Geflügel- und Karnickelzüchter und Besitzer eines Schäferhundes. Ich hatte mir schon immer einen Hund gewünscht. Doch an diesem da hab' ich keine Freude, obwohl ich mich voll auf ihn verlassen kann. Hunden krault man das Fell, Hunde streichelt man, von Hunden läßt man sich die Hände und auch mal das Gesicht ablecken. Mit diesem da

geht das alles nicht. Wir haben beide ein verkrampftes Verhältnis zueinander, gell Joss?
Mit meinem Papa pflege ich keinen Kontakt mehr, obwohl sein Hobby ihn zu einer Kompetenz im regionalistischen Wandel der Dinge hier hat werden lassen. Man sieht und hört ihn an allen Orten, wo die Seele des Elsaß offiziell gerettet wird. Er laviert geschickt um alle politischen und kulturellen Klippen, bringt Geiß und Krautkopf zusammen, wie man so schön auf französisch sagt. Nur fragt man sich, ist hier der Bock zum Gärtner oder der Gärtner zum Bock geworden? Bei Fuß, Joss! Ich weiß, du hast es auf diesen majestätischen Gockel dort abgesehen, am liebsten würdest du ihn beim Genick schnappen und in der Luft herumwirbeln. Hör doch endlich mit dem Knurren auf, du Radikaler du! Du knurrst eigentlich ja erst, seit ich das Tonbandgerät eingeschaltet habe, du Publicity-Süchtiger du. Jetzt begeifert er mir das Mikrofon auch noch!
Also, wie es dazu kam, daß ich zum Kleinviehhalter wurde, möchte man wissen . . . Joss, schass mir doch den kleinen frechen Mistgockel dort von den beiden Mathissen weg, er soll sich doch an seinesgleichen vergreifen, wenn 's ihn danach juckt . . . Zuerst aber eine Lagebeschreibung. Ich sitz' hier in meiner Schubkarre in der Scheuer mit dem Rücken zum Tor und bestaune das Spektakel, das sich da abspielt. Wie es da wuselt und flattert und hoppelt, wie da allegro furioso gescharrt, gepickt und gemümmelt wird und gegackert, geschnattert, gekollert, gegluckt und gekräht. Und der Hund kratzt sich mit der Hinterpfote, auch mich juckt 's schon:

Hühnerflöhe sind also auch schon da. Den Hühnerverschlag sowie die Hasenställe — mit Ausnahme der von Mathissens Häsinnen bewohnten — habe ich offengelassen, damit das Vieh genügend Bewegungsraum hat, auch um besser beobachten zu können, wie sich das alles untereinander verträgt. An Flucht wird schon keines denken: Der Hund hat sich auf Anhieb Respekt verschafft.

Nun, was hab' ich alles da herumlaufen. Da sind an die fünfzehn Hühner sowie ein Dutzend Hähne, weiter Gänse jeder Alters- und Gewichtsklasse, dann ein paar Truthähne und Perlhühner und endlich die Hasen, alles Rammler, ich hab' sie noch gar nicht zählen können. An sich ist dies kein ausgewogenes Sortiment; ein jeder Kleintierzüchter, wenn er da reinguckte, würde darüber den Kopf schütteln. Aber staunend würde er durch die Zähne pfeifen, wenn er meinen Präsidentenhahn sähe, ein wahres Prachtexemplar; und der wächst und wächst, seitdem er Gesellschaft hat, der wächst sich noch zu einem Pfau aus, den Dünkel hätte er dazu. Dort sitzt er auf der Stange und gähnt blasiert und gelangweilt wie ein Pariser Snob. Ab und zu läßt er sich von seinem Hochsitz gleiten und stolziert durch die Scheuer. Wie dann alles herbeiflattert und respektvoll Spalier steht, während die Hasenböcke in ihre Ställe huschen, um auf dem Lattenboden Salut zu trommeln.

Wie sich die Viecher unter sich vertragen? Obwohl alles durcheinanderwuselt, kommen keine Kontakte von Volk zu Volk zustande; nur während der Huldigungsszenen streben sie nach Tuchfühlung mit der

Diversität, kommt offensichtlich ein erhebendes Gefühl der Zusammengehörigkeit in der Obedienz auf. Ihre Verhaltensweisen sind bisweilen bizarr. Man merkt, daß sie sich in ihrer neuen Hülle noch nicht zurechtgefunden haben und teilweise noch nach den vorherigen Verhaltensmustern reagieren. Die Hackordnung, die ja bei Tier wie bei Mensch gleichermaßen elementar ist, funktioniert ausgezeichnet, ansonsten aber führen die Viecher sich, wie gesagt, ziemlich bizarr auf. Die Hasen scheinen sich am wenigsten in ihrem Fell wohl zu fühlen. Einige von ihnen machen Männchen und versuchen, wie ein Storch zu klappern. (Odile hatte sich Störche verbeten, der Umständlichkeit halber.) Andere üben sich im Zickzacklauf, und andere noch liegen lässig im Kreis und praktizieren small talk. Die Mehrheit der schwarzen Hähne hackt heimtückisch auf die Minderheit der roten ein, wenn der Chef mal wegguckt. Die Hühner gackern einheitlich im Rezitativ, während die älteren Gänse auf Straßburger Art code-switchen und die jüngeren auf dem Futtertrog stehend fernsehgerecht aerobicken. Und die Truthähne? Die promenieren ihren Hochmut durch das Gewimmel wie altgediente Senatoren.
Es müßte jetzt eigentlich auf die Herkunft dieser Viecher hingewiesen werden, woraus sich diese Eigentümlichkeiten erklären würden. Fangen wir also beim Anfang an. Da standen wir in der Scheuer, Odile und ich, eben hatte ich dem Gockel mit dem Besenstiel zugesetzt, Odile hatte ihn in den Arm genommen, ihn dann in den Verschlag zurückgebracht und gesagt: ,,Wir müssen ihm Gesellschaft

herschaffen, mit der er sich beschäftigen kann, sonst kriegt er noch einen Koller und rast sich zu Tode.“

Gesellschaft herschaffen? Wie meinte sie das? Odile war plötzlich ganz aufgekratzt, der Schelm schaute ihr aus den Augen und spielte um ihren Mund. „Sperr alles gut ab“, sagte sie, „wir fahren auf Safari.“ Ich zog beide Schlüssel ab und nagelte zusätzlich Hintertür, Tor und Fenster mit Brettern zu. Dann setzten wir uns in den Wagen und fuhren los. Was hatten wir im Wagen verstaut? Henkelkörbe mit einem karierten Tuch zugedeckt, wie man sie früher bei Marktbäuerinnen sah, auch ein paar Kartons, in die ich Luftlöcher gebohrt hatte. „Geht's auf den Geflügelmarkt?“ fragte ich sie. Sie lachte übermütig: „Zuerst führ uns irgendwohin, wo man gut ißt.“ Also los. Wir durchquerten die Ebene, gelangten auf die Weinstraße und fanden bald in einem pittoresken Weinort — aber das sind sie ja alle — ein kleines Restaurant, das uns heimelig und appetitlich zu schein schien. Doch drinnen saß alles voll von Deutschen. Ich wollte sofort wieder 'raus, doch Odile sagte: „Nix do, hier gefällt 's mir! Ich fühle mich fast schon wie im Ausland, wie in Ferien!“ Wir fanden eine Nische und ließen es uns gut gehen. Am Tisch nebenan jammerte einer, daß es doch schade sei, daß „unsere“ schöne deutsche Sprache im Elsaß verlorengehe. Ich rief hinüber, daß es nicht ihr Deutsch, sondern unser Deutsch ist, das bei uns zur Katze geht, und daß ich mir hier als Elsässer jede Vereinnahmung verbitte. Betretenes Schweigen, währenddem Odile mir so kräftig auf den Fuß trat, daß ich laut aufschrie. Dann lachten wir beide, die anderen lachten uns nach, und sie aßen und tranken mit wollüstiger Beflissenheit weiter. Und der Wirt ließ bei jeder neuen Flasche den Kurs des Franc um einen weiteren kleinen Schub steigen.

Wie, das gehört nicht in unsere Geschichte, das sind nur unbedeutende Details, die ich weglassen sollte? Nichts ist unbedeutend im Elsaß, gell Joss? Wo du hintrittst, sitzt schon ein Schwob oder ein Has'[1], wenn das kein Problem ist! Na ja, wir haben auch gut gegessen und getrunken, so gut, daß Odiles schelmischer Blick schmelzend weich wurde und ich meinerseits zu zerfließen begann. Doch da sagte sie plötzlich: „Es wird Zeit." Wir fuhren aber nicht gleich weiter, ich erzwang einen kurzen Verdauungsspaziergang durch den nackten Rebberg. Wir hielten Händchen, wir pfiffen „O When The Saints", wir sprangen über Gräben, wir spielten Bockspringen, wir joggten endlich bergab und fielen uns beim Auto schnaufend in die Arme. Klar, auch das sind an sich unbedeutende Details für den Außenstehenden, für den schmachtenden Ittel aber sind das Vorzeichen einer nun endlich kommen müssenden Erlösung von seiner Herzenspein . . . Und dann: „Heia Safari!", was übrigens der Lieblingsschrei meines Busenfreundes Joss war. Bell mir nicht so ins Ohr, Joss. Hör zu, was nun kam.

Wir fuhren in Richtung Straßburg. In einer Kleinstadt — wo war es schon wieder, ist auch egal wo,

---

1) Hase: els. Spitzname für Franzose

und es soll hier keine bevorzugt werden, des Wunders wegen, das hier geschah — hielten wir vor einem Collège. Das sind jene Assimilationsmaschinerien, die in jedem größeren Flecken die elf- bis sechzehnjährige Jugend aus den umliegenden Dörfern aspiriert — ich verwende da bewußt das französische Verb —, um sie auf Staatsnorm umzupolen. Odile stieg aus, hängte sich einen Korb an den Arm und verschwand im Schulhof. War gerade Pause und leerte sie in gekonntem Fischzug das Lehrerzimmer? Oder lockte sie ein Sortiment aus den Klassenzimmern? Auf jeden Fall war sie nach ein paar Minuten wieder da, stellte den Korb, in dem es gackerte und piepste, in den Fond des Kombi und band das weißrot-karierte Tuch fest, das sie drübergelegt hatte.

Ich lehnte mich zurück und streckte schon die Hand aus, um das Wunder abzutasten. Sie schlug mir aber drauf: ,,Du stellst keine Fragen und guckst nicht hinein, sonst geht die Sache schief aus!" Diese Geheimnistuerei! Als ob ich nicht schon längst mit diesem Hokuspokus vertraut wäre! Na ja, ich konnte mir schon denken, was drin war: Schulmamsellen und -madämchen, ein oder zwei Schulginkel[1], vielleicht sogar ein Oberginkel dabei. Ich fragte mich nur, wie das alles in diesen kleinen Korb hineinging.

Und dann fuhren wir nach Straßburg. Dort gingen wir generalstabsmäßig vor. Odile zog eine Liste hervor mit den Einsatzorten und dem zu kapernden Personal, wir breiteten einen Stadtplan aus, kreisten

---

1) Schulginkel: els. Spitzname für Lehrer

die Stellen rot ein, legten die Fahrroute sowie die Uhrzeiten fest, und los ging 's!

Alles lief wie am Schnürchen. Fahrer bremst, Odile raus mit dem Korb, Tore und Türen öffnen sich von selbst, Hausmeister verbeugen sich, halten Tür und Tor offen, nach fünf Minuten Rückkehr Odiles, nochmals Ehrenbezeigung durch Hausmeister und/oder wachhabenden Polizisten, Korb in einen Karton ausgeleert, Hecktür zu, Beifahrerin wieder auf ihrem Platz, tiefes Einatmen, zischendes Ausatmen, Hände vor die Augen gehalten, Stirn gesenkt wie zur kräftesammelnden Meditation, inzwischen Fahrer in die Fahrbahn eingebogen, Gas gegeben, und schon sind wir an einem weiteren Einsatzort angelangt.

Wo waren wir nun überall? Welches waren die Örtlichkeiten, die wir besuchten, und die Ansammlungen von Halb- und Ganzprominenz, aus denen Odile die Musterexemplare herausfischte, die in unsere Kollektion paßten? Da war eine Ordensverleihung mit anschließender Party in der Robertsauer Allee; da war ein politisches Hinterbänklertreffen in einer Weinstube hinterm Münster; da war eine Programmkonferenz in einer Medienanstalt; da lief ein Kolloquium im Nationaltheater über Kultur und Macht; da war eine Bridgegesellschaft im Fünfzehnerwörth. Hab' ich nun alles? Ich glaub' wohl. Sie möchten genauere Angaben? Dazu bin ich nicht befugt. Auch hat mir Odile keine Namen genannt; dem Verhalten und dem Benehmen nach läßt sich aber schon mancher und manche erraten, neinneinnein, ich gebe keine Namen preis, es hätte auch keinen Sinn, sind sie nicht doch alle auswechselbar, die

Stars und Asse, die Herz- und Pikdamen, die Drahtzieher, die Marionetten und die Staffagefiguren? Ich hatte heimlich noch militärische und klerikale Objekte in den Einsatzplan hineingeschmuggelt. Odile ging mir aber nicht auf den Leim. Apropos Militärs meinte sie, unser Bedarf an Fanfarenbläsern und Trommelschlägern sei nun gedeckt; apropos Kleriker, da sei sie befangen, schon ihres Namens wegen.

Das letzte Ziel unseres Fangzugs stand nicht auf dem Plan: Odile befahl mir, vor unserer Stammtischbeize zu halten. Diesmal ging sie ohne Korb. Heraus kam sie mit einem prächtigen deutschen Schäferhund. „Der wird uns von Nutzen sein", sagte sie, „sein Name ist Joss." Sie können sich vorstellen, was dann in mir vorging, wie Entsetzen und Wut sich meiner bemächtigten. „Du Hexe, du verdammte!" schrie ich. „Das hast du gewagt!" Ich faßte sie an den Schultern und schüttelte sie, doch da zwängte sich der Hund zwischen uns beide und leckte zuerst ihr, dann mir das Gesicht ab. Ich schlug ihm so brutal auf die Schnauze, daß er erbärmlich zu jaulen anfing. Und Odile schluchzte: „Glaub es mir, er ist freiwillig auf meinen Vorschlag eingegangen!" Typisch deutsche Rote-Zellen-Schule, dachte ich mir. Stimmt es nicht, du Radikaler, du?

Hinter uns ein Mordsspektakel in den Körben und Kartons. Ich schlug wild fluchend mit meiner Dächelskappe auf die erreichbaren Behälter ein, doch es nützte nichts, der Lärm schwoll noch mehr an. Da fletschte der Hund die Zähne und begann be-

drohlich zu knurren, und sofort stellte sich hinten Ruhe ein. ,,Siehst du'', sagte Odile, ,,vor ihm haben sie mehr Respekt als vor dir.'' Ich sah das ein, beruhigte mich, bat beide um Verzeihung, bekam dafür einen Kuß von Odile, wehrte die Hundeschnauze ab, und wir fuhren zur Stadt hinaus. Zu Hause trugen wird die Beute in die Scheuer. Odile öffnete die Kartons und nahm die Tücher von den Körben. Drinnen wuselte eine komplette Kleintierfarm in Miniformat. ,,So'', sagte Odile, ,,nun wachset schön brav . . . aber vermehret euch nicht!''
Odile legte sich dann hin, sie war total erschöpft, schlief während zwei Tagen und zwei Nächten durch, wachte auf, packte ihre Reisetasche und sagte: ,,Jetzt mach' ich mal Urlaub. Es war auch höchste Zeit. Sieh zu, wie du für ein paar Tage allein zurechtkommst.'' Ich mußte sie sofort zum Entzheimer Flughafen bringen, von wo aus, wie schon gemeldet, sie mit der Kursmaschine nach Nice flog.
Ist das keine verrückte Geschichte? Offen und ehrlich gesagt, ich hab' da wohl mitgemacht, hätte sogar noch ganz andere Nester ausgeräumt, aber sehr klug find' ich das nicht, ich sehe überhaupt nicht, wo Odile hinauswill. Man könnte das ganze Elsaß in eine Hühner- und Hasenhaltung verwandeln, das würde das Problem doch nur von einer Ebene auf die andere verlagern. Hörig und eingebildet waren sie als Menschen, sind es als Kleinvieh geblieben. Was machen wir nun, Joss? Sie gehörig durcheinanderwirbeln, ihnen einen Mordsschrecken einjagen? Einmal macht's Pläsier, das zweitemal schon nicht mehr. Metzgen könnten wir den einen oder den an-

deren, diesen feisten Politiker dort oder einen der patriotischen Trommler, um ein Exempel zu statuieren. Joss wedelt freudig mit dem Schwanz. Nein, Hund, das geht nicht. Könntest du davon fressen? Du wohl, aber ich nicht, bin doch immerhin ein christgläubiger Elsässer und kein Kannibale. Na ja, du darfst den aerobickenden Kulturmädchen dort schon ein paar Federn aus dem Schwanz rupfen, wenn du ein radikales Mütchen zu kühlen hast. Aber, wie gesagt, ich frag' mich, was nun aus diesem Stall voll Viecher werden soll. Und, Sie werden mir's glauben oder nicht, ich empfinde sogar etwas wie Mitleid mit unserem Majestätsgockel, der gähnend durch die elsässische Mickrigkeit stolziert. Ihn beginnt dieser provinzielle Zirkus offensichtlich zu langweilen.

Odile hätte sich etwas politisch Wirkungsvolleres einfallen lassen sollen. Ich an ihrer Stelle hätte den durch die Vogesen langschilaufenden deutschen Bundeskanzler eingefangen. Das wäre ein Coup gewesen, um den uns die ganze internationale Kidnapperszene beneidet hätte! Und die erste Entführung wäre dadurch aufgewertet worden. Deutsch-französisches Gipfeltreffen in Ittels Hühnerstall. Objekt der Verhandlung: Schaffung eines freien Europadistrikts Elsaß. Quatsch. Komm, Joss, nun heben wir die Eier aus und füttern. Du hast heute nacht Stallwache. Ich geh' jetzt ins Wirtshaus und laß mich einmal mehr auf den Arm nehmen wegen meiner amateurhaften Kleinviehhaltung und dem plötzlichen Verschwinden Odiles und des Monsieurs. Wenn die wüßten!

DIE BADISCHE KOLLEGIN

Hallo, Sie elsässischer Fädenverknüpfer und Knotenschürzer! Seit Ihrer Halbzeitparty höre ich nichts mehr von Ihnen. Haben Sie sich zum Spinnennetz entschlossen oder zum Knüpfteppich? Ich meine, daß ein Spinnennetz etwas außergewöhnlich Verführerisches ist und nur von weitem kompliziert erscheint. Es ist sogar klarer, feiner gesponnen, weniger direkt bildhaft und ein bestimmtes Bild aufzwingend als so ein solide geknüpfter elsässischer Teppich, obwohl der auch seine Reize haben mag . . . Wenn nun aber Ihre Romanfiguren sich verselbständigten, um ihr Schicksal nach ihrer nun festgelegten Eigengesetzlichkeit zu weben? Wird sich dann der Autor dem Druck der elsässischen Militanz entziehen wollen? Und sich womöglich auch vom eigenen Erfolgszwang befreien? Wie sagten Sie doch einmal: Der Realität verzeiht man die tollsten Kapriolen, der Fiktion nicht, die hat kohärent zu sein. Also entlassen Sie Ihre Heldin in die Wirklichkeit, um dadurch mehr Ellenbogenfreiheit zu gewinnen. Tippe ich da richtig, cher ami?
Darf ich Ihnen melden, daß Ihre Hauptfigur Odile sich bereits aus ihrem Spielraum entfernt hat? Aber das wußten Sie ja schon. Haben Sie die Gute vielleicht sogar hinausmanövriert, um in Blodersche

freie Hand zu haben? Wie dem auch sei, dieser Eskapade verdankt es Ihre badische Kollegin, diesen Urlaub in angenehmster Gesellschaft verbringen zu dürfen.

Denn ich schreibe Ihnen von der französischen Riviera, an die mich der Zufall verschlagen hatte. Der Zufall und das feucht-graue Märzwetter, das seit Tagen über der Rheinebene hing.

Der Zufall heißt René Schickele, mit dem ich mich, wie Sie wissen, seit langer Zeit beschäftige. Seit mir mein Vater sein „Erbe am Rhein" in die Hände drückte, verschlinge ich alles Greifbare von und über diesen faszinierenden Elsässer-Franzosen.

Ich war sechzehn, als ich René Schickeles literarische Bekanntschaft machte, und das elsässische „Problem" kümmerte mich herzlich wenig. Mich interessierte und interessiert vor allem der Schriftsteller und Mensch René Schickele. Daß ich durch ihn Verbindungen mit dem Elsaß anknüpfte und mit einem seiner sogenannten engagierten Schriftsteller, ist eine Folgeerscheinung meiner „Schickelemanie."

Wie gesagt, das diesjährige triste Frühjahrswetter zwischen Schwarzwald und Vogesen trieb mich dazu, auf Schickeles Spuren zu wandeln. Ich spürte plötzlich ein unbändiges Verlangen, die provenzalische Frühlingslandschaft zu erleben, wie sie uns aus seinen späten Romanen entgegentritt.

Es war im Flugzeug von Straßburg nach Nizza, daß ich Odile wiedersah. Sie fiel mir schon im Warteraum des Entzheimer Flughafens auf, wo sie abweisend und abwesend in einem orangefarbenen Plastiksessel saß und niemand und nichts zu bemerken schien. Sie wirkte, als ob sie auf der Flucht wäre. Während des Flugs überlegte ich, wo ich ihr begegnet war. Dann vergaß ich sie. Ich war viel zu sehr damit beschäftigt, meine Flugzeugangst durch allerlei Ablenkungsmanöver auf ein erträgliches Mindestmaß zu reduzieren.

Strahlender Sonnenschein empfing uns bei der Landung an der Côte d'Azur. Es roch nach Meer und Mimosen. In Verschwenderlaune nahm ich ein Taxi und ließ mich an einem der Strandrestaurants absetzen. Ein warmer, weicher Wind spielte mit den Fransen der Sonnenschirme. Ich setzte mich an einen Tisch ganz nahe am Wasser und bestellte einen Salade Niçoise, eine halbe Flasche Rosé de Provence und für hinterher eine Erdbeertorte. Genießerisch schloß ich die Augen und lauschte auf das Glucksen des Meers. Eine Hand legte sich auf meine Schulter. Als ich erbost herumfuhr, stand sie vor mir. Sie lächelte. Das heißt, ihre Lippen lächelten. Ihre Augen waren hilflos und traurig.

Jetzt fiel mir ein, wo ich sie gesehen hatte. Und mit wem. Ich war Odile auf dem Dorffest begegnet, auf das Sie mich neugierig gemacht hatten. Wie Sie vielleicht schon wissen, hatten wir sympathisiert. Ich fand Odile schön und reizvoll zwischen ihren beiden Begleitern. Der eine jung und eher zurückhaltend, fast verdrossen. Der andere im sogenannten besten Alter. Sicher und elegant wirkend trotz saloppen Jeans und weitem Sweatshirt. Mit dem letzteren habe ich meine Französischkenntnisse aufpoliert. Er war ein brillanter Gesprächspartner. Ich fühlte mich sehr geehrt, als er mir mit wohllautender Stimme einen Vortrag über den Stellenwert der französischen Kultur im technologischen Zeitalter hielt und mich darauf höflich um meine Meinung als aufgeklärte Außenstehende bat.

Sie haben es erraten: Es war „Monsieur“, wie wir ihn in unserer Sprachregelung zu nennen pflegen.

Eine seltsame Spannung knisterte zwischem dem Trio, in dessen Mittelpunkt Odile stand. Wie gesagt, Odile war sehr schön an jenem Abend. Die ganze Männlichkeit des Dorffests schwirrte um sie herum. Was sie nicht zu bemerken oder vielmehr ganz natürlich zu finden schien. Monsieur nahm dies zum Anlaß, um leutselig über die verführerische Dorfhexe Odile zu scherzen.

Ich sah Odile den Kopf zurückwerfen, mit einem halb triumphierenden, halb mißtrauischen Lächeln. Monsieur und Odile, Odile und Monsieur. Ein seltsames Paar. Obwohl das Wort „Paar“ genausowenig auf die beiden paßte wie das Wort „Duo.“ Ich hatte den Eindruck, einem Duell beizuwohnen, einem Machtkampf zwischen zwei Gegnern, die sich ungemein voneinander angezogen fühlen. Die gegenseitige Verführung schien genauso zu diesem Zweikampf zu gehören wie das Kreuzen intellektueller Waffen.

Das ging aus der Art hervor, wie sich Odile und Monsieur miteinander unterhielten, sich gegenseitig überwachten, umlauerten. Auf eine Gelegenheit warteten, um den anderen zu verblüffen, zu blenden, zu erobern. . .

Irgendwie schienen die beiden gut zusammenzupassen. Sie hatten beide etwas Überzüchtetes an sich, eine Art von „fin de race", übersensibel und ungeheuer selbstbewußt.
Ittel wirkte absolut nicht als der „Dritte im Bunde." Er schien eine untergeordnete Rolle zu spielen, war so etwas wie ein geduldetes Anhängsel. War das nur eine Fassade? Eine Rolle? Die badische Kollegin glaubte in Ittel eine selbst auferlegte Zurückhaltung zu spüren, ein gerüttelt Maß von ungenützter Energie, von der er vielleicht selbst nichts wußte oder wissen wollte.
Was mich anbelangt, so war und bin ich nicht eigentlich fasziniert von Monsieur im üblichen blindergebenen Sinn. Ich möchte nur gerne wissen, was in ihm vorgeht. Wie weit er sich gehen läßt, lassen will, lassen kann. Worauf er eigentlich Lust hätte. Ob er den Status quo des elsässischen Aufenthalts begrüßt, überwindet, zum Vorteil gestaltet. Ist seine Bewußtwerdung weiter fortgeschritten, und inwieweit ist das für Sie wahrnehmbar?
Und Odile? Welches Spiel will sie nun spielen? Wohin treiben sie die widersprüchlichen Motivationen, die aus ihrer Doppelrolle entstehen? Und in welchem Maß kontrolliert sie ihre Beziehungen zu Monsieur?
Sie sind eigentlich, wie schon gesagt, ähnliche Charaktere, was ihren Intellekt, ihre Selbsterkenntnis, ihre Selbstbeherrschung angeht. Wie weit wird sie sich gehen lassen und ihre Faszinierung durch Monsieur und die Faszination, die sie selbst auf ihn ausübt, auskosten? Natürlich dürfen ihre besondere Ei-

genschaft als „Hexe" und die sich daraus ergebenden Kräfte und Überraschungsmomente nicht außer acht gelassen werden. Aber wie weit sind diese Zauberkräfte hilfreich und wie weit ein Hindernis? Wäre Odile ohne diese Zauberkräfte nicht genauso faszinierend und rätselhaft? Möchte sie das nicht einmal ausprobieren? Wie gerne würde ich sie aus der Zwangsvorstellung des Autors befreien. Er mag dies als einen leisen Wink hinnehmen. . .

Seit dieser ersten Begegnung auf dem Dorffest hatten wir uns nicht mehr gesehen. Und jetzt stand Odile vor mir, am Strand der Promenade des Anglais. Allein. Was wollte sie hier? Was wollte sie von mir?

Sie setzte sich an meinen Tisch. Wir tranken und plauderten Unverfängliches. Keine von uns beiden hatte ein Hotel reserviert. Da kam es von ganz allein, daß wir uns zusammentaten.

Seitdem waren wir fast unzertrennlich. Wir sind gerne zusammen, lieben dieselben Spaziergänge, lieben den Geruch von Sonne und Meer auf warmen Steinen, von Mimosen und frühen Nelken, von bitterwürzigen Kräutern, wie sie auf den Höhen um Nizza wachsen. Wir sprechen nicht von daheim, vom Elsaß oder dem Badischen. Das ist keine Verabredung, eher eine instinktive Übereinkunft.

Wir schweigen gerne zusammen. Machen Ausflüge in die nähere Umgebung. Nach Vence, wo wir das Haus besuchten, in dem René Schickele seine letzten Lebensjahre verbracht hat. Die Wohnblocks haben knapp davor haltgemacht. Ein schönes Haus, aus rotem Stein, wenn ich mich recht erinnere, mit einer

fast abweisenden Fassade zur Straßenseite hin. Offene Loggien und Veranden auf der Gartenseite mit einem weiten Blick über die grüne, wellige, pinienübertupfte Provence. Ich pflückte mir heimlich eine Zitrone in Schickeles ehemaligem Garten . . .
Und ich fragte mich: Wie würde Schickele heute auf das elsässische Problem reagieren? Sähe er das Elsaß noch als eine geistige Landschaft, in der Gegensätzliches harmonisch zusammenwachsen könnte, sollte? Oder würde er feststellen, daß diese Chance verpaßt ist, daß andere, gravierendere Probleme auf uns zugekommen sind: Die halbe Welt verhungert, die Genetik explodiert, Big Brother is watching you, und am atomaren Pulverfaß brennt schon die Lunte . . .
Und da kommen ein paar elsässische Wirrköpfe, kramen antiquierte Utopien aus dem Vorkriegsfundus und schieben armselige Bremsklötzchen unter das Rad der Geschichte . . . Wenn sie noch das Volk hinter sich hätten, ja dann . . .
Leben, würde er vielleicht sagen, einfach versuchen zu leben, solange es noch erlaubt ist, das „art de vivre" kultivieren, aus seinem Leben ein Kunstwerk machen. Laden uns nicht Picasso, Matisse und Co. hier dazu ein, und das romanische Flair und die mediterrane Weltoffenheit, die sich auf die Selbstverständlichkeit einer alten Kulturlandschaft stützt? O Sehnsucht der Germanen . . .
Oder habt ihr doch recht, ihr Starrköpfe, ihr verbohrten Nein-Sager, vielleicht gelingt es euch doch, den Untergang einer Kultur und eines Volks zu verzögern, wenn nicht gar zu stoppen?
Viele Fragezeichen. Aber wo sind die Wege?

Odile hat mich auf meiner Wallfahrt begleitet. Sie lächelt nachsichtig über meine Nostalgie. Hat sie auch mein heimliches Zwiegespräch mit Schickele belauscht? Sie wirkt gelöster, fast glücklich. Als ob jemand eine Entscheidung für sie getroffen hätte.
Gestern hat sie nach Hause telefoniert. Sie habe mit Ittel gesprochen, war alles, was sie mir sagte. „Ittel“, wiederholte sie. Es klang halb fragend, halb staunend.
Wir werden wohl nicht mehr lange zusammen Ferien machen. Odiles Aufenthalt an der Riviera scheint seinem Ende entgegenzugehen. So wie der meine. Ich werde die letzten Ferientage mit so viel Schönem ausfüllen, wie ich nur kann.
P.S. Ich beneide euch, ihr Unruhigen, Unsicheren, Zerrissenen, euch Traumtänzer. Wie eure Geschichte auch ausgehen mag, laßt sie mich mit euch teilen.

DER AUTOR

Ja, nun ergäbe sich die Notwendigkeit, diese Hühner- und Hasengeschichte flugs zu beenden, denn der Autor geht mit Ittel einig, daß, taktisch und strategisch gesehen, die Aktion „Kleinvieh" ein Irrtum war, daß sie in eine Sackgasse führt, daß sie zum gordischen Knoten wurde, der nur noch auf radikalste Weise zu lösen wäre. Vom politischen Standpunkt aus gesehen, ist die ganze Geschichte sowieso schon lange verfahren, da die Geisel, seit ihrer Ablösung auf höchster Ebene, praktisch nutzlos geworden ist. Im Grunde genommen handelt es sich nur noch um das Selbstwertgefühl der beiden elsässischen Geiselhalter, denn in der Außenwelt hat sich nichts geändert: Die elsässische Ohnmacht liegt weiterhin am Busen der Pariser Macht, begierig die Milch der gallischen Denkungsart einsaugend, sich immer mehr zurückbildend, bald nur noch ein Embryo sein werdend, sich in den fremden Uterus verkriechend, um dort zu einem neuen, geläuterten Wesen auszuwachsen.
Machen wir nun Schluß, aber wie? Möglichkeiten gäbe es einige, und zu handeln wäre sofort, solange Odile sich mit der badischen Kollegin auf kultureller gräkoromanischer Sight-seeing-Tour befindet; solange beide Frauen sich an provenzalischen Düften

berauschen und als echte Germaninnen, als Westgotin und Burgundin, dem südfranzösischen Zauber verfallen. Wie gern hätten sie womöglich den Bloderschemer Gefangenen bei sich, als Cicerone oder gar als Gespiele, höhnt der eifersüchtige Autor. Wenn der wüßte, wie würde sein Hals vor Genugtuung anschwellen, dennoch gesiegt zu haben, obwohl hier im teutonischen Blodersche Wotan unter seinen Getreuen wütet und es ihm wohl auch noch an den vornehmen Kragen gehen könnte?
Denn unterdessen hat sich die eine Möglichkeit verselbständigt, hat Joss, der deutsche Schäferhund, zur nächtlichen Stallwache abkommandiert, einen Tollwutanfall bekommen, und während Ittel von den Stammtischgästen tüchtig auf den Arm genommen wird, im Stil: ,,den feinen Vogel gehätschelt, als wär 's eine Nachtigall, und dann ist draus ein Kuckuck geworden, ausgeflogen jetzt, und das Nest ist leer, wo kriegen wir nun einen Maire her'', würgt der radikale Bluthund ein Viech nach dem anderen ab. Das flattert wild durcheinander, welch ein Heidenlärm, Flügel verheddern sich ineinander, Schnäbel bohren sich in Mauerfugen, Krallen schlagen sich in Balken, menschenähnliches entsetztes Gekreische, abgewürgtes Krähen; und die Rammler trommeln verzweifelt Notsignale in die Nacht, verkriechen sich unter die Lattenroste; doch der wildgewordene Hund hat Tigeraugen, die die Dunkelheit durchbohren, keine Beute entgeht ihm, nun bekommt er auch noch Flügel, schwebt durch die Finsternis, reißt die Flüchtigen vom Gebälk und aus den Mauerfugen, knackt Schädel, bricht Rückgrate,

wirbelt schon Leblose noch einmal in die Höhe, hat die Schnauze voll Federn und Pelzfetzen, watet bald in Gekröse und Blut; und der Mond bricht plötzlich herein, sucht scheinwerferartig nach dem Majestätsgockel, erfaßt ihn, und nun müßte der Endkampf beginnen. Wollen wir ihn beschreiben? Nein, es kommt nicht zum Endkampf: Joss läßt sich Zeit, zuerst muß die Todesangst des Erzfeindes voll ausgekostet werden. Und sie stehen sich lange gegenüber, bis der Hahn spricht: „Warum suchst du dein eigenes Volk heim? Warum vergönnst du ihm das Glück, in meiner Geborgenheit zu leben? Nun hass' mich doch! Nun töte mich! Ich werde mich nicht wehren. Das kannst du aber nicht, da auch du mich liebst, ohne es wahrhaben zu wollen." Da fängt der Mondstrahl zu rotieren an, und es entsteht ein Lichtsog, in dem der Hahn gegen Himmel fährt, während der Hund wie ein mondsüchtiger Steppenwolf jault.

Wir holen nun den angetrunkenen Ittel nach Hause. Der schaut sich das Resultat der Blutorgie mit Entsetzen an, scheint sich dann in das Unabänderliche zu schicken, gibt dem Hund, der seine Schnauze an Ittels Schenkel reibt, einen zornigen Fußtritt, fragt sich dann, wie er die Kadaver wegschaffen könne, findet keine befriedigende Antwort, geht angewidert auf sein Zimmer, besäuft sich vollends und schläft ein.

Am anderen Morgen großes Wehklagen im Lande: Mysteriöse Krankheit rafft in einer Nacht die Elite des Landes dahin. Ein ebenso mysteriöses Telegramm landet auf dem Schreibtisch des Staatschefs:

Läßt du jetzt mein Volk heimziehen, Pharao? Am Mittag erreicht auch Ittel ein Telegramm: Odile hat sich von einem Felsen ins Meer gestürzt. Darauf erschießt Ittel den Hund Joss, setzt den roten Hahn auf sein Scheuerdach und . . .

Neinneinnein, so geht das nicht. Die berauschte Phantasie des Autors schlägt da unannehmbare ugandische Purzelbäume. Ich schreie ihn an: Du solltest dich schämen, als Christ, als Elsässer, als Trotzdem-Franzose, als Europäer, als . . . Er hält mir die Freiheit des Schriftstellers entgegen, faselt von höheren Absatzzahlen, spricht von der defrustrierenden Wirkung solcher Phantasmen . . . Ich aber nehme ihm die Whiskyflasche weg, halte ihm den Kopf unter den Wasserhahn, dann eilen wir in die Scheuer, erwecken die Toten, ziehen den Hahn am Mondstrang herunter, schicken das Hühnervolk auf seine Stecken, die Hasen in ihre Ställe, den Hund in seine Nische und sagen: Nix ist passiert, das war bloß ein wüster Deutscher-Schäferhund-Alptraum. Gute Nacht, ihr lieben Tiere.

Nun gäbe es eine zweite Möglichkeit: Ittel kommt mit einem bösen Rausch nach Hause, wie einer, der nicht genug und doch zuviel gesoffen hat. Zudem sitzen die Sticheleien der Stammtischgäste wie giftige Dornen in seiner Seele. Er geht auf sein Zimmer und versucht, deren ätzende Wirkung durch Mirabellenschnaps zu dämpfen. Das gelingt ihm aber nicht, macht ihn im Gegenteil nur noch wütender.

Er schnappt sich einen tönernen elsässischen Don Quichotte vom Regal und holt zum Wurf aus. Doch sein Ebenbild schaut ihn mit so traurig-verwunderter Miene an, daß Ittel den irdenen Illusionisten vor sich auf den Tisch stellt und ihn anfaucht: Du bist es, du Heringsseele, du bist es, der mich angesteckt hat! Du hast mich auf diese unmögliche Reise geschickt, mit Pappdeckel gepanzert und einem Besenstiel als Lanze, dem Kopf voller Windmühlen und einer Hexe als Dulzinea, du Spinner, du Tagträumer! Und sag mir, wo ist sie jetzt, Dulzinea? Hat mir den Gockel zurückgelassen und ist mit dem Platzhirsch weg. Sicher hat sie sich mit ihm dort unten getroffen. Hat mich mit ihrem Hokuspokus hinters Licht geführt, so daß ich glaube, ich hätte das Elsaß mitsamt seinem Gebieter in meiner Gewalt, und in Wirklichkeit ist 's nur gemeines Feder- und Pelzvieh. Aber war 's nicht immer so, haben uns nicht immer die Frauen verraten, verkauft, ausgeliefert? Wo bist du, Joss Pansa, komm 'rauf und hilf mir klar sehen! Aber du bist ja gar kein Pansa, du bist genauso ein elsässischer Spintisierer wie ich und der da, den Schädel voller Wahngebilde und 'ne Heugabel als Geschirr, mit der wir immer wieder unsere Utopien zusammentragen, und dann hocken wir auf diesem Misthaufen und glauben, es sei das Rheingold. O je, wir stupiden Aftergermanen, aus zweiter, dritter und sogar vierter Hand! Täten wir's doch wie unsere vermaßten Landsleute, verlegten uns auf den exklusiven Lebensgenuß, gut essen und gut trinken! Apropos essen, wie wär 's mit einem Coq-au-vin, mit einer Hühnerbrühe, mit einem Putenfrikassee, mit einem Hasenpfeffer, mit einem Gänsebraten, ja, wie wär 's? Dann gäb 's Ruhe im

Stall. Dann wären wir sämtliche Probleme los. Ja, wie wär 's.
Unterdessen ist Ittel aufgestanden, hat die Kaffeekanne geholt, die ganze Kanne kalt leergetrunken, einen klaren Kopf davon gekriegt, diesen Kopf noch zusätzlich unter den Wasserhahn gehalten, bis auch der leichte Taumel weg war. Und unterdessen ist dann auch Don Quichotte aufs Regal zurückgeritten, hat die Kirchuhr vier geschlagen. Wird Ittel sich jetzt schlafen legen? Nein, ein neues, bisher nie gekanntes Lebensgefühl hält ihn wach. Jetzt muß es geschehen, sagt er sich. Jetzt oder nimmer. Frei werden vom Alp. Frei werden von Odile. Frei werden vom Elsaß. Frei werden von Frankreich. Frei werden von Ittel. Rückfindung zum Aufschlager . . . Der Gang in die Scheuer. Der Griff zum Lichtschalter. Kurzes Geschnatter und Gegackere. Der Hund hebt den Kopf, wedelt mit dem Schwanz. Ittel setzt sich in die Schubkarre. Metzgen, denkt er, das ist die Lösung. Schlachten, sagen die Deutschen, welch häßliches Verb: schlachten, abschlachten, Schlacht, Schlächter . . . Alemannen metzgen, sie schlachten nie. Wie doch stammeseigene Termini aufschlußreich sein können. . .
Aber was metzge ich zuerst? Feder oder Fell? Du, da gibt 's Arbeit für ein paar Tage. Wenn das Abziehen der Felle nicht wär', das Federnrupfen. Mußt Wasser zum Brühen aufsetzen, Ittel. Und den Tiefkühler ausräumen. Ist ja gar nicht Platz genug darin. Vielleicht kann der Mathis aushelfen. Oder ich verkaufe alles am Wochenende auf dem Markt. Schildchen auf den Tisch gestellt: Nur Bio-Fütte-

rung! Ja, aber was haben sie vorher gefressen? Wem aus der Hand gefressen? Was für Pfründe leergefressen? Wie viele Erbstücke angefressen? Wieviel Gift aufgefressen und was alles ausgefressen? Ist doch egal, dies Volk hat einen soliden Magen, es verschlingt und verdaut sogar die eigenen Auswüchse.
Also metzgen. Aber nun stellt sich die andere Frage: Und wenn Odile mich doch nicht hinters Licht geführt hat, was metzge ich dann? Den Hasen oder den Senator? Das Huhn oder die Schuldirektorin? Die Gans oder die Kulturmissionarin? Kann mir da ein Ethnologe, ein Biologe, ein Theologe Aufschluß geben?
Ittel liest aus den Augen und hört aus dem Knurren des Hunds die logische Antwort heraus: ,,Laß doch die dumme Fragerei. Was siehst du hier: Geflügel und Hasen. Was sie in einem früheren Leben waren, das ist nicht dein Problem.“
Ittel gibt ihm einen Fußtritt: ,,Und du bist nichts weiter als ein dummer Hund, oder? Und warum räumst du hier nicht selber auf? Kss, kss, kss, faß doch, Joss!“ — ,,Hab ’s versucht“, murrt der Hund, ,,hat nicht geklappt. Du bist der Boß hier, nicht ich.“
Versucht’s Ittel nun, macht er eine Probe? Schnappt sich den fetten Rammler dort, hebt ihn an den Hinterpfoten hoch und setzt ihm mit der Handkante den tödlichen Genickschlag? Nein, der Hase dauert ihn, jetzt macht er auch noch Männchen und guckt Ittel so treuherzig an. Versucht er ’s mit einem Huhn? Hackklotz und Beil her? Ittel schüttelt sich, angewi-

dert. Unsinn, die Metzgerei! Verkaufen wir das Vieh lebend auf dem Markt. Aber wie das alles in die Körbe bringen, ganz allein, ohne Hilfe? Am besten wäre, einfach die Hintertüre aufzumachen und, wenn's Tag wird, alles ins Feld hinauszuscheuchen, werde dann draus, was wolle. Den Hund auch. Der will aber nicht weg, springt Ittel an die Kehle, droht zuzubeißen, bis Ittel verspricht, ihn bei sich zu behalten. Dann legen sie sich beide schluchzend auf den Heuhaufen, wo sie ein traumloser Schlaf überwältigt.

Schalten wir auch diese Möglichkeit aus, sie ist nicht zufriedenstellend, denn sie wird Ittels Image, so wie es dem Autor vorschwebt, gar nicht gerecht. Ittel wird es wohl auch so empfunden haben, denn nun hockt er im Meditationssitz auf seiner Bude, wie er es mal in Zen-Kursen gelernt hat, trainiert seinen Willen, schärft seinen Geist und merzt alles Jammerläppische aus, das noch an den Schwungfedern seiner Psyche haftet.

Während Ittel sich also eine neue Persönlichkeit aufbaut und sich darauf vorbereitet, aus sich heraus- und an seiner Verantwortung emporzuwachsen und dem Geschehen seinen eigenen Stempel aufzudrücken, spielt der Autor eine dritte Möglichkeit ein, von der er zwar nicht viel hält, er will aber nichts unversucht lassen, auch das Absurdeste nicht.

So schickt er den Majestätsgockel auf seine alltägliche Huldigungspromenade, dieser neigt zwar gönnerisch den Kopf nach rechts und nach links, doch diesmal läuft das Volk nicht zusammen, steht nicht

Spalier, grüßt nicht, trommelt nicht, kurzum, es ignoriert ihn völlig. Die Hühner picken Körner und scharren im Staub; die Hasen mümmeln an den Karotten 'rum; die Truthähne kehren ihm ostentativ ihr Hinterteil zu; die Gänse schnattern auf ditsch. Zorn übermannt ihn, er spreizt drohend die Flügel und schmettert ein gebieterisches Cocorico in die Arena. Doch das scheint niemandem zu imponieren, und die elsässischen Hähne foppen ihn sogar mit schrillen Kükürüküs. Wird er sich nun zu Tode krähen wie der alte Mathis? Nein, er zieht sich behutsam in seinen Verschlag zurück, versucht heimlich, die Kükürüküs nachzuahmen, sich sagend: Geben wir uns tolerant, gehen wir scheinbar auf ihre Forderungen ein, bevor sie noch radikalere stellen, die Zeit spielt sowieso für uns! Und seht: Schon horcht das Volk freudig auf und schart sich um den Verschlag. Und was werden wir morgen in der Zeitung lesen, und was werden Funk und Fernsehen der erstaunten Außenwelt zu berichten wissen: Der von der elsässischen Bevölkerung und seiner politischen Repräsentation einmütig und eindeutig vorgetragenen Forderung einer kulturellen Autonomie für das Elsaß wird von der Regierung stattgegeben . . . Das Geflügel und das Hasenvolk schauen den Autor ganz verständnislos an. Nur der Hund scheint sich zu freuen und leckt ihm die Schreibhand ab. Und der Autor schleicht sich beschämt aus der Scheuer. Ist Ittel nun bereit, nach seinem eigenen Gesetz zu handeln? Er ist es. Mit dem Schweißbrenner knackt er den Panzerschrank in Odiles Zimmer. Wo vor Jahren die Louisdors und die Napoleons eines reichen Krautbauern verwahrt waren, liegt nur noch eine seltsame Ledermappe, auf der kabalistische Zeichen eingeritzt sind. Ittel öffnet die Mappe. Empfindet er eine gewisse Scheu bei der Enthüllung des großen Geheimnisses? Mitnichten, denn befreit er dadurch nicht seine Geliebte, sie dem Gesetz der dunklen Mächte entziehend? Und befreit er sich nicht selber von einem Alp, einer Chimäre? Das kann doch alles nicht wahr gewesen sein, sagt er sich. Geh nie an den Schrank, hatte Odile zu ihm gesagt, es könnte Unheil bringen. Quatsch, sagt sich Ittel. So was gibt 's doch gar nicht. Ins Feuer mit dem Hokuspokus, damit hier endlich mal geregelte Zustände herrschen!

Zuoberst in der Mappe liegt ein Heft. Ittel erkennt Odiles Schrift. Aha, die Familienchronik, mal schnell durchblättern. Sakra! Die Genealogie reicht bis in die Keltenzeit zurück. Da war eine Priesterin aus dem Orient ins Land gekommen, erfahren wir, eine Galaterin namens Rosmerta, um in diesem Land — auf wessen Geheiß? — ein Volk zu schaffen, dem ein besonderes Schicksal zu eigen sein würde. Hm, sagt sich Ittel, die Juden hatten den Moses, wir die Rosmerta. Wer hat am besten abgeschnitten? Die Geschichte beginnt eigentlich mit einem Treuebruch: Rosmerta schläft zuerst mit Ariovist dem Sueven, um ihn dann mit Julius Caesar zu betrügen. Man gibt die Gründe an: Rom ist die stärkere, ist die ordnende Macht. Zuerst muß die Zivilisation her, bevor das Elsaß sich den Germanen hingibt. Das Elsaß also von vornherein auf Seitenwechsel programmiert. Wer experimentiert da mit uns? Und

wie wird die Sache nach zweitausend Jahren ausgehen? Wird man eine Fehlentwicklung feststellen müssen, die in eine Sackgasse führt?
Rosmertas Tochter heißt Gaia. Welches ist ihre Spezialität? Der Synkretismus der Völker und Religionen. Schon damals also die phantastische Verdauungskraft des alsatischen Magens. Positives wiegt Negatives auf. Ittel begreift nun ein Manches und ist auch nicht weiter erstaunt, als er beim Umblättern auf eine Gallica stößt, die urplötzlich den Namen wechselt und sich fortan Irmgard, die Alemannin, nennt. Aha, die Römer haben ihre Pflicht getan, nun dürfen die Germanen kommen, nun sind sie endgültig da, und die elsässischen Frauen ordnen sich den neuen Herren unter.
Es würde Ittel jetzt nicht wundern, wenn eine Nachfahrin Irmgards nun mit den Franken anbändelte. Da haben wir sie: Freya schläft mit dem Frankenkönig Chlodwig, in dem sie den Ordner Westeuropas erkennt. Mit den Alemannen war halt politisch nichts los, das war ein agrarischer, vom Kantönligeischt besessener Haufen. Freya läßt sich dann auch taufen und legt ihr Amt als Priesterin nieder. Hofft sie, Chlodwig würde sie heiraten und zur Königin krönen und sie würde als Heilige in Frankreichs Geschichte eingehen? Alemannische Vorbestimmung und fränkische Realpolitik wollen es anders, und so wird die Burgundin Clothilde an Freyas Stelle Frankreichs erste Königin und königliche Heilige.
Wir sind nun gespannt, wie Odile den Übergang vom Priesteramt zur Hexerei erklärt. Freyas Uren-

kelin Heilwig ist die erste, die sich den Titel ,,Hexe" zulegt. Odile stellt Fragen: Geschah dies aus Trotz, weil die neue Religion keine Frauen zum Priesteramt zuließ? War es eine nostalgische Herausforderung an die Evolution? Oder die Folge einer möglichen Verketzerung? Und warum hat sie sich nicht nach alter keltischer Tradition Fee genannt? Heilwig verläßt auch den Berg Altitona, seit Rosmertas Zeiten Stammsitz ihres Geschlechts. Auf dem heiligen Berg läßt sich jetzt die Grafenfamilie nieder, aus der die heilige Odilia geboren werden wird. Und Heilwig zieht sich in den Illwald bei Schlettstadt zurück, verfeinert die überlieferten Zauberpraktiken und verfertigt das Hexenpatent.
Blättern wir weiter, das Mittelalter interessiert uns nicht, auch nicht die Renaissancezeit, da müssen die Hexen sich als Nonnen getarnt haben, um zu überleben. Auch schien eine Einflußnahme auf das Geschehen nicht notwendig gewesen zu sein. Man war anscheinend mit der politischen und kulturellen Sachlage zufrieden. Die erste Franzosenzeit nun. Da tauchen sie wieder auf: Jakobine heißt eine von ihnen, rot unterstrichen. Sie sitzt im Münster auf dem Thron der Göttin Vernunft, spielt die Egeria der Abgesandten des Robespierre und wird dennoch in Paris guillotiniert. Man traut ihnen halt nie, den Elsässern, besonders wenn sie sich zu patriotisch gebärden.
Im 19. Jahrhundert gibt's nichts Besonderes. Die Hauptlinie ist ausgestorben, man greift auf eine Nebenlinie zurück. Aus der wird dann Bereswinde geboren. Der Titel ,,Hexe" wird aus Traditionsgrün-

den beibehalten, öffentlich wird aber kein Gebrauch davon gemacht. Bereswindes Affäre mit Wilhelm Zwo ist uns bekannt. Wichtig an dieser Sache ist, daß hier zum erstenmal Stellung gegen die Machthaber bezogen wird. Von Bereswindes Tochter Herrad wissen wir auch bereits, daß sie Pech mit einem Herrn Hitler hatte. Hier erfährt man nun, daß sie vor dem Krieg die Geliebte eines namhaften elsässischen Autonomisten war und bei einem Verhör von einem französischen Polizeikommissar mißbraucht wurde. Herrad gebiert Attala neun Monate später. Vater unbekannt. Attala verhält sich politisch neutral, will nichts von der Zauberei wissen, heiratet einen Parapsychologen, und beide schenken uns dieses herrliche Geschöpf, das Odile heißt (Originalton Ittel).

Der Autor macht hier den Leser darauf aufmerksam, daß diese Nebenlinie ihre sämtlichen Vornamen aus der elsässischen Heiligenlegende bezieht, die sich um den Odilienberg rankt. Bereswinde war die Mutter der Heiligen, Attala und Herrad Äbtissinnen des Klosters. Geschah dies aus Opportunismus, oder haben wir es mit einem besonderen Auftrag der Schutzpatronin des Landes zu tun? Heilige sind, wie man weiß, politisch naiv und unerfahren in Kultur- und Sprachkämpfen. Auch wissen sie im Elsaß noch nichts von der Befreiungstheologie des Leonardo Boff. Der Autor läßt die Frage offen.

Das Blatt „Odile" ist unbeschrieben. Ittel nimmt einen Filzstift und schreibt mit dicken Buchstaben drauf: Ich liebe dich. Je t'aime. Ittel.

Da sitzt er nun und staunt und staunt. So war es also. Ein zweitausend Jahre alter Versuch der Geschichte, hier am Rhein etwas zu schaffen, daß es nicht geben kann. Ist der Versuch nun mißglückt, oder wird er weitergehen? So wie bisher wird es nicht weitergehen können, sagt sich Ittel, denn ich habe ja den Schlußstrich drunter gezogen. In zwei Sprachen. Und er wiederholt: Ich liebe dich. Je t'aime.
Und was liegt nun zuunterst in der Ledermappe? Ein uraltes Pergament, mit roter Tinte vollgekritzelt. Oder ist es Blut? Und was für Schriftzeichen entdecken wir hier: altsemitisch, Unzialschrift, Runen, gotisch, karolingisch! Ittel vermag nichts zu entziffern, aber er begreift sofort, was für eine Bewandtnis es mit diesem Pergament hat: Das ist Heilwigs Hexenpatent. Sakra! Ins Feuer mit ihm!
,,Wär 's nicht schade, dieses einzigartige Dokument zu verbrennen? Das ist ein äußerst wertvolles Stück Menschheitsgeschichte. Jedes ethnologische Museum würde dafür ein Vermögen ausgeben", sagt die alte Frau, die in einer Ecke von Odiles Zimmer sitzt. ,,Sie sind Bereswinde", sagt Ittel, ,,ich erkenne Sie. Odile hat oft von Ihnen geprochen. Oder hab' ich es geträumt?"
,,Ja, ich bin Bereswinde. Und was wirst du nun tun?" Ittel antwortet: ,,Ich will Schluß machen mit dem Zauber. Ich will mit ehrlichen Waffen kämpfen. Und bald soll die ganze Welt erfahren, wer hier von wem und zu welchem Zweck gefangengehalten wird." Bereswinde steht auf. ,,Es soll nach deinem Willen geschehen. Was du nun tun willst, tue es

bald, solange die Kleine weg ist. Aber bitte, verbrenn' das Dokument nicht. Gib es mir. Weißt du, wir Alten hängen an solchen Sachen."
Ittel kommt sich wie in einem Märchen vor, umsomehr als die gute Hexe nun plötzlich wieder verschwunden ist, das Pergament ebenso, und das Licht ist ausgegangen, und der Mond fährt mit einem Finger über Ittels Liebeserklärung. Da klopft es an der Türe. Ittel öffnet. Joss steht vor ihm. „Du brauchst mich, Ittel?" Die Busenfreunde fallen einander in die Arme. Gleich aber reißt sich Ittel los: „Der Gockel! Ich muß nach dem Gockel schauen!" Joss beruhigt ihn: „Den Präsidenten meinst du? Der ist auf seinem Zimmer oben. Ich hab' ihn vom Hof aus gesehen. Er steht am Fenster, ein Buch in der Hand. Aber wo ist Odile?"
„Ich muß nach dem Vieh schauen", sagt Ittel. Er eilt am verdutzten Joss vorbei in den Hof. Ein warmer Wind weht Frühjahrsdüfte herbei. Die Scheuer ist leer, bis auf die Mathishühner und -häsinnen. „Merci, Bereswinde", seufzt Ittel erleichtert. Dem nachgeeilten und immer noch verdutzten Joss sagt Ittel: „Jetzt geht's aufs Ganze. Machst du mit? Wo sind die anderen? Das ganze Aufgebot muß her, und zwar sofort." — „Das wird nicht leicht sein", meint Joss, „die sind in alle Winde verstreut."
Ja, es wurde nicht einfach. Das Telefon lief heiß. Aber am anderen Abend traf schon der erste ein. Es war Gerber.

MONSIEUR

Montag. Dumpfes Erwachen aus einem Fiebertraum. Verworrene Bilder schwirren im Kopf herum. Fetzen aus einem Tier- und Greuelmärchen. Grimm, Perrault und Poe. Wie lange war ich krank? War ich überhaupt krank?
Habe soeben meine ersten Aufzeichnungen durchgelesen. Wie ich mich aus einem Dämmerzustand schrittweise ins Bewußtsein hineintastete. Wie diese junge Frau mich in ihrem Bann hielt, und wie ich versuchte, in dieser sonderbaren Beziehung die Oberhand zu gewinnen. Wie wir beide diese platonische Erotik hochzüchteten, bis zum Rand der Unerträglichkeit. Wie wir sie in kulturpolitische Argumentationen und Dispute kleideten, jeder auf diese Art das Angesicht zu wahren versuchend. Und wo ist sie jetzt? Hat sie während meines Fiebers am Bett gesessen? Nichts zeugt hier von ihrer Anwesenheit. Die Blumen in der Vase sind verwelkt. Sie stinken bereits.
Ich blättere um. Ich stelle fest, wie ich mich um Stil bemühte, als müßten diese Aufzeichnungen irgendwann einer Analyse und Kritik unterzogen oder einer Anthologie beigefügt werden. Warum schreibe ich jetzt weiter? Ist es ein Akt der Selbstbestätigung? Ein Versuch der Rechtfertigung? Was

brauch' ich mich zu rechtfertigen? Die Geschichte wird das schon besorgen. Wie sie es von jeher besorgt hat.

Denn ich weiß jetzt, wer ich bin. Die letzten Dunkelstellen sind weg, bis auf eine: die Entführung und ihre Begleitumstände bleiben mir ein Rätsel. Daß ich mit Psychodrogen vollgepumpt wurde, steht außer Zweifel. Wie aber kam ich aus dem von Lefuret gut abgeschirmten Wald heraus? Es muß eine Komplizenschaft im eigenen Stab gegeben haben.

Das letztemal, als ich an diesem Fenster stand, war Spätherbst. Die ersten Schneeflocken fielen. Jetzt fliegen Schwalben über den Hof. Es muß inzwischen also Frühling geworden sein. Da müssen inzwischen auch Neuwahlen stattgefunden haben. Warum dann behalten die mich hier zurück?

Die? Wer die? Odile habe ich heute weder gesehen noch gehört. Außer Ittel ist nun ein zweiter Barbar im Haus. Es gab ein dürftiges Frühstück heute morgen sowie ein mißratenes Mittagessen, beides von diesem Neuen aufs Zimmer gebracht. Der Kerl erinnert mich irgendwie an einen deutschen Schäferhund. Er hat einen schleichenden Raubtiergang und einen eiskalten Blick.

Ittel hängt den ganzen Tag schon am Telefon. Seine Strohhäckselsprache dröhnt bis herauf in mein Zimmer. Es bereitet sich etwas vor, das mit mir zu tun hat, aber was? Ich muß nun bald eine Entscheidung treffen. Zuerst aber muß die Außenwelt sondiert werden. Gott weiß, was da alles während meiner Abwesenheit passiert ist . . .

Wenn nur Odile da wäre. Ich weiß es nun: Sie war es, die mich schrittweise wieder zum Bewußtsein geführt hat. Hat ihre Abwesenheit womöglich diesen Komazustand ausgelöst, in dem ich mich allem Anschein nach seit Wochen oder gar seit Monaten befand? Unsinn, so was gibt 's doch gar nicht. . . Dieser Zeitschub aber vom Winter in den Frühling spräche dafür. Es bleibt also noch ein zweites Rätsel zu lösen.

Ein merkwürdiges Land, dieses Elsaß. Sagte mir nicht Odile einmal, daß man im Elsaß noch zu hexen verstünde? Daß es da ein besonderes Hexenwesen gäbe, das sich auf einer Ebene bewege, die jenseits von Gut und Böse im religiösen Sinn stünde. Daß es sich um eine Art von politischer Magie handele. Ich lächelte nachsichtig über solchen naiven Aberwitz. Wunschträumereien in elsässischen Kinderbettchen? Die Armen haben's aber auch nie leicht gehabt. Sie waren weder der preußischen Brutalität noch unserer eigenen Raffinesse gewachsen. Es wäre an der Zeit, daß man sie endlich von ihrem Zwitterzustand befreit.

Dienstag. Ich war die halbe Nacht mit dem Problem Odile beschäftigt. Ist sie meine Herausforderung, oder bin ich die ihre? Auf jeden Fall ist sie zur Schlüsselfigur in meiner jetzigen Existenz geworden. Die Gier, sie zu besitzen, wächst in mir in gefährlicher Weise an. Warum gebrauchte ich jetzt den Ausdruck „in gefährlicher Weise?“ Wohl weil es nicht nur eine Gier ist . . . sondern auch Liebe. Liebe verträgt sich nicht mit Kalkül. Liebe verträgt

sich nicht mit Machtdenken. Wie werde ich die Emotion los?
Wichtiger Tag, heute. Ich war im Dorf. Als ich die Treppe hinunterstieg, hing Ittel immer noch am Telefon. Er bedrohte mich mit seiner Waffe. „Lassen Sie doch den Unsinn“, sagte ich zu ihm. „Wenn mich auch kein Glücksgefühl an dieses Haus bindet, so doch die Neugier, wie Sie diese Sache zu Ende zu spielen gedenken.“
Es ging auf Mittag zu. Die Kinder kamen aus der Schule. Sie blickten mich mit scheuen Augen an. Einige Frauen standen vor der Metzgerei. Sie grüßten leicht verwundert, aber doch freundlich. Im Tabakladen kaufte ich Le Monde. „Wir haben Sie vermißt“, sagte die Frau. „Ist Odile auch zurück?“ Als ich auf die Straße trat, bemerkte ich den zweiten Barbar, der mir gefolgt war. Es war recht warm heute. Ich setzte mich auf eine Bank, dem Denkmal gegenüber. Da fuhr ein Windstoß über den Platz. Mir war, als hätte ich deutlich den Ruf „Itti tuda!“ gehört. Wahrscheinlich letzte Fetzen der Drogeneinwirkung. In der Zeitung erfuhr ich den Namen meines Nachfolgers. Wie soll ich mich zu ihm äußern? Nicht. Ich trete hinter der Staatsräson zurück, zumindest solange die Lage hier nicht geklärt ist. Und dann erfuhr ich, daß er in den nächsten Tagen ins Elsaß kommt. Zur Jagd im Illwald. Wird sich hier der Kreis schließen? Das Rätsel gelöst werden? Alles sich als ein Traum erweisen?
In der „Délivrance“ ißt man sehr gut. Der Wein war ein Gedicht. Der Wirt ein bißchen zurückhaltend, aber doch freundlich, wie vorhin die Frauen.

„Machen Sie uns wieder mal einen Besuch?" Jacques Mathis stand an der Theke im regen Gespräch mit dem Wirt, der ihn mit „Herr Maire" ansprach. Der Mathis nickte mir nur kurz zu. Hatte ich hier nicht vor ein paar Wochen, oder sind es schon Monate her, einen großen Auftritt?
Ich schlenderte dann durch die Obstgärten hinter dem Dorf, den Barbar wie einen Schatten hinter mir herziehend. Belebende Frühlingsdüfte. Wenn Odile da wäre, würde ich ihr ein Veilchenbouquet mitbringen. Ich versuchte, Klarheit in meinem Kopf zu schaffen, doch es gelang mir nicht. Nur jetzt die Contenance nicht verlieren. Zwei Stunden lang zog ich so durch die Feldmark. Jetzt bin ich müde. Hoffentlich werde ich gut schlafen.
Mittwoch. Ittel bedroht mich nicht mehr, wenn ich ausgehe. Ahnt er, warum ich gestern nicht geflohen bin? Sein Benehmen mir gegenüber hat sich auch verändert. Er tritt nicht mehr so rüpelhaft auf, ist sehr höflich geworden, manchmal sogar zuvorkommend, er sucht sich jedoch nicht anzubiedern. Der Bursche wird immer gefährlicher. Ich muß mich vor ihm in acht nehmen.
Laufend sind heute Freunde von ihm eingetroffen. Ich vermute jedenfalls, daß es Freunde und Gesinnungsgenossen sind. Ich habe sie bis jetzt nicht zu Gesicht bekommen. Sie hausen unten im Töpferatelier.
Ich war also zum zweitenmal im Dorf. Ein Skandalblatt behauptet, ich befände mich auf einer Weltreise, incognito, versteht sich, mit einer hübschen Elsässerin, die mich angeblich auf der Damwildjagd

verführt habe. Ich denke mit leiser Wehmut und mit beißendem Neid an mein reisendes, Flittermonate auskostendes zweites Ich.
Ich war in der 9-Uhr-Messe. Ich erinnere mich: früher, vor meiner Zeit, wurde sie auf deutsch gelesen; der Pfarrer ist nun meinem Rat gefolgt, sie ist jetzt ganz auf französisch. Wie schnell die alten Leute sich doch an unsere Sprache gewöhnt haben. Die deutschen Lieder hätte ich ihnen aber gelassen. Ich muß das dem Pfarrer bei Gelegenheit sagen. Man darf die einfachen Leute nicht zu radikal umpolen.

In der ,,Délivrance" gab es heute Damhirschragout mit Preiselbeeren. Schmeckte ziemlich exotisch. Dieser Jacques Mathis kam wieder ins Restaurant. Ich lud ihn zu einem Glas Wein ein. Er lehnte dankend ab. Daß dieser Mann nun Bürgermeister geworden ist, ist kein Gewinn für Blatterschem. Es fehlt ihm an Dynamik und Perspektive.
Machte einen ausgedehnten Spaziergang durch die Ortschaft. Rief alte Erinnerungen wach. Hörte wieder das Dröhnen meines Panzers, die Jubelschreie der Befreiten. Bis plötzlich dieser verdammte Windstoß kam, auf dem Kirchplatz, wie gestern, dieses hämische, haßerfüllte ,,itti tuda."
Warum kommt Odile nicht? Ich brachte ihr trotzdem einen kleinen Veilchenstrauß von meinem Spaziergang mit. Ich legte ihn in der Stube auf die Mozart-Schallplatte.

Donnerstag. Welch ein Tag! Das Spiel ist aus. Die machen ernst. Der Hof ist im Belagerungszustand. Alle Läden sind geschlossen. Auf der Anrichte in der Stube liegen Handgranaten. Das Hoftor ist mit Sandsäcken verbarrikadiert. Sechs Kerls sind da, alle bewaffnet; die einen tragen nach Cowboyart eine Pistole im Halfter, die anderen haben sich eine MP umgehängt. Das Frühstück bekam ich aufs Zimmer gebracht, dazu den Befehl, mich für zehn Uhr bereitzuhalten. Um zehn wurde ich dann auch abgeholt und in die Scheuer geführt.

In der Scheuer steht jetzt ein langer Tisch mit sechs Stühlen, davor ein Tischchen mit einem Stuhl. Setzen Sie sich, hieß es. Aha, ein Fehmegericht, dachte ich laut. Sie antworteten nicht. Ittel gab mir Schreibzeug und Papier. Dann eröffnete der älteste, Gerber heißt er, die Sitzung.

Dies sei kein Volkstribunal, sagte er, man wolle mir nur kundgeben, warum man mich sequestriert halte. Dies sei eine sehr lange Geschichte, eine drei Jahrhunderte lange Geschichte. Man schenke mir die ersten zwei Drittel. Man werde sich nur das letzte, wichtigste vornehmen. Ich sei hier als Expräsident stellvertretend für alle meine Vorgänger sowie auch für alle meine Nachfolger. Ich fragte, warum neben mir nicht mein bundesdeutscher Kollege sitze sowie der Staatsratsvorsitzende des anderen Deutschland, die stellvertretend für die Herren Bismarck, Hohenzollern und Hitler wären? Mit diesen Herren habe das elsässische Volk schon abgerechnet, hieß es. Zudem betreibe man hier keine Außen-, sondern Innenpolitik. Ich fragte dann, ob das elsässische Volk ihnen ein Mandat gegeben habe, diese Farce hier zu vollziehen. Sie brauchten kein Mandat, sagte Gerber, denn sie bezögen ihre Legitimität aus dem un-

artikulierten Wunschtraum des Volks. Warum dieser Wunschtraum zur Zeit unartikulierbar sei, werde sich aus der Bestandsaufnahme und der anschließenden Analyse ergeben.
Ob sie sich denn als Revolutionäre fühlten? Nein, das sei ein abgenutzter Terminus, mit dem heutzutage jeder Frustrierte hausieren gehe. Sie fühlten sich nur als die letzten, vorläufig letzten Bewußten in einem von Ohnmacht befallenen Land. Und ich möge doch mit dieser Ausfragerei aufhören. Das werde sich, wie gesagt, alles aus der Verhandlung ergeben. Man werde mir am Ende der Abhörung sämtlicher Referenten das Wort zur Verteidigung erteilen. Die Sitzung sei jetzt aufgehoben. Um zwölf sei gemeinsames Mittagessen im Haus.
Frugales, aber annehmbares Mittagessen hinter geschlossenen Läden. Es gab einen exzellenten Hunawihrer Riesling dazu. Ich saß zwischen Ittel und Joss. Dieser testete kurz mein Deutsch, dann unterhielten wir uns während der ganzen Mahlzeit auf französisch. Die Gesprächsthemen waren: der elsässische Wein, die Kunst des Schnapsbrennens, das Ost-West-Gefälle, die internationale Filmszene und so weiter; es ging also sehr eklektisch zu.
Alle waren sehr höflich. Es sind nette Leute an sich, einige sehr gebildet. Die meisten pflegen eine feine, hintersinnige Ironie, ohne jemals aggressiv zu werden. Tonangebend scheint dieser Gerber zu sein. Er muß in der Welt herumgekommen sein. Er erzählte uns jedenfalls von einem längeren Aufenthalt in den Sioux- und Hopi-Reservaten in den USA, von der Kosmogonie dieser Stämme; daß wir Weißen zu

fortschrittsgläubig seien, deshalb den Bezug zur Natur und zum Seelischen verloren hätten; daß ohne die Wiederfindung einer Mystik des Gleichgewichts die Menschheit ihrem Untergang zusteuere.

Man bat mich um Stellungnahme. Ich verwies auf die Notwendigkeit des utopischen Denkens, aber dann auch auf die Unaufhaltbarkeit der menschlichen Evolution, besonders was das Wissen und die Technologie anbelangt. Man hörte mir interessiert zu, schwieg aber zu meinen Äußerungen.

Anregende Unterhaltung also. Als Geräuschkulisse Gershwin. Beim Kaffee fragte ich Ittel nach Odile. Er fixierte mich lange, lächelte kaum wahrnehmbar, sagte aber nichts.

15 Uhr. Beginn der Nachmittagssitzung. Fünf Kurzreferate von je einer halben Stunde. Wie das Elsaß seiner Sprachmächtigkeit beraubt wurde. Wie die Seele des Volks korrumpiert wurde. Die verschiedenen Phasen der Assimilation. Daß man sich jetzt in der letzten Phase befinde, die Assimilationsmaschinerie habe sich autonom gemacht und brauche keine Impulse mehr aus Paris. Daß die zaghaften Maßnahmen zur Rettung der elsässischen Kultur und Zweisprachigkeit zu spät kämen, weil das Volk blind und taub für die eigene Sache geworden sei. Wie dieser Prozeß 1920 angefangen habe, wie er nach 1945 beschleunigt wurde. Im Jahre 2000 werde der Untergang vollzogen sein. Und ich sei schuld an der Misere. Kurz und gut, das gesamte, bekannte Repertoire hier jammernder und anderswo keifernder Minderheitsapostel.

Soll ich Details wiedergeben? Wozu auch. Es war alles so konfus, antiquiert, utopisch und pseudoökologisch. Sogar der Vergleich mit den Indianern fehlte nicht. Doch die Indianer haben wenigstens eine interessante, originelle Kosmogonie vorzuweisen, während diese Leute hier nicht über eine vage Kulturmystik hinauskamen.

Um fünf Uhr wird die Sitzung aufgehoben. Ich verfüge nun über genügend Zeit, meine Verteidigung vorzubereiten, sagt Gerber. Man werde mir das Abendessen aufs Zimmer bringen.

Ich brauche keine Vorbereitung zu meiner Verteidigung. Die Argumentation dieser Spinner ist so dürftig, das es mir ein Leichtes sein wird, sie zu widerlegen. Ich brauche jetzt Mozart. Und ich denke an sie. Warum kommt sie nicht?

Donnerstag. Mich verteidigen? Ich habe mich gar nicht zu verteidigen. Verteidigt man die Evolution? Sie ist ein Grundgesetz der Zivilisation. Wir sprachen Keltisch und gaben es auf. Wir sprachen Latein und formten es um. Wer weiß, was wir in tausend Jahren sprechen werden? Eine Mischsprache, in die wir ganz allmählich hineinwachsen werden? Die Grenzen sind festgelegt. Auch ihr akzeptiert sie. Ist es nicht eine Sache der politischen und ethischen Vernunft, innerhalb dieser Grenzen die größtmögliche Einheit herbeizuführen? Warum spielt Europa die Rolle nicht, die es spielen könnte, sollte, zwischen den zwei, morgen drei monolithischen Superstaaten? Weil es sprachlich und kulturell balkanisiert ist. Und ihr wollt es noch weiter zersplittern.

Ich würde eher noch verstehen — ich sage verstehen, nicht akzeptieren —, wenn ihr zu Deutschland zurückwolltet. Nein, mes amis, euer Konzept hat keine Zukunft, nicht hier und nicht anderswo. Das Aufmucken der Minderheiten, weltweit? Das ist ein letztes, manchmal medienwirksames, aber im Grund genommen nutzloses Aufbäumen vor der Verschmelzung in die größere Einheit. Sehen Sie sich die Weltgeschichte an, wie die Menschheit sich immer wieder neu zu ordnen versuchte, der großräumigen Ordnung zustrebte. Wie die Teile sich immer wieder zusammenfügten zu einem großflächigen Ganzen. Das steht in unserem genetischen Programm, meine Herren, das ist unumstößlich. Was wäre die Welt, beispielsweise, ohne die USA? Stellen Sie sich vor, hier hätten wir es mit einem Mosaik von miteinander verfeindeten Stammesstaaten zu tun? Ja, was wäre die Welt ohne die phantastische Dynamik und Kreativität dieser Großmacht?
Und ihr wollt nun Frankreich zerstückeln, jetzt wo die Welt, mehr denn je, unseren Geist und unseren Humanismus braucht. Wie sollte Europa bestehen können, kulturell und politisch, wenn Frankreich auseinderbrechen würde? Und was würde dann aus der Sprache Voltaires und Montesquieus, aus der heute ältesten lebenden Kulturträgerin? Und was würde dann aus euch in euren kleinen Gettos, ihr Elsässer, Basken, Bretonen, Korsen, Okzitaner und was weiß ich noch? Wir haben gemeinsam dieses Land geschaffen, mit unserem Geist und unserem Blut, und jetzt wollt ihr diese Bande zerreißen? Ihr werdet es nicht, denn ihr seid ja nur ein Klüngel von

Illuminierten — oder Neurotikern — ohne jegliche Gefolgschaft. Ihr . . .

Da wurde es mir zu dumm. Warum spiele ich überhaupt in diesem Psychodrama mit? Ich muß Luft haben. Hier ist es so muffig, so eng. Ich sehne mich nach Proust und Mozart.

Wann kommt sie endlich wieder?

DER AUTOR

Die Aufzeichnungen unseres Monsieurs brechen hier ab. Ein Kommentar dazu erübrigt sich. Über den weiteren Verlauf des Prozesses — denn das ist es zweifelsohne, obwohl Gerber sich gegen diesen Terminus wehrte — wird später berichtet werden.
War das eine Woche! Der Autor ist froh, das alles nun endgültig hinter sich zu haben. Die Ereignisse überstürzten sich dermaßen, daß ihm, obwohl er teilweise für den Ablauf der Dinge verantwortlich zeichnet, letzten Endes die Schlußphase aus der Schreibhand rutschte und für eine selbständige Abwicklung sorgte.
Wie war die Sache mit Ittel nun geplant gewesen? Zuerst sollten die fünf Referenten Gerber, Joss, Vix, Lentz und Lux die große Klage vor der Staatsmauer aufführen. Die elsässische Argumentation dürfte nun auch dem Unbeteiligsten und Außenstehendsten zur Genüge bekannt sein, so daß eine Detaillierung hier nicht mehr notwendig ist. Dann bekäme der Monsieur das Wort zur Verteidigung. Auch Monsieurs Rede reizt hier nicht, wie schon gesagt, zum Kommentieren, enthielt sie doch nur sattsam bekanntes Material aus dem ideologischen Staatsfonds. Die badische Kollegin war, als sie den Wortlaut erfuhr, schwer enttäuscht von der aufge-

blasenen Klischeehaftigkeit der präsidialen Aussage. Allerdings relativierte sie dann gleich ihre Kritik und gab dem Psycho-Streß, dem der Gefangene und Angeklagte seit zu langer Zeit ausgeliefert war, die Schuld an der Phraseologie seiner Gegenargumentation. An seiner Stelle hätte sie übrigens geschwiegen. Ein stolzes Schweigen, meinte sie, wäre angemessener gewesen. Doch auch von der badischen Kollegin später.

Das alles hatte am Donnerstag zu geschehen. Ging dann auch wie vorgesehen über die Bühne. Am Freitag sollte Ittel seinen großen Auftritt haben, und anschließend hätten wir dann das dramatische Finale haben sollen, das, wenn nicht die Welt, so doch das Elsaß erschüttert hätte. Wer weiß, vielleicht wäre sich das eingelullte Volk dann endlich seines Selbstwerts bewußt geworden? Doch, wenn sich neutral gebende Protokollisten aktiv und militant in das Geschehen eingreifen, geht es meistens schief.

Man kalkuliert halt nie alles mit ein: So sah der junge Peter an jenem Donnerstag nachmittag gegen vier in Ittels Garten zufällig saftigen Löwenzahn, bekam Lust auf einen Löwenzahnsalat, wollte den Eigentümer des Gartens um die Erlaubnis bitten, den Löwenzahn ausstechen zu dürfen, trat deshalb durch die Hintertür — sie war schon wieder unverriegelt! — in die Scheuer, sah dort den langen Verhandlungstisch, öffnete die Tür zum Hof und bemerkte im Hof bewaffnete Männer, worauf er eiligst retirierte und schnurstracks zum Dorfoberhaupt rannte, unterwegs das eben Entdeckte

brockenweise ausstreuend. Und zehn Minuten später hatte der Autor behördlichen Besuch.
Jacques Mathis machte dem Autor mit strenger Amtsmiene äußerst scharfe Vorhaltungen. Solches sei nicht vereinbart worden. Der Maire habe die Pflicht, in Blodersche für strikte Ruhe und Ordnung zu sorgen. Was sich in Ittels Hof abspiele, gefährde ebendie Ruhe und Ordnung im höchsten Maße und bringe zudem das Dorf in Verruf. Der Autor möge doch diesen Monsieur schleunigst aus dem Dorf entfernen sowie auch diese Möchtegern-Partisanen, die beileibe keine Vorzeige-Elsässer seien, zumal man in den nächsten Tagen den Besuch des Präsidenten erwarte, wenn es sich auch nur um eine Durchfahrt handle. Der Autor habe ihn, Jacques Mathis, wohl seinerzeit in sein Geheimnis eingeweiht und ihn dazu motiviert, für das Maire-Amt zu kandidieren, auch habe er, um diese Wahl zu erleichtern, den Monsieur aus dem Verkehr gezogen. Nun aber liege die Sache ganz anders. Er, Mathis, fühle sich hintergangen. Auch warf er dem Autor vor, ihn damals ohne sein Wissen in die Geschichte einbezogen zu haben. Er befürchte, einen wehleidigen Elsässer gespielt zu haben, er habe sich eben damals in einer depressiven Phase befunden, der schlechten Krauternte wegen. Ob man dieses Kapitel nicht herausnehmen wolle?
Der Autor erwiderte, er habe geglaubt, man sei sich vor der Wahl darüber einig geworden, das Kapitel Jacques Mathis so zu belassen, wie es ist, da es die elsässische Wahrheit exakt widerspiegelt. Oder habe Mathis das damals in der Euphorie des wiedergefun-

denen Selbstwertgefühls überhört? Und wegen der sogenannten Terroristen möge er sich keinen Kummer machen, die Waffen seien nur Attrappen. Ob das die sechs Männer wüßten? Selbstverständlich, und deshalb sei der von ihnen geplante Entschluß, ihr Leben aufs Spiel zu setzen, so bewundernswert. Jacques Mathis wurde leichenblaß. Doch, bevor er in Ohnmacht fiel, trat der zweite Besuch ein, der wahrscheinlich an der Tür gelauscht haben mußte, zusammen mit der Gattin des Autors. „Machen Sie sich keinen unnötigen Kummer, Herr Mathis", lachte die badische Kollegin, „so wie ich unseren Autor kenne, wird er wohl ein kleines elsässisches Wunder eingeplant haben, bevor die Sache zur Tragödie wird."

Die hat mir jetzt noch gefehlt, brummte der Autor. Sie fühle sich, sagte die badische Kollegin, als Lektorin verpflichtet, dem Autor in dieser letzten und kritischen Phase zu assistieren. Sie fragte ihn dann, ob er bewußt die Entwirrung des Knäuels auf den Karfreitag terminiert habe. Ob denn diese Symbolik nicht zu vordergründig sei. Verflucht, sagte sich der Autor, die hat uns durchschaut, Ittel und mich. Es störe sie aus ästhetischen Gründen, fuhr sie weiter. Da sprang auch der Mathis ein: „Nein, mein Herr, da gehen Sie entschieden zu weit! Daß ich nicht vorher daran gedacht habe!" Und schließlich sagte die Gattin so nebenbei, als sei es etwas Belangloses: „Schade, wo ich doch den Pfarrer habe überzeugen können, an diesem Tag die ergreifende alte deutsche Kreuzwegandacht, die du doch so liebst, wieder einzuführen."

So kapitulierte halt der Autor vor der Kreuzwegandacht und beschwichtigte die drei: Es habe sich einfach so ergeben, eine Symbolik sei da nicht gewollt drin. Er werde aber den Karfreitag ausklammern. Er hoffe nur, Ittel werde damit einverstanden sein. Er riet dann dem Maire, der aufgeschreckten Bevölkerung bekanntzugeben, daß es sich bei den fünf bewaffneten Männern um Filmleute handle, es solle hier in den nächsten Tagen eine Geiselnahme gedreht werden.
Und so gingen wir anderntags alle zusammen in die Kreuzwegandacht, und als wir sangen „Die Frevler werden nicht / Entfliehen dem Gericht", hörte man Ittels rauhen aggressiven Baß so laut röhren, daß sich die Gemeinde erschrocken nach ihm umsah, der im Hintergrund der Kirche stand.
Ein Tag war verlorengegangen. War er noch einzuholen? Aus dem geplanten dramatischen Finale würde nun wahrscheinlich nichts werden, denn das von der badischen Kollegin prophezeite elsässische Wunder hatte etliche Impulse vorausgeschickt und den Autor von seiner harten Linie heruntergestupst. Lassen wir Ittels großen Auftritt noch über die Bühne gehen, sagte er sich, und dann: à-Dieu-vat.

Was ist nun seit Monsieurs Auftritt geschehen? Wir sehen Monsieur in seinem Zimmer zwischen Mozart und Proust. Wir hören die sechs im nervösen Gespräch.

„Wie würden die Nordiren an unserer Stelle handeln?" fragt Vix, der Franzose. Die Elsässer reagieren heftig: „Wir sind hier in Frankreich, nicht in Großbritannien!" — „Was würden dann die Basken, die Korsen oder die Bretonen tun, wenn sie unsere Geisel in ihren Händen hätten?" fragt er weiter. ,,Wir sind Elsässer", sagen die Elsässer, ,,wir können hier kein fremdes Erfahrungsmaterial gebrauchen." — ,,Sollten wir es nicht doch versuchen, die Befreiungsfronten dieser Minoritäten in die Sache miteinzubeziehen? Ich könnte die Kontakte sehr schnell herstellen. Kameraden, das wäre ein knallhartes Ding!" — ,,Mumpitz", sagen die Elsässer, ,,der Mann gehört uns allein. Minderheiten Frankreichs vereinigt euch? Daß wir nicht lachen! Die scheren sich doch einen Dreck um uns Halb-Boches im kalten teutonischen Nordosten!" — ,,O, ihr eigensinnigen Alemannen!" ereifert sich der Freigrafschaftler. ,,Ihr seht nicht weiter als euren Zaun. Typisch alemannisch! Dann sucht doch Schützenhilfe bei den Schweizern! Die aber pfeifen auf euch!" — ,,Wir sind keine Alemannen", sagen die Elsässer, ,,Alemannen, das hat 's mal gegeben. Gibt 's nicht mehr. Wir sind Elsässer, basta!" — ,,Und habt ihr die Zeit vergessen, als ihr in den Minoritätencamps Terroristen-Kurse belegt hattet?" — ,,Das war nur so aus Neugier", sagt Lux, ,,ein bißchen jugendliche Schwärmerei dabei. Man darf sich doch noch bei den anderen umgucken, oder? Muß man deshalb unbedingt ihre Analysen und Methoden übernehmen?" — ,,Sag doch du was, Joss, alter RAFler!" bohrt Vix weiter. Joss sagt nichts. Erinnert er sich an jenen Alptraum, in dem ein rotierender Mondstrang dem deutschen Schäferhund in allerletzter Sekunde die Beute entzog? ,,Dann sprich du, o Häuptling der Oglala!" Gerber

aber zeigt auf Ittel: „Jetzt ist er der Boss. Und was er beschließt, das wird ausgeführt. Howgh!“
Ittel spricht: „Machen wir uns nichts weis. Egal, was wir unternehmen, es ist für die Katz. Wenn du die Ohnmacht nicht akzeptierst, in die man dich hineinprogrammiert hat, wirst du entweder zum rebellischen Spinner oder zum spinnenden Rebellen. Wo ist da der Unterschied? Und die Ohnmacht bleibt dir. Du kannst hundert Bomben hochgehen lassen, sie bleibt dir auf den Schultern liegen wie ein bleierner Mantel. Du müßtest schon das Volk hinter dich zu kriegen wissen. Und wie macht man das, wenn die Machthaber nur mit intellektueller, nicht aber mit physischer Gewalt operieren? Am einfachsten ist 's dann, du säst Haß, konsequent und jahrelang. Und wenn die Situation reif ist, dann kannst du deine Revolution machen. Wäre das aber eine Befreiung, sagt? Gewalt macht nicht frei. Sie zeugt andere Zwänge und andere Ohnmacht. Also was dann in unserem Fall? Einfach kapitulieren? Nein. Ein Zeichen setzen. Ohne Pathos, aber mit äußerster Entschlossenheit. Dem Staat und uns eine Chance geben zum klärenden Dialog. Die Mittel dazu holen wir uns notgedrungen aus der Erpressungskiste. Heiligt hier der Zweck die Mittel? Klammern wir die Antwort aus, wir haben keine andere Wahl. Wird der Dialog zustande kommen, tant mieux. Wird die Aktion mißlingen, tant pis.“
„Was verstehst du unter ‚tant pis‘, Ittel?“
„Womöglich den Einsatz unseres Lebens. Verflucht noch mal, sollte es denn ewig von uns Elsässern heißen, wir sind Schlappschwänze und haben kein

Rückgrat? Das Herz des Elsaß wird bei dieser Gelegenheit. . ."

„Kein Pathos, Ittel, bitte. . ."

„Merci, Joss. Du hast recht. Kein Pathos. Gehen wir die Sache mit Nüchternheit an. Und ich hoffe, daß es nicht zum Äußersten kommen wird. Ich lebe nämlich gern. Im Elsaß. . . Und in Frankreich."

„Dein Plan, Ittel?"

„Hört mir jetzt gut zu . . ."

Der Autor ist bis jetzt mit Ittel zufrieden. Und er weiß wohl, daß Ittel das nach einigem Zögern ausgesprochene „und in Frankreich" nur des Autors wegen hinzufügte, da dieser immer wieder darauf bedacht ist, „die Kirche im Dorf zu lassen", wie man im ausgleichsbedürftigen Elsaß oft und gerne zu sagen pflegt.

Karfreitag. Ruhetag. Wir haben Ittel nicht im „gestörten Amt" gesehen, wohl aber bei der Kreuzwegandacht gehört. Wir haben dann auch erfahren, daß er nach der Andacht wenigstens noch eine Viertelstunde lang stumm hinter einer Säule gestanden hat. Karsamstag nun. *Der* Tag. Die sechs sitzen am Tisch in der großen Stube. Die Läden sind geöffnet. Man wartet auf Monsieur. Da kommt er. Im Nadelstreifenzweireiher. Ein Festmahl wird aufgetragen, eben von einem berühmten Straßburger Traiteur geliefert. Ittel hat sich nicht lumpen lassen.

Gedämpfte Atmosphäre. Keine musikalische Geräuschkulisse. Nur die zwölf Glockenschläge des romanischen Kirchturms. An was denkt ein jeder?

„Haben Sie gut geschlafen, Monsieur?" fragt Ittel.

„Vortrefflich, merci", antwortet der Angesprochene.
Dann wird nichts mehr gesprochen. Auch die Weine vermögen nicht, die Stimmung zu lockern. Nicht der Itterswiller Riesling, nicht der Puligny-Montrachet, nicht der Moët-et-Chandon.
Beim Champagner steht Ittel auf, prostet zuerst dem Gast, dann seinen Kameraden zu, nippt am Glas, stellt es auf den Tisch zurück, senkt den Kopf, schließt die Augen, steht da minutenlang still, leicht vornübergebeugt und die Fäuste auf den Tisch gestützt. Die gesamte Mannschaft hält den Atem an, auch die Gasse draußen ist plötzlich still geworden. Monsieurs Spannung wird dadurch bis zur Unerträglichkeit gesteigert: „So sprechen Sie doch endlich, Mann! Verkünden Sie das Urteil! Ich weiß schon, dies war meine Henkersmahlzeit. Macht nun Schluß!"
Ittel: „Eine Henkersmahlzeit? Wenn ja, dann nicht nur für Sie, sondern für uns alle sieben. Wir sind dazu auserkoren oder verdammt — es ist, wie man es nimmt —, miteinander zu leben oder miteinander unterzugehen. Und dies soll ein Gleichnis sein, denn geht mein Land unter, weil es — größtenteils durch Ihre Schuld — von innen her verfault, so wird auch Ihr Land von dieser Fäulnis angesteckt werden, über kurz oder lang. Wir sind also gezwungen, gesunde und gerechte Verhältnisse zwischen den beiden Einheiten herzustellen. Bislang nutzten Sie Ihre Allmacht und unsere Ohnmacht nur im Sinne einer national-staatlichen Gleichschaltung aus. Und segneten diese Aktion hypokritisch mit demokratisch-

republikanischen Formeln ab. Und wenn wir uns darüber empörten, verniedlichten Sie uns, hängten Sie uns das Odium des reaktionären Provinzlers an. Sie, das ist der Apparat, dem Sie vorstehen. Sie, das ist die Mentalität, die Sie an der Macht erhält. Sie, die Firma La France als kollektive Dampfwalze verstanden. Seit 1968 ist weltweit die Epoche der Bewußtwerdung der Bevormundeten angebrochen. Die große Idee unserer Zeit ist die Befreiung des Menschen auf jeder Ebene. Dies hier ist eine Ebene. Sie heißt: zweitausend Jahre elsässische Kultur. Wir wollen in Symbiose leben mit Ihnen, Monsieur, als gleichberechtigte Partner mit eigenen Charakteristiken, deren wichtigstes die Sprache ist. Geben Sie uns die Freiheit und die Mittel, als eigenständiges Volk in Ihrem nationalen Verband zu leben, und wir scheiden heute in Frieden und Liebe voneinander. Tun Sie es nicht, so müssen wir die tragische Konsequenz ziehen."

„Was kann ich für Sie tun, da ich doch entmachtet bin?"

„Hier steht das Telefon. Ihr Nachfolger befindet sich heute in diesem Jagdschlößchen, das Sie ja kennen. Rufen Sie ihn an. Bitten Sie ihn hierherzukommen. Wir werden dann ein großes Palaver abhalten. Werden wir einig, sind Sie frei. Werden wir nicht einig, so wird er unbehelligt das Anwesen verlassen können — er hat unser Ehrenwort. Aber er allein. Und dann. . ."

„Er wird nicht darauf eingehen. Er wird seine Spezialeinheit zur Terroristenbekämpfung herschicken. Die werden kurzen Prozeß mit euch machen."

„Wenn die nur die geringsten Anstalten machen, das Haus zu stürmen, geht das ganze Anwesen in die Luft. Die Plastiklaibe sind gelegt. An jeder Lunte wird einer von uns stehen. Wollen Sie sich davon überzeugen?"

„Nein, danke. Und was geschieht, wenn ich mich weigere zu telefonieren?"

„Dann tue ich es. Möchten Sie eine Stunde Bedenkzeit haben?"

„Nein. Ich weigere mich. Komme, was wolle."

„Das habe ich von Ihnen erwartet. Sie haben Ihre Logik, wir haben unsere. Gott — oder das Schicksal — soll nun entscheiden zwischen Ihnen und uns."

Im Türrahmen steht Odile. Wie ist sie hereingekommen? Und steht sie schon lange da?

Odile: „Na, na, bin ich da in ein Schillersches Drama hineingeraten? Vorhang, meine Herren! Der Ton war falsch, und der Text zu pathetisch, um ein zeitgenössisches Publikum von den Sitzen zu reißen. Ihr Männer denkt immer nur an die Inszenierung eures aufgeblasenen Pseudo-Heldentums. Übrigens, der Gefangene gehört mir, mir allein. Ich hatte es euch eingangs schon gesagt. Und ich alleine habe zu bestimmen, was nun aus ihm wird. Und ich gebe ihm somit die Freiheit zurück. Das Spiel ist aus, Freunde. Wir haben weder gesiegt noch verloren. Wir sind nicht für das eine, noch für das andere geschaffen. Wir sind das Volk dazwischen. Und das ist es, was wir noch zu lernen haben: das Dazwischensein."

Sie trinkt Ittels Glas aus und geht auf ihr Zimmer.

Die sechs stehen wortlos auf und verlassen die Stube. Eine Stunde später hört man sie wegfahren. Und Monsieur? Er steht am Fenster und lauscht auf ein verwehtes Echo: ,,Komm zurück, min Vogelin liebs . . .“

ODILE

Ich lag auf dem Bett und fragte mich, was nun geschehen würde. Den Hitzköpfen war ja alles zuzutrauen. Sollte ich hinunter ins Atelier und mit ihnen sprechen? Aber was sollte ich ihnen sagen? Und warum ist Ittel auch gegangen? Warum kommt er nicht herauf? Wie schwierig es doch ist, zum anderen zu finden. Man bräuchte nur über einen Schatten zu springen, und doch . . .
Nach einer Weile hörte ich Monsieur auf sein Zimmer gehen. Jetzt zieht er seinen Zweireiher aus, sagte ich mir, hängt ihn in den Schrank und schlüpft in seinen komischen Engländer. Nimmt er jetzt Abschied von seinem Zimmer? Von meinem Proust, von meinem Mozart, von meiner Bettwäsche, von meinem Stuhl, von meinem Schreibtisch, vom königsblauen Morgenmantel . . . von Ittels Gitterstäben, vom Bloderschemer Himmel?
Kommen jetzt Erinnerungen in Ihnen hoch, Monsieur? An das Federballspiel im Hof, an den Frühstückskugelhopf, an die Buewespätzle etwa? An unsere Exkursionen in die Kirche, in die Wirtschaft, aufs Sürkrütfescht? An die dumpfen Tage des Vor-sich-Hinbrütens vielleicht auch, wo Sie versuchten, dem schweren Nebel zu entkommen, in den eine elsässische Hexe Sie gesteckt hatte? Das war schon

übel von mir, Monsieur. Ja, ich gebe es zu: Ich habe mich Ihnen gegenüber sehr unfair benommen. Aber wer nun mal eine gewisse Macht besitzt, übt sie auch gern zu seinem Pläsier aus, das wissen Sie doch aus eigener Erfahrung, nicht? Nur daß es bei mir nicht immer Pläsier war. Ja was war es dann? Elsässische Revanchelust? Kulturpolitische Taktik? Oder bloße Neugier? Wollte ich den Souverän als Person erleben und lähmte deshalb die Institution?
Habe ich richtig gehandelt? Habe ich falsch gehandelt? Manchmal frage ich mich, ob ich nicht unbewußt einem — inneren oder äußeren? — Zwang gehorcht habe. Nein, nein, nein, ich habe keine Stimmen gehört wie die Jeanne d'Arc. Nein, nein, nein, ich will nichts von Sendungsbewußtsein hören. Ich bin keine Mystikerin des Volkstumskampfes. Ich bin nur eine Frau, eine elsässische Frau. Die Zauberkräfte? Das ist Technik, weiter nichts. Technik im Dienst der Politik. Wie, ich hätte das anders gedeutet in der Aufarbeitung unserer Familiengeschichte? Man steckt halt voller Widersprüche. Und meine Wahrheit von heute ist nicht mehr die von gestern.
Nach ungefähr einer Stunde hörte ich sie fortfahren. Auch unser Wagen war dabei. Ich war zugleich erleichtert und enttäuscht. In was für eine Verzweiflung hatte ich sie zurückgeworfen? Ich hätte ihnen sagen sollen: Geht und liebt. Liebt eure Mädchen und liebt eure Kultur, wie man sein Mädchen liebt. Ob das genügt hätte, um sie zu trösten? Ob das vollwertiger Ersatz gewesen wäre für das bißchen Hoffnung, das sie sich erobert hatten, für die Menschen-

würde, die Ittel in ihnen wiederaufgebaut hatte? Was ich alles mit einer ironischen Geste vom Tisch gefegt habe?
Und nun werden auch Sie gehen, Monsieur. Sie werden warten, bis es Nacht ist, und dann in den Bummelzug steigen. Hoffentlich treffen Sie keine Bekannten. Aber wohin werden Sie fahren? Auch Sie haben alles verloren. Durch meine Schuld.
Quäl dich nicht so, Odile. Ein Bad täte dir jetzt gut. Entkrampfe dich, entspanne dich. Wie warm die Sonne durchs Fenster dringt. Die Ostersonne. Die hab' ich mir aus der Provence mitgebracht, Monsieur. Das Geschenk eines gewissen René Schickele. Kennen Sie ihn? Der hatte seinerzeit ja auch Probleme mit Ihnen. Er schätzte Sie, er liebte Sie sogar. Sie aber wollten ihn nicht kennen, weil er in Deutsch schrieb. Und Sie machten ihm seine eigene Heimat zur Fremde. Das waren Sie nicht? Das war ein Vorgänger? Ist doch dasselbe Gewand, Monsieur, nur der Name ist auswechselbar. . .
Ach, warum sage ich Ihnen das alles . . . Ich gehe jetzt ins Badezimmer. Vielleicht hängt Ihr Königsmantel drin. Ich werde ihn bei der nächsten Kleidersammlung für Polen abgeben, bevor Ittel Lappen für den Wagenputz draus macht. Hoffentlich haben Sie Ihr eigentümliches Parfum mitgenommen. Meinen Ittel bringt die ,,Brunftausdünstung'', wie er diesen Duft nennt, in Rage.
Ist er nun schon weg, oder ist er noch da? Ich habe vorhin Schritte gehört. . . Vergiß ihn jetzt, Odile. Aber wie kann ich jemanden vergessen, mit dem ich mich so lange und so intensiv beschäftigt habe?

Liebst du ihn denn noch, Odile? Habe ich ihn denn je geliebt? Ich liebte Ittel, aber ihn? War es nicht eher ein zyklisches Empfinden von Zärtlichkeit? Laß das, Odile.
Ich zog mich aus und stellte mich in das Sonnenlicht. Ich schaltete das Denken aus und konzentrierte mich ganz auf meinen Körper. Die Glocke schlug fünf, die metallenen Schwingungen legten sich wie ehedem um meine Taille. Dann tänzelte ich durch meine Gerechtsame, kam an seine Tür, stand still, horchte, ob er noch da war. Und die Tür ging auf. Und wir standen uns nackt gegenüber wie damals. Er faßte mich bei den Händen und zog mich hinein. Er legte mich behutsam aufs Bett. Er beteuerte, nicht mehr ohne mich leben zu können, zu wollen. Und was noch alles keuchend von seinen Lippen kam. Der heiße Atem schoß mir ins Gesicht, ich wendete es zur Seite. Da sah ich, wie seine erigierte Männlichkeit allmählich in sich zusammensackte. Sein Redestrom quoll weiter. Ich erinnere mich nicht mehr an den Inhalt. Ich sprang auf, küßte ihn flüchtig auf den Mund und verließ das Zimmer.
Ich hatte ein Rosenbouquet vom Flughafen mitgebracht. Es hatte für Ittel sein sollen. Ich legte es ihm vor die Tür.
Nach kurzer Zeit hörte ich ihn dann die Treppe hinuntergehen. Die Haustür fiel ins Schloß. Das Hoftor schlug zu. Ich trat auf den Flur: Er hatte das Bouquet mitgenommen.
Wo bist du, Ittel? Warum kommst du nicht zurück?

DIALOG

Odile: Du bist zurückgekommen.

Ittel: Nur wo du bist, ist für mich Heimat.

Odile: Geh, red' doch nicht so geschwollen.

Ittel: Er ist weg.

Odile: Ja, er ist weg.

Ittel: Er saß auf der Napoleonsbank, drei Kilometer vom Dorf. Ich hab' angehalten und ihn gefragt, wo er hin will. Wirklich ulkig sah er aus in seinem Jagdkostüm, ein Rosenbouquet in der Hand. Ich wollte ihn schon fragen: Na, geht 's auf die Freierei? Aber da dauerte er mich. Steigen Sie ein, sagte ich, ich bring' Sie nach Schlettstadt. Dort können Sie den Eilzug nehmen. Und er ist eingestiegen.

Odile: Hat er was gesagt?

Ittel: Nur merci. Ich hab' ja auch nicht gesprochen. Auf France Musique lief gerade eine interessante Sendung. Über einen großen Musiker. Rate mal über wen?

Odile: Mozart.

Ittel: Pardon: Mosaar.

Odile: Sei nicht boshaft.

Ittel: Auf diesem Riedsträßlein, genau an der Stelle, wo ich dich damals abgesetzt hatte — erinnerst du dich? —, bat er mich anzuhalten. Ich schneide durch den Wald ab, sagte er.

Odile: Aha.

Ittel: Sind Sie denn verrückt, sagte ich, bald wird 's Nacht, und Sie kennen die Gegend nicht! O doch, sagte er dann noch und stieg aus. Bald war er im Wald verschwunden.

Odile: Und du hast nicht versucht, ihn davon abzuhalten?

Ittel: Der wird schon zu seinesgleichen gefunden haben. Die ballerten ganz schön im Wald herum.

Odile: Aber es ist doch Schonzeit!

Ittel: Wenn 's nicht auf Damwild war, war 's auf Wildsäue. Es gibt immer was abzuknallen bei uns.

Odile: Du bist zurückgekommen.

Ittel: Ja, ich komme immer wieder zu dir zurück. War ich aber je weg?

Odile: Ich war weg, oft weit weg. Aber auch ich komme immer wieder zu dir zurück.

Ittel: Nun gehst du nicht mehr.

Odile: Nein. Damit du mir keine Dummheiten mehr machst. Wäre ich nämlich nicht rechtzeitig eingetroffen, hättest du das Irreparable angestellt.

Ittel: Du meinst das mit den Plastiklaiben? Waren doch lauter Attrapen, wie die Waffen auch!

Odile: Wußten das deine Kameraden?

Ittel: Von den Waffen wußten sie 's, von den Sprengladungen nicht.

Odile: Du hast es ihnen aber nachher gesagt.

Ittel: Nein. Wozu? Das hätte ihr Ehrgefühl verletzt. Sie werden jetzt davon leben, freiwillig den Tod akzeptiert zu haben, unserer Sache wegen.

Odile: Gefahr war doch dabei. Wenn das Einsatzkommando der Gendarmerie gekommen wär', hätten die euch glatt abgeknallt.

Ittel: Na ja, man muß halt mal was riskieren.

Odile: Und wie habt ihr reagiert, nachdem ich euch den Heldentraum vermasselt hatte?

Ittel: Teils waren wir froh, daß es nicht so weit gekommen ist. Teils waren wir wütend, weil nun die ganze Affäre für die Katz war, total. Ach was. . .

Odile: Und wo sind jetzt die anderen?

Ittel: Vix will zu den Korsen oder auch zu den Basken. Korsisch ist leichter zu erlernen als Euskara, die Basken sind aber politisch reifer, meint er. Joss geht in die Bundesrepublik zurück, dort ist man konsequenter als hier, sagt er. Es sind halt keine echten Elsässer, die beiden. Wir sind ihnen zu weich. Die drei anderen bleiben im Land, sie wollen den Kontakt zu uns aufrechterhalten. Dies war wieder mal eine Sackgasse, sagte Gerber. Es gibt sicher noch andere Wege. Nur Geduld muß man haben, viel Geduld. Einmal wird auch unsere Stunde schlagen.

Odile: Und du, bist du mir noch böse?

Ittel: Ich war es. Ich raste wie ein Besessener durch die Gegend. Um ein Haar wär' ich in einen Lastzug hineingerast. Der Schrecken kühlte mich ab. Dann sagte ich mir, Odile hat sensiblere Antennen als du, sie wird schon wissen, warum sie uns so dazwischenfunkte.

Odile: Wenn ich es wüßte. . .

Ittel: Oder haben wir alles falsch gemacht, von Anfang an?

Odile: Die Frage stelle ich mir schon lange. Ich tröste mich dann mit der Antwort, daß dies ein elsässischer Versuch war, eine andere Lösung zu finden für ein Problem, das sonstwo nur mit Haß und Gewalttätigkeit angegangen wird.

Ittel: Dieser Versuch ist mißglückt. Es ist sogar so, als ob er nie stattgefunden hätte.

Odile: Vergiß nicht, er hat einen Zeugen gehabt, der darüber berichten wird.

Ittel: Stimmt, ich hatte ihn ja selber darum gebeten. Ich hatte allerdings manchmal den Eindruck, er manipuliert uns.

Odile: Er glaubte vielleicht, uns zu manipulieren. In Wirklichkeit waren wir alle drei in einem Wunschtraum gefangen. Der Traum ist aus. Wir müssen jetzt einen anderen finden, wie Gerber sagte.

Ittel: Das hat nun Zeit.

Odile: Ja. Hast du gesehen? Der Kirschbaum blüht.

Ittel: Es ist höchste Zeit zum Anpflanzen.

Odile: Ja, wir müssen nun alles Versäumte nachholen.

Ittel: Odile . . .

Odile: Ittel?

Ittel: Sag mir, Odile, daß unser Zeitpunkt jetzt endlich gekommen ist.

Odile: Er ist es.
Komm.

DER AUTOR

Ostersonntag. Ich saß am frühen Morgen schon unter Hansjerris Feldkreuz und horchte in die Auferstehung hinein. In Moses' Dornbusch sangen die Vögel, in der Ebene die elsässischen Engel. Ich konnte nicht ausmachen, in welcher Sprache sie sangen, es muß eine Mischung von Latein, Deutsch und Französisch gewesen sein, das Ganze mit alemannischem Akzent. Der vertraute Mischmasch. Vielleicht wird mal eine Sprache draus, womöglich ein europäischer Code?

„Kommen Sie doch ins Hochamt am Ostersonntag", hatte mich der Pfarrer nach der Kreuzwegandacht gebeten. „Ich werde zum erstenmal auf Elsässisch predigen. Aber bitte, seien Sie nicht zu kritisch! Das lernt man nämlich nicht im Priesterseminar!" Aha, sagte ich mir, da hat sicher meine Frau wieder einmal die Hand im Spiel gehabt. Wie doch Frauen manchmal den besseren Weg finden, ohne Aufrufe und Manifeste, ohne den ganzen ideologischen Krimskrams, einfach so, von Mensch zu Mensch.

Ich wartete darauf, daß die große Zehe des Gekreuzigten mich wieder hinterm Ohr kitzeln würde. Doch das Mirakel blieb diesmal aus. „Du bist unersättlich", sagte Er. „*Ein* Osterwunder sollte dir doch genügen!" — ,,Nix für ungut", erwiderte ich lachend, ,,aber weißt Du, wenn man mit theologisch verdächtigem Material umgeht, fühlt man sich gern vom Chef selber bestätigt." — ,,Mach jetzt, daß du ins Hochamt kommst!" brummte Er.

Eigentlich wäre die Geschichte jetzt zu Ende. Denn die Hauptrollen sind dem Autor entwischt: Odile und Ittel in den siebenten Himmel entrückt, Monsieur im Illwald verschollen. Der Autor kann sich aber nicht dazu entschließen, den Ordner mit dem Manuskript endgültig zuzuklappen. Er fühlt auch, daß ein schlüssiges Ende fehlt. Daß, wenn ,,man" schon dem Autor das vorgesehene dramatische Finale wegstibitzt hat, noch etwas zum abgerundeten Happy-End nachgeliefert werden müßte.

Da taucht nach dem Hochamt — die Predigt war schon in Ordnung, über den Rest müßte man noch diskutieren — eine Nebenrolle auf: Jacques Mathis, ehemals russischer Christbaumschmuck, dann elsässischer Versager, Besitzer einer Steinbank für die elsässische Ewigkeit, schon halb verstorben gewesen und kürzlich vom Autor zum Bloderschemer Maire wiedererweckt.

Jacques Mathis: ,,Ich bin allein zu Hause. Die Frau ist zu den Kindern. Könnten wir irgendwohin zum Essen? Denn heute hätten wir doch einen Grund zum Feiern, nicht?"

Wir fuhren zu viert übers Land — die badische Kollegin hatte sich in letzter Minute eingestellt. Auch sie war der Meinung, etwas müßte noch geschehen, bevor wir abschließen. Und als Lieferant könne nur noch der Zufall in Frage kommen.

Wir hätten eigentlich zu St. Odilia fahren sollen, auf dem heiligen Berg einen Manuskriptfetzen als Exvoto an einen der Bäume heften, die ihren Brunnen überdachen, und dann in einer der Nobelherbergen am Fuß des Bergs einkehren. Es zog mich aber in meine kleine Heimat, in den hinteren Kochersberg, ein demütiges und dennoch harmonisches Land, weitab vom Touristen- und Pilgerrummel.

Ich kannte dort eine Dorfwirtschaft, in der wir uns sofort wie zu Hause fühlten. Es ging nicht laut zu beim Essen. Wir waren alle vier ziemlich nachdenklich, ging doch gemeinsam Erlebtes zu Ende. Und die Badnerin und ich warteten zudem noch auf den unberechenbaren Kollegen Zufall.

Nach dem Essen schlug ich einen Spaziergang durch die Bannmeile des Dorfs vor und führte die Freunde zu einem abgelegenen uralten Feldkirchlein. Wir traten ein. Die romanische Schlichtheit sprach uns unmittelbar an. ,,Dies ist der geeignetste Ort für eine elsässische Meditation'', sagte die Kollegin mit gedämpfter Stimme. ,,Jahrhunderte des Erduldens werden hier in zeitloses Hoffen umgewandelt. . .'' Ihre Hand strich fast zärtlich am Glockenstrang entlang und entlockte der Glocke einen eigentümlich ätherischen, verhaltenen Klang.

,,Das Kirchlein heißt Betbur'', sagte ich. ,,Im Mittelalter lag hier ein Dorf dieses Namens. Man weiß nicht, wann und warum es verschwunden ist.'' — ,,Bet, Bur, bet' für dein Land. . .'' flüsterte meine Frau. Draußen lag das Land weit und wellig vor den breitschulterigen Vogesenbuckeln. Und wir wußten,

daß es unseres ist, daß wir es gegen kein anderes austauschen würden, auch wenn dies andere schöner und heiler und problemloser wäre. ,,Deshalb lieben wir es", sagte Mathis, ,,eben weil es so verletzbar ist." Und er deckte die Faulstellen der Heimat mit zartem jungem Weizen ab.
Wir kehrten in unsere Wirtschaft zurück. Am Fernsehen wurden die Regionalnachrichten durchgegeben. Man zeigte uns den Präsidenten auf der Rückkehr von der Wildsaupirsch. Er trug einen englischen Jagdanzug mit einer Rose im Knopfloch. Wir waren baff und fragten uns: Ist das nun der Alte, oder ist das der Neue, oder ist der Alte in den Neuen geschlüpft, oder der Neue in den Alten?
Von einem Reporter befragt, wie er denn das Elsaß finde und was er von seinem spezifischen Charakter halte, antwortete er, er vergleiche das Elsaß mit einer schönen, naturfrischen, aber doch sehr verführerischen Frau, die man sich nicht untertan machen solle, ihre Fähigkeit zu lieben würde dadurch beeinträchtigt.
Dies sei ein zwar schönes, aber schon so oft gehörtes Kompliment, sagte der freche Reporter. Man wolle es gern in das elsässische Florilegium aufnehmen, zur Erbauung der Schulkinder und Ergötzung der Massen. Viele Elsässer aber erwarteten vom Präsidenten etwas Konkreteres, den Übergang von der Phrase zur Tat. Vielleicht habe er diesbezüglich ein Geschenk in seiner Reisetasche mitgebracht?
O ja. Er werde seine Regierung beauftragen, einen Sonderstatus für diese schöne Provinz auszuarbeiten, der ihrer historischen, kulturellen und sprachli-

chen Eigenart voll und ganz Rechnung tragen solle. . . Dann senkte er die Nase zur Rose im Knopfloch, atmete deren Duft genüßlich ein und gab schließlich durch ein leichtes Kopfnicken zu verstehen, daß das Interview beendet sei.
Der Wirt hinter seinem Comptoir rieb ein Bierglas hell, hielt es prüfend ans Licht, stellte es in den Schrank und sagte:

„Un dü glaubsch's. . .“

Der Autor dankt EMMA GUNTZ, der „badischen Kollegin“, für ihr subtiles Eingreifen in die Geschichte.